JOHANNA LINDSEY | Corazón indómito

byblos

Título original: *A Heart So Wild*

Traducción: Lilian Schmidt

1.ª edición: julio 2005

© 1986 by Johanna Lindsey
© Ediciones B Argentina, S.A., 2005
  Paseo Colón, 221 - Piso 6 - Buenos Aires (Argentina)
  www.edicionesb.com
  www.edicionesb-america.com

Diseño de cubierta: MRH
Diseño de la colección: Ignacio Ballesteros

ISBN: 84-666-1825-2

Impreso por Quebecor World

Johanna Lindsey | Corazón indómito

*A Dorene y Jerry, mis mejores primos y amigos,
por estar siempre allí.*

1

Kansas, 1868

Elroy Brower apoyó con fuerza su jarro de cerveza sobre la mesa. Estaba contrariado. El revuelo que se estaba produciendo en el otro extremo de la taberna lo distraía y no podía concentrar su atención en la atractiva rubia que tenía sentada en su regazo. No era frecuente que Elroy pudiera disfrutar de la compañía de una muchacha tan tentadora como Sal. La interrupción le resultaba muy frustrante.

Sal rozó con sus nalgas la entrepierna de Elroy y murmuró algo a su oído. Sus palabras, muy explícitas, obtuvieron el resultado esperado. Ella pudo percibir la erección de él.

—¿Por qué no vienes conmigo al piso alto, querido, donde podremos estar a solas? —sugirió Sal, la grande, con voz insinuante.

Elroy sonrió, imaginando las horas de placer que tenía por delante. Esa noche pensaba acaparar la atención de Sal. La prostituta que solía visitar a veces en Rockley, la ciudad más cercana a su granja, era vieja y flaca. Sal, la grande, en cambio, tenía curvas generosas. Elroy ya había elevado una pequeña plegaria de agradecimiento por haberla hallado en su viaje a Wichita.

La voz airada del ranchero llamó una vez más la atención de Elroy. No podía evitar escucharla, sobre todo después de lo que había presenciado dos días antes.

El ranchero decía a cuantos deseaban oírle, que su nombre era Bill Chapman. Había ido a la taberna un poco antes y había pedido bebidas para todos, lo que no resultó tan generoso como podía pensarse, ya que sólo había siete personas en el lugar, y dos de ellas eran las muchachas de la taberna.

Chapman era dueño de una granja ubicada en la zona norte y estaba buscando hombres que estuvieran tan hartos como lo estaba él de los indios que sembraban el terror en la zona. A Elroy le había llamado la atención la palabra indios.

Al menos hasta ese momento, Elroy no había tenido problema alguno con ellos. Pero hacía tan sólo dos años que estaba en Kansas. Su casa era vulnerable y él lo sabía; sumamente vulnerable. Distaba mil seiscientos metros del vecino más cercano y más de tres kilómetros de la ciudad de Rockley. Y sólo la habitaban el mismo Elroy y un joven llamado Peter, al que había contratado para que lo ayudara con la cosecha. La esposa de Elroy había muerto seis meses después de su arribo a Kansas.

A Elroy no le agradaba la idea de su vulnerabilidad. Hombre corpulento, de un metro noventa de estatura, estaba habituado a no tener problemas, excepto aquellos que él mismo provocaba. A nadie le interesaba obtener un golpe de sus poderosos puños. Tenía treinta y dos años y un perfecto estado físico.

No obstante, estaba preocupado por la presencia de los salvajes que merodeaban en las llanuras, procurando alejar de allí a los blancos decentes y con temor de Dios que habían sentado sus predios en la región.

Esos salvajes no conocían el juego limpio: no respetaban las reglas. Las historias que Elroy había escuchado lo hacían estremecer. Y pensar que le habían advertido que el sitio que había escogido para establecerse estaba demasiado cerca de lo que se denominaba territorio indio, esa vasta zona despoblada, ubicada entre Texas y Kansas. Su granja se hallaba a sólo cincuenta y seis kilómetros de la frontera de Kansas. Eran buenas tierras, ubicadas entre los ríos Arkansas y Walnut. Como la guerra había concluido, Elroy pensó que el ejército mantendría a los indios dentro de los límites que les habían asignado.

Pero no fue así. Los soldados no podían estar en todas partes. Y los indios habían declarado su propia guerra contra los colonos inmediatamente después de que estallara la guerra civil. Ésta había terminado, pero la guerra de los indios estaba en su apogeo. Se mostraban más decididos que nunca a no renunciar a las tierras que consideraban suyas.

El temor impulsó a Elroy a escuchar atentamente a Bill Chapman esa noche, a pesar de su deseo de retirarse a la planta alta con Sal.

Dos días atrás, antes de que él y Peter fueran a Wichita, Elroy había visto un grupo de indios, cruzando el límite oeste de su propiedad. Era el primer grupo de enemigos que encontraba, pues se los podía confundir con los indios mansos que había visto en sus viajes hacia el oeste.

Ese grupo en particular estaba formado por ocho hombres bien armados y con calzones de ante que se desplazaban hacia el sur. A Elroy le intrigaron lo suficiente como para seguirlos a una distancia prudencial

11

hasta el campamento que poseían en la confluencia de los ríos Arkansas y Ninnescah. Había allí diez viviendas indígenas, levantadas en la costa oriental del Arkansas y otra docena de salvajes, incluyendo mujeres y niños, había establecido allí sus hogares.

Fue suficiente para que Elroy fuera presa de escalofríos; el hecho de saber que este grupo de kiowas o comanches hubieran acampado a pocas horas de viaje de su hogar, le helaba la sangre. Advirtió a sus vecinos sobre la existencia de indios en las cercanías, sabiendo que la noticia haría cundir el pánico entre ellos.

Cuando llegó a Wichita, Elroy divulgó su historia por la ciudad. Algunos se habían atemorizado, y Bill Chapman estaba tratando de captar la atención de los parroquianos de la taberna. Tres hombres afirmaron que cabalgarían junto a Chapman y a los seis vaqueros que había llevado con él. Uno de los clientes dijo conocer dos hombres de la ciudad que estarían también dispuestos a matar a algunos indios.

Después de reclutar a tres voluntarios entusiastas y con la perspectiva de agregar dos más, Bill Chapman se volvió hacia Elroy, quien hasta ese momento había estado escuchando en silencio.

—¿Y usted, amigo? —preguntó el alto y esbelto ranchero—. ¿Desea acompañarnos?

Elroy apartó a Sal de su regazo, pero la sostuvo del brazo mientras avanzaba hacia Chapman, diciendo:

—¿No debería usted dejar que el ejército se encargara de perseguir a los indios? —preguntó cautelosamente.

El ranchero rió despectivamente.

—¿Para que el ejército los escolte nuevamente hacia

territorio indígena sin hacer justicia? La única manera de asegurarse de que un indio ladrón no vuelva a robar es matarlo. Este grupo de kiowas ha dado muerte a más de quince animales de mi manada y me robaron una docena de potrillos la semana pasada. En estos últimos años me han robado en varias oportunidades. No estoy dispuesto a soportarlo más. —Miró fijamente a Elroy—. ¿Está usted de nuestro lado?

El temor se apoderó de Elroy. ¡Quince cabezas de ganado! Sólo tenía dos bueyes consigo, pero el ganado que había dejado en la granja pudo haber sido robado o matado en el transcurso del día en que él faltó de su hogar. Sin su ganado estaría perdido. Si esos kiowas decidían hacerle una visita, estaría arruinado.

Elroy miró firmemente a Bill Chapman.

—Hace dos días vi a ocho guerreros. Los seguí. Poseen un campamento en la confluencia del río Arkansas, a unos veinte kilómetros de mi granja. Es decir, a unos veintisiete kilómetros de aquí, si costea el río.

—Maldición, ¿por qué no lo dijo antes? —gritó Chapman. Pensativo, agregó—: Quizá sean los que estamos buscando. Sí; podrían haber llegado hasta allá en poco tiempo. Esos malvados pueden avanzar con más rapidez que cualquiera de nosotros. ¿Eran kiowas?

Elroy se encogió de hombros.

—Para mí, son todos iguales. Pero ésos no andaban detrás de caballos —admitió—. Tenían alrededor de cuarenta caballos en el campamento.

—¿Nos mostrará el sitio donde acamparon? —preguntó Chapman.

Elroy frunció el ceño, contestando:

—Tengo conmigo unos bueyes para llevar un arado

hasta mi granja. No he venido a caballo. Sólo lograría demorarlos.

—Le conseguiré un caballo —ofreció Chapman.

—Pero mi arado...

—Pagaré para que lo cuiden mientras usted esté ausente. Luego podrá regresar por él. ¿De acuerdo?

—¿Cuándo partirán?

—A primera hora de la mañana. Si cabalgamos velozmente, y si ellos no han abandonado el lugar, llegaremos al campamento a media tarde.

Elroy miró a Sal y le sonrió. Chapman no había decidido marcharse de inmediato y Elroy no tendría que renunciar a su noche con Sal. Pero mañana...

—Cuente conmigo —aseguró al ranchero—. Y también con mi asalariado.

2

A la mañana siguiente catorce hombres salieron de Wichita como si se dirigieran al infierno. El joven Peter, de diecinueve años, estaba muy agitado. Nunca le había ocurrido nada igual. Estaba muy emocionado ante la oportunidad que se le presentaba. Y no era el único, pues algunos de los hombres disfrutaban matando y ésta era una excusa perfecta.

A Elroy no le agradaron mucho. No era la clase de personas que solía frecuentar. Pero todos habían estado en el oeste durante mucho más tiempo que él, y eso los hacía sentirse superiores. Al menos, todos ellos tenían algo en común: cada uno tenía su propio motivo para odiar a los indios.

Los tres hombres que siempre acompañaban a Chapman se identificaron sólo por sus nombres de pila: Tad, Carl y Cincinnati. Los únicos pistoleros contratados por Chapman eran Leroy Curly, Dare Trask y Wade Smith. Uno de los hombres de Wichita era un dentista viajero, llamado señor Smiley. Elroy no podía comprender por qué tantos individuos que llegaban al oeste experimentaban la necesidad de cambiar sus nombres, que a veces estaban de acuerdo con sus ocupaciones y otras veces no. Había entre ellos un ex diputado que había llegado a Wichita seis meses atrás y que no tenía ocupación alguna. Elroy se preguntó de qué viviría, pero se abstuvo de preguntarlo. El tercer hombre de Wichita era un granjero como Elroy, que ocasionalmente había entrado a la taberna aquella noche. Los dos restantes eran dos hermanos que se dirigían a Texas: el pequeño Joe Cottle y el gran Joe.

Cabalgando sin cesar y con la esperanza de lograr la adhesión de algunos hombres más, Chapman condujo a los hombres hasta que, al mediodía, entraron en Rockley. Pero el rodeo sólo logró la incorporación al grupo de un hombre más: el hijo de Lars Handley, llamado John. Pero comprobaron que no había mucha prisa, porque el gran Joe Cottle, que se había adelantado al resto, se unió a ellos en Rockley y les informó que los kiowas aún acampaban en el sitio previsto.

Llegaron al lugar a media tarde. Elroy jamás había cabalgado tanto. Le dolían intensamente sus nalgas. También los caballos estaban muy fatigados. Él nunca hubiera obligado a un caballo suyo a cabalgar de esa manera.

La espesa vegetación que crecía junto al río les sirvió para ocultarse. Se acercaron y observaron el campamento; el rugir de las aguas del río impedía oír el sonido que provenía de las viviendas indígenas.

Era un lugar apacible. Bajo los frondosos árboles podían observarse las tiendas imponentes. Los niños se ocupaban de los caballos y las mujeres estaban conversando entre sí. Un anciano solitario jugaba con un bebé.

Resultaba difícil imaginar que se trataba de salvajes sanguinarios, pensó Elroy, y que los niños se convertirían en adultos dedicados a matar y robar. Había oído decir que las mujeres eran aun peores que los hombres cuando se trataba de torturar a los cautivos. Solamente se veía un guerrero pero eso no aseguraba nada. Como señaló el pequeño Joe, podía haber otros durmiendo la siesta, según la costumbre mexicana.

—Deberíamos aguardar hasta la noche, cuando todos duerman y estén desprevenidos —sugirió Tad—. A los indios les desagrada combatir de noche. Creen que los moribundos y sus almas no encuentran el lugar de la eterna felicidad. Una pequeña sorpresa no les vendría mal.

—Pienso que deberíamos sorprenderlos ahora mismo —opinó el señor Smiley—, considerando que los guerreros están durmiendo...

—Quizá ni siquiera estén aquí.

—¿Quién puede saberlo? Tal vez estén fabricando armas dentro de las tiendas o haciendo el amor a sus mujeres —dijo Leroy Curly, riendo.

—Eso significaría que hay muchas mujeres. Sólo hay diez tiendas, Curly.

—¿Reconoce usted alguno de sus caballos entre los que se ven allí, señor Chapman? —preguntó Elroy.

—No podría asegurarlo, pues están tan juntos que resulta difícil distinguirlos.

—Pues yo sé distinguir muy bien a un kiowa cuando lo veo.

—No lo creas, Tad —dijo Cincinnati—. Pienso que son comanches.

—¿Cómo puedes saberlo?

—De la misma manera en que tú piensas que son kiowas —respondió Cincinnati—. Reconozco a los comanches a primera vista.

Carl ignoró sus comentarios, pues Tad y Cincinnati nunca estaban de acuerdo. —¿Qué importancia tiene?

Los indios son indios y ésta no es una reserva, de modo que no cabe duda de que son salvajes.

—Yo persigo a los que me invadieron... —dijo Bill Chapman.

—Naturalmente, jefe, pero ¿está dispuesto a no atacar a éstos si no son los mismos?

—Podrían ser los que ataquen el año próximo —señaló Cincinnati, examinando su arma.

—¿Qué demonios sucede? —preguntó el pequeño Joe—. ¿Quieren decir que nos hemos ampollado las nalgas durante todo el día y ahora piensan regresar sin haberlos matado? ¡Mierda!

—Calma, hermano. No creo que haya sido eso lo que el señor Chapman pensó. ¿No es así, señor Chapman?

—No —dijo el ranchero, contrariado—. Carl está en lo cierto. No importa de qué grupo de salvajes se trate. Si los eliminamos, los restantes lo pensarán dos veces antes de invadir las tierras vecinas.

—Entonces ¿qué esperamos? —Peter miró ansiosamente a su alrededor.

—Sólo asegúrense de que las mujeres sean las últimas —advirtió Wade Smith, hablando por primera vez—. Deseo llevarme algunas. En pago por mi trabajo ¿comprenden?

—Así se habla —dijo riendo Dare Trask—. Pensé que éste sería tan sólo un trabajo de rutina.

Ya existía un nuevo elemento que aumentaba el interés de los hombres; éstos se dirigieron hacia donde estaban sus cabalgaduras. Mujeres. No habían pensado en eso.

Diez minutos después se oyó el disparo de los rifles. Cuando el tiroteo cesó, sólo quedaban con vida cuatro indias: tres mujeres y una jovencita, a la que Wade Smith había echado el ojo. Todas ellas fueron violadas repetidas veces. Luego las mataron.

Al atardecer, catorce hombres regresaron. El ex diputado fue la única baja que tuvieron. Cuando retiraron su cuerpo del lugar, pensaron que su muerte había sido tan sólo un pequeño sacrificio.

Cuando se marcharon, el campamento quedó sumido en el silencio; el viento se había llevado los gritos de dolor. Sólo se oía el rugido del río. No quedó nadie en el campamento para lamentarse de la muerte de los comanches, que nada tenían que ver con la banda de kiowas que había invadido el rancho de Bill Chapman. Nadie que llorase la pérdida de la niña codiciada por Wade Smith, de piel oscura y ojos azules, ojos que delataban el vestigio de sangre blanca de alguno de sus antepasados. Ninguno de los suyos la oyó sufrir antes de morir, pues su madre había muerto antes de que violaran a la niña.

Esa primavera había cumplido diez años.

3

—Courtney; se te ve desaliñada nuevamente. Las damas no deben ir desaliñadas. ¿No te enseñaron nada en esa costosa escuela para niñas?

La adolescente miró de soslayo a su nueva madrastra, comenzó a responder y luego cambió de idea. ¿Para qué? Sarah Whitcomb, convertida ahora en Sarah Harte sólo escuchaba lo que deseaba. De todos modos, Sarah ya no miraba a Courtney; su atención estaba dirigida hacia la granja que apenas se veía en la distancia.

Courtney irguió su espalda, percibió la tensión de los músculos de su cuello y rechinó sus dientes. ¿Por qué era ella la única que recibía las reprimendas de Sarah? En ocasiones, la personalidad de la mujer mayor sorprendía a Courtney. La mayor parte de las veces, Courtney se mantenía en silencio, encerrándose en sí misma para evitar el sufrimiento. Últimamente, era inusual que Courtney Harte apelara a su antiguo coraje; sólo lo hacía cuando estaba demasiado fatigada y ya nada le importaba.

No siempre había sido un cúmulo de inseguridades. Había sido una niña precoz, con iniciativa, cordial y traviesa. Su madre solía reprenderla cariñosamente, diciendo que era un pequeño diablo. Pero su madre había muerto cuando Courtney tenía sólo seis años.

Durante los nueve años que siguieron, Courtney fue

enviada de una escuela a otra; su padre no había podido atender las exigencias de la niña, abrumado por la pérdida de su esposa. Pero, aparentemente, Edward Harte había estado de acuerdo con ese estado de cosas, pues Courtney sólo podía regresar a su hogar durante unas pocas semanas por año, en el verano. Ni siquiera entonces encontraba el tiempo suficiente para dedicarlo a su única hija. Durante la mayor parte de la guerra, Edward había faltado de su casa.

A los quince años, Courtney ya había sufrido durante demasiado tiempo la falta de amor. Ya no era abierta y cordial. Se había tornado introvertida y cautelosa, y era tan sensible que ante la menor señal de desaprobación se encerraba en sí misma. Sus maestras, demasiado estrictas, eran en gran parte responsables de la timidez de la joven, pero esa actitud provenía sobre todo de su continuo esfuerzo por recobrar el amor de su padre.

Edward Harte era un médico tan ocupado que sus pacientes de Chicago rara vez le dejaban tiempo para otra cosa. Era un sureño alto y elegante; se había establecido en Chicago después de su casamiento. Courtney pensaba que era el hombre más apuesto e inteligente que conocía. Adoraba a su padre y sufría intensamente cada vez que él la miraba con ojos ausentes, que tenían el mismo color castaño claro que los suyos.

No había tenido tiempo para dedicarlo a Courtney antes de la guerra civil, y mucho menos después. La guerra lo había afectado profundamente, pues concluyó combatiendo contra el sur, de donde provenía, impulsado por sus sentimientos humanitarios. Cuando regresó a su hogar, en el 65, no retomó la práctica de la medicina. Se aisló en su estudio y bebió para olvidar todas las muertes que no había podido evitar. La fortuna de los Harte disminuyó.

Si no hubiera sido por la carta que recibió de su antiguo mentor, el doctor Amos, solicitándole que fuera a Waco en Texas para reemplazarlo, el padre de Courtney probablemente hubiera continuado bebiendo hasta morir. Los sureños decepcionados llegaban al oeste en busca de una nueva vida, decía la carta del doctor Amos, y Edward optó por la esperanza en lugar de la desilusión.

También sería una nueva vida para Courtney. Ya no debería concurrir a escuelas, alejada de su padre. Tendría la oportunidad de demostrarle que no era una carga y que lo amaba. Ambos estarían juntos y a solas, se dijo.

Pero cuando el tren en que viajaban se detuvo en Missouri, su padre había hecho algo inconcebible. Se había casado con el ama de llaves que tuviera durante los últimos cinco años, Sarah Whitcomb. Aparentemente, había habido comentarios acerca de la falta de decoro que presuponía el hecho de que una mujer de treinta años viajara con el doctor Harte.

Edward no amaba a Sarah y Sarah se sentía atraída por Hayden Sorrel, uno de los dos hombres que Edward había contratado para escoltarlos a través del peligroso territorio de Texas. El mismo día de su casamiento, Sarah se transformó en otra persona. La que antes fuera cariñosa y gentil con Courtney, se convirtió en autoritaria, disconforme, insensible frente a los sentimientos ajenos. Courtney había renunciado a tratar de comprender los motivos de esa transformación. Se limitó a eludir a Sarah, lo que no resultaba sencillo, dado que eran cinco personas viajando en un vagón ferroviario a través de las llanuras de Kansas.

Esa mañana habían partido de Wichita y viajaron siguiendo el curso del río Arkansas, hasta que decidieron buscar una granja o un pueblo donde pasar la noche. Cuando llegaran a la zona de trescientos veinte kilómetros de ancho del territorio indígena, deberían pasar la noche a la intemperie en más de una ocasión.

Territorio indígena. El nombre, de por sí, era suficiente para atemorizar a Courtney. Pero Hayden Sorrel y el otro hombre, a quien llamaban simplemente Dallas, dijeron que no había nada que temer, siempre que lleváran consigo algunas cabezas de ganado para sobornar a los indios. Adquirieron una carreta para transportar en ella las escasas posesiones que llevaban de su hogar. Compraron un vehículo que ya había recorrido ese camino; consideraron que ofrecía por eso cierta seguridad.

Courtney hubiera preferido regresar al este y llegar a Texas haciendo un rodeo. En realidad, ésa había sido la idea original: viajar a través del sur y luego entrar en Texas por la frontera del este. Pero Sarah deseaba visitar a sus parientes de la ciudad de Kansas antes de establecerse en la lejana Texas. Por ende, cuando Edward se enteró de la existencia de ese camino usado para el transporte de ganado sin correr peligro y supo que pasaba por Waco, que era su lugar de destino, se empeñó en utilizarlo. Después de todo, ya se hallaban en Kansas y ahorrarían mucho tiempo si viajaban directamente hacia el sur. La verdad era que no deseaba recorrer el sur y ver la destrucción que se había sembrado allí, si podía evitarlo.

Dallas cabalgó hacia la granja que habían avistado y luego regresó a informarles que les permitían pasar la noche en el granero. —Estaremos bien, doctor Harte —dijo Dallas a Edward—. No tiene sentido hacer un kilómetro y medio más para llegar a Rockley. De todos modos, es una ciudad muy pobre. En la mañana, podremos retomar el camino que costea el río.

Edward asintió y Dallas volvió a ocupar su lugar, al costado de la carreta. A Courtney no le agradaban ni Dallas ni su amigo Hayden. Hayden miraba codiciosamente a Sarah. Dallas era mucho más joven que Hayden; quizás tuviera veintitrés años, de modo que Sarah no le interesaba. Pero demostraba interés por Courtney.

Dentro de su rusticidad, Dallas era bien parecido, y Courtney se hubiera sentido muy halagada por su interés, si no hubiera percibido que él miraba ávidamente a cuanta mujer se le presentaba. Era lo suficientemente inteligente como para no permitir que la novedad de que un hombre se fijara en ella la perturbara. Sabía que suscitaba la atención de Dallas porque éste era un hombre sano y normal y ella era la única mujer joven en las cercanías.

Courtney reconocía que no era atractiva; al menos no tanto como para provocar el interés de los hombres si había otras mujeres presentes. Poseía bellos ojos y un hermoso cabello y sus rasgos eran regulares. Pero los hombres solían no notarlo. Contemplaban su figura rellenita y de baja estatura, y luego dejaban de mirarla.

Courtney odiaba su aspecto, pero a menudo comía demasiado para consolarse de su infelicidad. Pocos años antes no le había importado. Cuando otros niños hacían bromas acerca de su obesidad, comía más aún. Cuando comenzó a preocuparse por su aspecto, se esforzó por adelgazar y lo logró. Ahora, decían que era rellenita en lugar de llamarla gorda.

Después de su casamiento, el padre de Courtney comenzó a prestarle atención. Mientras viajaban en la carreta uno junto al otro, comenzaron a tener largas conversaciones. En realidad, ella no atribuyó el cambio al hecho de que su padre hubiera contraído nuevo matrimonio. Pensó que probablemente se debía a la intimidad impuesta por la travesía. De todas maneras, comenzó a pensar que tal vez aún había esperanzas. Quizás él estaba comenzando a amarla nuevamente, tal como la amara antes de la muerte de su madre.

Edward detuvo el carromato frente al granero. Courtney, que siempre había vivido en Chicago, no podía evitar sorprenderse ante esa gente que, como ese granjero que les estaba dando la bienvenida, no tenía reparos en vivir en medio de la soledad, sin vecinos a la vista. A Courtney le agradaba la soledad, pero dentro de una casa rodeada por otras casas, sabiendo que había gente a su alrededor. Ese aislamiento, ese desierto en el que aún merodeaban los indios, no ofrecía ninguna seguridad.

El granjero era un hombre corpulento, que pesaba por lo menos cien kilos. Tenía ojos castaños y un rostro rubicundo. Sonriendo, dijo a Edward que dentro del granero hallaría espacio para guardar la carreta. Cuando lo hubo hecho, ayudó a Courtney a bajar del vehículo.

—¡Qué bonita es! —comentó. Luego ayudó a Sarah—. Pero necesita aumentar un poco de peso, querida. Es usted un palo.

Courtney se sonrojó y hundió su cabeza, rogando que Sarah no lo hubiese oído. Ese hombre estaba loco. Durante dos años había estado tratando de adelgazar y él le decía que era demasiado flaca.

Mientras trataba de sofocar su confusión, Dallas se acercó a ella por detrás. Le susurró al oído:

—Él es muy corpulento y le agradan las mujeres grandes; no le prestes atención. Dentro de uno o dos años te habrás deshecho de esa gordura de bebé y apuesto a que serás la muchacha más hermosa del norte de Texas.

Si Dallas hubiera podido ver la expresión del rostro de Courtney, hubiera percibido que no la estaba halagando. Ella estaba mortificada. No podía soportar tantas críticas masculinas.

Salió corriendo del granero y se dirigió hacia la parte de atrás. Contempló la llanura que se extendía a través de muchos kilómetros. Las lágrimas asomaron a sus ojos castaños dorados, dándoles el aspecto de estanques de miel.

Demasiado obesa, demasiado delgada; ¿cómo podía la gente ser tan cruel? ¿Dos opiniones tan encontradas podían ser sinceras? ¿O estaba aprendiendo que los hombres nunca dicen la verdad? Courtney ya no sabía qué pensar.

4

Elroy Brower se mostró muy simpático. Desde que construyera su casa, nunca había recibido tantos visitantes. El día anterior no había trabajado, pero no le importaba. No tenía deseos de regresar a Wichita para buscar su arado, sobre todo con la resaca que había tenido el día anterior, pero eso tampoco le importaba. Era bueno para un hombre embriagarse ocasionalmente. Además, había tenido muchos huéspedes; Bill Chapman y los demás habían pasado la noche en el granero dos días atrás y habían abierto muchas botellas de whisky para celebrar su victoria. Sólo habían faltado los dos Joes, que, después de la matanza, se dirigieron directamente hacia el sur.

Y al día siguiente habían llegado el doctor, las damas y los vaqueros que acompañaban al doctor. Esas damas se habían sentado a comer a su mesa. Y eran verdaderas damas, sin duda. Lo percibió al observar sus elegantes atuendos de viaje y sus modales. Y su delicada piel blanca, naturalmente. Incluso había hecho ruborizar a la más joven.

Elroy pensó que sería muy dichoso si decidieran permanecer allí durante unos días. Su arado podía esperar. Chapman había pagado para que lo guardaran junto con sus bueyes y Elroy podía ir por ellos cuando así lo deseara. Pero el doctor dijo que partirían esa mañana. Al amanecer, insistió en ir de caza para reponer los víveres de Elroy. Y bien, no había nada de malo en ello. El doctor era un hombre agradable y refinado. Había observado que Elroy tenía tres rasguños en el cuello y le ofreció un ungüento.

Cuando el doctor mencionó los rasguños, Elroy se ruborizó. No a causa de la vergüenza, porque no estaba avergonzado. Pero, habiendo damas presentes, uno no menciona nada que tenga que ver con el sexo ni con lo ocurrido en el campamento indígena. Pero el doctor no le había preguntado cómo se había hecho esos rasguños y Elroy se abstuvo de decirlo.

La represalia había sido una experiencia emocionante. También contribuyó a tranquilizar a Elroy respecto de la proximidad de los indígenas. Resultaba sencillo matarlos... y también violarlos. No se explicó por qué había estado tan preocupado. Sólo vaciló durante un segundo cuando comprobó que la pequeña salvaje que lo había arañado no era totalmente india. Esos ojos que lo miraron con desprecio no podían pertenecer a una india pura. Pero, de todos modos, la había violado. Después de la matanza, estaba demasiado ansioso como para contenerse. Elroy ni siquiera se dio cuenta de que estaba muerta hasta que se apartó de ella. No experimentó ninguna culpa por lo ocurrido, sólo irritación, porque no podía dejar de pensar en esos ojos.

Elroy supuso que las damas ya se habrían levantado y estarían vestidas, de modo que decidió ir al granero para invitarlas a desayunar. Pronto regresarían el doctor y Dallas. El otro vaquero, Sorrel, se estaba rasurando junto al aljibe, y seguramente le estaría contando historias a Peter. Elroy temía que el muchacho no permaneciera con él durante mucho más tiempo. Ya había hablado de la posibilidad de unirse al séptimo regimiento de caballería para luchar contra los indios. Elroy tenía la esperanza de que no se marchara hasta después de la cosecha.

El sembrado de maíz comenzaba a unos veinte metros de la casa de madera de Elroy. Los altos tallos se mecían suavemente. Si Elroy lo hubiera notado al dirigirse al granero, hubiera pensado que había un animal suelto en el campo, ya que ni siquiera soplaba una leve brisa. Pero no lo notó. Estaba pensando que en cuanto se marchara el grupo de Harte, él iría a Wichita en busca de su arado.

Hacía media hora que Courtney estaba levantada y aguardaba que Sarah concluyese su arreglo personal. Sarah era bonita y siempre empleaba bastante tiempo para acicalarse; arreglaba minuciosamente su peinado, se empolvaba y se aplicaba una loción para evitar las quemaduras que podría producirle el sol. La vanidad de Sarah era responsable de la demora del viaje. Ella había convencido a Edward de que visitaran a sus parientes de Kansas porque deseaba exhibir a su marido, un médico importante, para que todos sus conocidos comprobaran que había logrado un buen matrimonio.

El granjero hizo muchos ruidos innecesarios antes de asomarse al interior del granero. —El tocino ya está preparado, señoras, y si desean venir a la casa para desayunar, batiremos los huevos de inmediato.

—Es usted muy amable, señor Brower —agradeció Sarah sonriendo—. ¿Mi marido ha regresado ya?

—No, señora, pero pienso que no ha de tardar. La caza es abundante en esta época del año.

El granjero se marchó. Al oír que volvía a repetir los ruidos junto a la puerta, Courtney meneó su cabeza. Sabía por qué los había hecho al llegar, pero ¿por qué al irse?

Y entonces se abrió la puerta y Elroy Brower cayó hacia adentro, agarrándose el muslo. Una larga varilla se había clavado en su carne. Pero, ¿por qué haría tal cosa?

—Dios mío, había más —gruñó Elroy poniéndose de pie; al hacerlo, rompió la vara de la flecha.

—¿Qué sucede, señor Brower? —preguntó Sarah acercándosele.

Elroy volvió a gruñir:

—Los indios. Nos están atacando. —Sarah y Courtney lo miraron, boquiabiertas; Elroy indicó con voz ronca—: Allá. Cavé un pozo para mi mujer por esta misma causa. Era una mujer corpulenta, de modo que ambas cabrán en él. Introdúzcanse en él y no salgan, aunque renazca la calma. Debo volver a la casa en busca de mi rifle.

Y se marchó. Ni Sarah ni Courtney deseaban creer sus palabras. Eso no estaba sucediendo. No era posible.

Cuando Sarah oyó el disparo del rifle, experimentó una sensación de malestar físico.

—Ve al pozo, Courtney —gritó Sarah, corriendo a su vez hacia allá—. ¡Oh, Dios! no puede ser, justamente ahora que todo estaba resultando tan bien

Courtney se dirigió mecánicamente hacia el pozo detrás de Sarah. Era como una caja sin fondo. El pozo tenía una profundidad de dos metros y su diámetro era suficiente como para que ambas pudieran ocultarse.

—Cierra la tapa —dijo Sarah. Sus ojos grises estaban dilatados por el temor. Luego agregó:

—No hay nada que temer. No nos hallarán. Ni siquiera mirarán hacia aquí. Ellos...

Se interrumpió al oír un grito que provenía de más allá del granero: era un grito terrible, cargado de dolor. Lo que siguió fue aun peor: múltiples sonidos, sonidos de animales, que se hacían cada vez más intensos. Y luego se oyó un alarido agudo cerca de la puerta del granero. Courtney reaccionó y cerró la tapa. Quedaron sumergidas en una oscuridad total que les produjo más temor aun.

—Sarah. ¡Sarah!

Cuando Courtney se dio cuenta de que Sarah había perdido el sentido, se echó a llorar. Aunque percibía el calor del cuerpo de la mujer caída junto a ella, se sintió sola. Iba a morir, y no deseaba morir. Sabía que moriría vergonzosamente; que gritaría y rogaría y que luego moriría de todos modos. Todos sabían que los indios no tenían piedad.

Oh, Dios, si debo morir, no permitas que les ruegue. Ayúdame a tener el coraje de no rogar. Así era la plegaria de la joven.

Cuando Edward Harte oyó el primer disparo, regresó apresuradamente a la granja. Dallas lo siguió. Pero cuando se acercaron lo suficiente como para ver qué estaba sucediendo, el joven se alejó del lugar. Dallas no era un héroe. Edward no se percató de que recorrió el resto del camino a solas, pues sólo podía pensar en su hija y en cómo salvarla. Se acercó a la granja por un costado y vio a cuatro indios que rodeaban los cuerpos de Peter, el ayudante, y de Hayden Sorrel. El primer tiro que disparó Edward dio en el blanco pero inmediatamente después recibió una flecha, que se incrustó en su hombro. Provenía del frente del granero. Disparó su arma en esa dirección.

Fue su último disparo. Fue alcanzado por dos flechas más y cayó del caballo. Ya no volvió a moverse.

Los ocho comanches habían cumplido con su cometido. Habían seguido las huellas de trece caballos que se dirigían a esa granja. Habían comprobado que sólo once caballos continuaron su camino. Eso indicaba que había dos hombres en la granja; dos de los trece que los guerreros perseguían. Uno de esos dos ya estaba muerto. El granjero corpulento aún seguía con vida.

El granjero tenía apenas una herida. Había quedado a mitad de camino entre el granero y la casa. Cuatro indios lo acosaban y amenazaban con sus cuchillos, mientras los demás comanches registraban la casa y el granero.

Dos comanches entraron en el granero. Uno trepó a la carreta y revolvió su contenido. El otro examinó el edificio en busca de lugares que pudieran servir de escondite. Sus ojos escudriñaban todo con minuciosidad.

Su rostro inexpresivo no revelaba sus pensamientos, pero estaba desencajado de dolor. El día anterior había ido al campamento comanche y había observado la escena dantesca provocada por los hombres blancos. Después de tres años de ausencia, había regresado para visitar a su familia, pero llegó demasiado tarde para salvar a su madre y su hermana. La venganza no compensaría el sufrimiento de ambas, pero lo ayudaría a mitigar su propio dolor.

Vio huellas de pisadas en la tierra y las siguió hasta llegar al pozo. Llevaba en su mano la hoja afilada que usaba para despellejar animales.

Courtney no había oído a los dos indios que entraron en el granero. Su corazón latía con tal fuerza que apenas podía oír los ruidos del exterior.

De pronto se abrió la tapa del pozo y Courtney fue tomada brutalmente por los cabellos. Cerró con fuerza sus ojos, para no ver el golpe mortal. Sabía que iban a cortar su garganta, pues el indio le echó la cabeza hacia atrás, para dejar expuesto el cuello. En un segundo, oh Dios, en un segundo...

Ella no abría los ojos, pero él deseaba que lo mirara mientras le daba muerte. La otra mujer, caída en el pozo, estaba desmayada, pero ésta estaba alerta y temblaba. Pero se negaba a mirarlo, a pesar de que él jaló sus cabellos violentamente, enroscándolos alrededor de su mano. Sabía que le estaba haciendo daño, pero ella permanecía con sus ojos cerrados.

Y entonces, a pesar de que lo cegaba la ira, comenzó a observarla. Comprobó que era forastera. Sus ropas eran finas; no estaban hechas de algodón desteñido. Su piel era muy blanca; no podía ser la mujer o la hija de un granjero; era una piel casi translúcida, que el sol no había bronceado. Sus cabellos parecían de seda; no eran castaños ni rubios, sino una mezcla de ambos tonos. Al mirarla detenidamente comprobó que no tendría más de catorce años.

Lentamente dirigió su mirada hacia el carromato y vio todos los vestidos que Dedo Torcido había sacado de allí. Soltó los cabellos de la joven.

Courtney estaba demasiado aterrorizada para mantener sus ojos cerrados por más tiempo. Habían transcurrido varios minutos y su garganta continuaba intacta. Cuando el indio la soltó, no supo qué pensar. Pero cuando abrió sus ojos, estuvo a punto de sufrir un desmayo. Nunca había visto nada tan terrible como ese indio: sus cabellos eran largos y muy negros y estaban recogidos en dos trenzas. Su torso desnudo estaba pintado de color rojo claro. Distintos tonos de pintura dividían su rostro en cuatro partes, ocultando sus rasgos. Pero sus ojos, fijos en los de ella, le produjeron una impresión extraña. No parecían pertenecerle. No eran amenazantes como su actitud y el resto de su aspecto.

Courtney lo observó mirar a lo lejos y luego nuevamente hacia ella. Ella se atrevió a mirar el resto de él con detenimiento. Llegó hasta la mano que empuñaba el cuchillo, apuntándolo a ella.

Él vio que los ojos dorados de la joven se agrandaban al ver el cuchillo, y luego la vio desmayarse. Gruñó al ver que caía junto a la otra mujer. ¡Estúpidas mujeres del este! Ni siquiera habían tomado la precaución de llevar un arma.

Vaciló. Las mejillas redondeadas de la joven eran muy similares a las de su hermana. No podía matarla.

Cerró la tapa del pozo y se alejó, haciendo una señal a Dedo Torcido para indicarle que ya habían perdido demasiado tiempo.

5

Elroy Brower maldijo al destino que lo había impulsado a ir a Wichita el día en que Bill Chapman pasó por allí. Sabía que iba a morir. Pero, ¿cuándo... cuándo? Él y sus captores estaban a kilómetros de su granja. Habían cabalgado hacia el norte, siguiendo las huellas de Chapman y no se habían detenido hasta el mediodía.

Cuando Elroy se dio cuenta de lo que iban a hacerle, se defendió tan ferozmente que casi todos los indios debieron intervenir para someterlo. En pocos minutos lo arrojaron al suelo caliente, lo despojaron de sus ropas y dejaron expuestas al sol del mediodía las partes de su cuerpo que nunca habían estado descubiertas bajo sus rayos quemantes.

Los malditos salvajes se sentaron en torno a él, contemplando cómo transpiraba. Uno de ellos golpeaba cada cinco segundos con un palo sobre la flecha que tenía clavada en el muslo y el dolor lo atravesaba en forma de ondas incesantes. Sabía qué deseaban; lo había sabido desde que le señalaron los tres hombres muertos en la granja. Pacientemente, se lo habían dado a entender; levantando dos dedos, señalándolo a él y luego a los tres cadáveres. Sabían que dos de los hombres que habían participado en la masacre de indios estaban en la granja y sabían que él era uno de ellos.

Trató de convencerlos de que no era uno de los que ellos buscaban. Después de todo, había dos cadáveres más, así que, ¿cómo podían estar seguros? Pero no le creyeron, y cada vez que no les respondía satisfactoriamente, lo torturaban.

Cuando señaló el cuerpo de Peter, ya tenía media docena de pequeñas heridas. ¿Qué importaba? El muchacho ya estaba muerto y no podía sufrir más. Pero Elroy sufrió al ver qué hacían con el cuerpo de Peter. Vomitó cuando vio que castraban el cuerpo de Peter, colocando el trozo de carne dentro de su boca, que luego cerraron, cosiéndola. El mensaje sería muy claro para aquél que hallara el cuerpo mutilado de Peter. Y sólo Elroy sabría que no lo habían hecho mientras Peter aún estaba con vida.

¿Sería él tan afortunado como Peter? Supuso que la única razón por la que todavía estaba vivo era que deseaban que los condujera hasta donde se hallaban los otros que habían intervenido en la masacre. Podía ofrecerles decir cuanto sabía, con tal de que dejaran de torturarlo, pero ¿de qué serviría si los canallas no podían comprenderlo? Y lo peor era que no sabía cómo hallar a la mayoría de los otros. ¿Se lo creerían? Por supuesto que no.

Uno de los comanches se inclinó sobre él. A causa del sol, Elroy sólo podía ver una figura oscura. Trató de levantar la cabeza y, durante un instante, vio las manos del indio. Sostenían varias flechas. ¿Terminarían con él ya? Pero no. Casi suavemente, el indio exploró una de las heridas de Elroy. Y luego, lentamente y provocándole un dolor agudísimo, introdujo una flecha dentro de la herida; la colocó de costado dentro del músculo y ¡oh, Dios!

habían puesto algo en la punta de la flecha, de modo que quemara. Era como si hubieran dejado caer sobre su piel una brasa ardiendo. Elroy apretó sus dientes para no gritar. Tampoco gritó cuando hicieron lo mismo con las heridas restantes. Lo soportó sin una queja. Sólo tenía seis heridas y podía sobrellevarlo. Luego lo dejarían en paz por un rato, para que su cuerpo absorbiera el dolor.

Elroy trató de no pensar en su dolor. Pensó en las damas que habían tenido la mala fortuna de alojarse en su granja. Agradecía no haber tenido que contemplar cuanto podía haberles ocurrido. Y de pronto, volvió a ver esos ojos obsesivos que lo miraban con desprecio. No había valido la pena violar a la niña india. Nada podía valer la pena a cambio de esto.

Finalmente, Elroy gritó. Como no tenía otras heridas, el indio le infirió una nueva y clavó en ella otra punta de flecha. Elroy comprendió que no se detendrían hasta que su cuerpo estuviera completamente cubierto de flechas. Ya no podía tolerarlo más, porque sabía que el dolor no cesaría. Gritó, maldijo y profirió alaridos, pero volvieron a herirlo y la sensación de quemazón se intensificó.

—¡Malditos! ¡Canallas! Les diré cuanto quieran saber. Les diré cualquier cosa.

—¿Lo hará?

Elroy dejó de gritar y durante un segundo, olvidó sus dolores.

—¿Habla usted español? —preguntó Elroy jadeante—. ¡Gracias a Dios! —Quizás había esperanzas. Podía negociar con ellos.

—¿Qué desea decirme, granjero? —La voz era agradable y suave y desconcertó a Elroy.

—Libérenme y les daré los nombres de los hombres que buscan. Y les diré dónde pueden encontrarlos —agregó, sin aliento.

—Nos lo dirá de todos modos, granjero. No está usted canjeando información para vivir, sino para morir... una muerte rápida.

Elroy había abrigado esperanzas. Se dejó caer pesadamente hacia atrás. Estaba derrotado. Sólo le restaba desear que fuese rápido.

Dijo a los indios los nombres, las descripciones y todos los lugares posibles donde podían ser hallados los hombres. Respondió cada una de las preguntas verazmente y de prisa, concluyendo con la frase: «Ahora, mátenme».

—¿Como mató a nuestras esposas, madres y hermanas?

El indio que hablaba en forma clara y precisa se colocó a los pies de Elroy. Elroy podía verlo claramente; veía su rostro, sus ojos... ¡Oh, Dios! Eran los ojos de ella y lo miraban con el mismo odio. Entonces Elroy supo que ese hombre no tenía la intención de dejarlo morir con rapidez.

Elroy se mojó los labios. Logró balbucear:

—Era buena. Algo flacucha, pero me satisfizo ampliamente. Fui el último en poseerla. Murió bajo mi cuerpo, con mi...

El aullido desgarrador del indio interrumpió las palabras de Elroy. Uno de los otros trató de detener al joven guerrero, pero no pudo. El dolor de Elroy fue mínimo; fue la culminación de los dolores anteriores. Lo terrible fue la impresión de contemplar el miembro que estaba a punto de mencionar. El indio lo había seccionado y lo sostenía en alto. Luego lo mató.

A unos cinco kilómetros de allí, Courtney Harte contemplaba, con indisimulada desolación, el contenido disperso de su carromato: las ropas rasgadas, la porcelana rota, los alimentos arruinados. No podía decidir qué rescatar de todo eso. En realidad, no estaba en condiciones de tomar ninguna decisión. Sarah, en cambio, miraba sus pertenencias como si no hubiera ocurrido nada grave.

Para Courtney, el simple hecho de estar viva era increíble. Su padre había desaparecido.

Berny Bixler, el vecino más cercano de Elroy Brower, había visto el humo que procedía de la casa de Elroy y fue diligentemente a averiguar qué ocurría. Encontró los dos cadáveres detrás de la casa y a Sarah y Courtney dentro del pozo. No había señales de Dallas, Elroy Brower ni Edward Harte. Pero el padre de Courtney había estado allí porque su caballo estaba en el maizal y presentaba manchas de sangre. ¿Estaría Edward herido?

—Si hubiera huido y se hubiera dirigido a Rockley en busca de ayuda, lo hubieran visto —les dijo Berny—. Lo más probable es que se lo hayan llevado los indios junto con los otros dos. Quizá pensaron que dos cautivos corpulentos les serían útiles.

—¿Por qué lo dice señor Bixler? —preguntó Sarah—. Pensé que, por lo general, llevaban cautivas a las mujeres.

—Le ruego que me disculpe, señora —dijo Berny—; pero si un indio las viera a ambas, pensaría que no resistirían el viaje.

—¿El viaje? Usted parece saber qué piensan hacer estos indios —dijo Sarah secamente—. No sé cómo puede saberlo. Puede que tengan un campamento en las cercanías, ¿no es así?

—Lo tenían, señora, por supuesto que lo tenían. Por eso mismo. Este ataque no se realizó para robar ganado. El hijo de Lars Handley, John, fue a Rockley hace dos noches y dijo que él, Elroy y Peter se habían unido a unos hombres de Wichita para eliminar el campamento de kiowas del sur que pensaban atacar Rockley. Afirmó que ya no tendríamos problemas porque habían matado hasta el último hombre, incluyendo a mujeres y niños. Pero parece que algunos sobrevivieron. Los que vinieron aquí quizás estuvieron cazando y, al regresar, comprobaron que su tribu había muerto.

—Ésas son meras suposiciones, señor Bixler. Los kiowas no deben ser los únicos indios que hay por estos parajes.

El granjero, contrariado, dijo:

—John Handley también se jactó de cuanto había hecho en ese campamento indígena y que no puedo repetir frente a una dama.

—¡Por Dios! —exclamó Sarah, burlonamente—. De modo que violaron a algunas indias. Eso no significa que...

—Si desea saber qué significa, vaya allá a contemplar el cadáver de Peter, señora —dijo con indignación—. Pero no se lo aconsejo. Lo que hicieron con él no es agradable. Al otro hombre no lo tocaron; su herida era limpia. Pero es probable que tenga pesadillas durante mucho tiempo pensando en lo que hicieron con Peter. Y calculo que hallaremos a Elroy en las cercanías y que su aspecto será similar. No hace falta ser inteligente para saber que sólo buscaban a ellos dos y por qué. Si les hubieran interesado las mujeres, las hubieran llevado a ustedes. No; fue una venganza y nada más.

—Procuren que John Handley se marche de este sitio, porque el asunto no ha concluido. Esos indios no cejarán hasta haber atrapado a todos los hombres que buscan.

6

—Bien, allí va otro, Charley. ¿Opinas que tendremos otro tiroteo?

Charley salivó un resto de tabaco dentro de la escupidera que estaba junto a la baranda de la galería antes de mirar al extraño que avanzaba por la calle, añadiendo:

—Podría ser, Snub. Hay otros dos en la ciudad. Podría ser.

Los dos amigos se echaron hacia atrás en sus sillas, frente a la tienda de Lars Handley. Solían pasar la mayor parte del día en la galería de Handley, conversando sobre todos y cuantos pasaban por allí. Desde ese sitio podían ver los dos extremos de la única calle del pueblo.

—¿Piensas que ha venido arreando ganado? —preguntó Snub.

—No tiene tipo de vaquero —respondió Charley—. Ese hombre es un tirador.

—Muchos tiradores se han convertido en vaqueros y viceversa.

—Es verdad.

Observando la expresión de Charley, Snub comprendió que insistía en su primera opinión y que sólo había estado de acuerdo con él para complacerlo.

—Me pregunto a cuántos habrá matado.

—Yo no se lo preguntaría —gruñó Charley. Luego, de pronto, entrecerró sus ojos, mientras decía:

—Éste parece conocido. ¿No ha estado aquí antes?

—Creo que estás en lo cierto, Charley. Fue hace un par de años, ¿verdad?

—Diría que tres o cuatro.

—Sí. Lo recuerdo. Llegó muy tarde una noche; reservó una habitación en el hotel pero no permaneció aquí. Recuerdo que hiciste un comentario sobre las extravagancias de los jóvenes.

Charley asintió, complacido por el hecho de que sus comentarios fueran tan sesudos como para ser recordados.

—No puedo recordar el nombre que dio en el hotel. ¿Tú lo recuerdas?

—Sonaba extranjero, ¿verdad?

—Sí, pero es todo cuanto recuerdo. Ahora estaré pensándolo durante todo el día.

—Bien, parece que se dirige al hotel —dijo Snub cuando el forastero detuvo allí su caballo—. ¿Por qué no nos acercamos y echamos un vistazo al libro de registros?

—Ahora no, Snub —respondió Charley—. La mujer de Ackerman nos echará.

—No seas cobarde, Charley. Es probable que la bruja aún no se haya levantado de la cama. Y a la señorita Courtney no le importará si permanecemos durante unos minutos en el vestíbulo o miramos el libro.

—Cobarde —gruñó Charley—. Seguramente ha cambiado de nombre; todos lo hacen, así que no podré satisfacer mi curiosidad de todos modos. Pero si deseas que te grite esa arpía que se casó con Harry, ponte de pie y vayamos hacia allá.

Una leve sonrisa asomó a los labios de Courtney cuando cerró la puerta del cuarto de huéspedes que acababa de limpiar. Había hallado otro periódico. Rockley no poseía un periódico propio y las únicas noticias que le llegaban del mundo exterior provenían de las conversaciones de los extraños que pasaban por allí o de algún periódico que los huéspedes del hotel dejaban olvidado. Eso no ocurría con frecuencia. Cuando uno vivía en un pueblo que no tenía periódico propio, los periódicos eran tan buenos como los libros. La mayoría de las personas se aferraban a los suyos. Sarah poseía una colección de periódicos, pero jamás la compartía, de manera que Courtney siempre trataba de hallar alguno antes que ella.

Escondió el periódico debajo de la pila de sábanas sucias que debía lavar y fue hacia las escaleras, con la intención de guardarlo en su habitación que estaba en la planta baja, antes de dedicarse al lavado de la ropa.

En lo alto de la escalera, Courtney vaciló al ver al forastero que aguardaba en la planta baja. Luego se detuvo e hizo algo que rara vez hacía: lo miró fijamente. Se dio cuenta de su propia actitud y se hubiera reprendido a sí misma, pero no podía dejar de mirarlo. Por alguna razón, este hombre suscitó su interés como no lo había hecho ningún otro.

Lo primero que observó fue que era alto y erguido. En segundo lugar, se fijó en su perfil aguileño. Pero el atractivo general de sus rasgos fue lo que más la impresionó. Estaba segura de que debía ser sumamente apuesto, aunque sólo veía su perfil izquierdo. Y era moreno; llevaba chaqueta y pantalones negros; sus cabellos lacios eran negros y su tez bronceada. La camisa y el pañuelo que llevaba al cuello eran de color gris oscuro.

El hombre no se había quitado el sombrero de ala ancha al entrar, pero al menos no llevaba las espuelas. Era extraño, ya que las alforjas que colgaban de su hombro sugerían que había llegado al pueblo cabalgando y Courtney nunca había visto a un hombre que cabalgara sin espuelas.

Entonces observó lo que antes no había notado, porque sólo veía su perfil izquierdo: llevaba cintos dobles, lo cual significaba que seguramente tenía un revólver junto a su muslo derecho. No resultaba muy llamativo, ya que casi todos los hombres del oeste llevaban revólver. Pero eso, unido a su aspecto, le hizo pensar que no lo llevaba consigo sólo para protegerse.

A Courtney le desagradaban los tiradores. Los veía como a matones exagerados y, en realidad, casi todos ellos lo eran. Esa clase de hombres pensaba que podía hacer o decir cualquier cosa. Eran muy pocos los que poseían el coraje de enfrentarlos porque corrían el riesgo de morir.

Como Courtney trabajaba en el único hotel del pueblo, no podía evitar encontrarse con tiradores. Uno de ellos había estado a punto de violarla; otros le habían robado besos. Habían peleado por ella, la habían cortejado y le habían hecho las proposiciones más increíbles. Por eso deseaba fervientemente alejarse de Rockley y nunca quiso desposarse con ningún hombre del lugar, aun cuando con ello hubiera podido marcharse del hotel, donde trabajaba de la mañana a la noche como cualquier criada.

Después de firmar el libro de registros, el forastero dejó la pluma. Courtney se volvió y bajó apresuradamente por las escaleras de atrás, que daban directamente al exterior. No era la salida más conveniente, pero no deseaba pasar por la cocina, donde podría encontrarse con Sarah, quien la reprendería porque perdía el tiempo. No, rodearía el hotel, y entraría por el frente. Pero lo haría después que el forastero hubiera subido a su habitación.

No estaba segura de por qué no deseaba que él la viera, pero no lo deseaba. No sería porque llevaba su vestido más viejo ni porque sus cabellos estuvieran despeinados. No le importaba lo que pudiera pensar de ella. Probablemente permanecería allí tan sólo una noche como la mayoría de los pasajeros. Y luego no volvería a verlo.

Courtney se dirigió hacia el frente, agachándose al pasar frente a las ventanas del comedor que daban al costado del hotel, para poder espiar antes de entrar y asegurarse de que él no estuviera allí. Fue hacia la puerta de entrada, sin darse cuenta de que aún llevaba entre sus brazos la pila de sábanas sucias. Sólo quería llegar a su habitación, ocultar el periódico y volver a su trabajo.

Desde la calle, Charley y Snub observaban las maniobras de Courtney. ¿Por qué demonios atisbaba por la puerta de entrada en lugar de abrirla y luego se aplastaba contra el muro, como si se ocultase? Pero entonces, la puerta se abrió y el desconocido salió, cruzó la galería, bajó los peldaños y se dirigió hasta donde estaba su caballo. Como miraron al tirador, no vieron a Courtney que entraba rápidamente en el hotel. Luego Snub se enteró de que ya no estaba.

—¿Qué fue todo eso?

Charley estaba observando al forastero, que llevaba su caballo al establo.

—¿Qué?

—Tuve la impresión de que la señorita Courtney se estaba ocultando de ese hombre.

—Bueno, no se la puede culpar por eso. Recuerda lo que sucedió con Polecat Parker: la llevó a su cuarto y la aterrorizó con sus actitudes. No sé qué hubiera ocurrido si Harry no la hubiera oído gritar y no hubiera echado mano de su escopeta. Y luego ese estúpido vaquero que trató de apoderarse de ella en la calle y llevársela con él. Ella se dañó seriamente el tobillo al caerse del caballo. Y luego...

—Ambos sabemos que ha tenido problemas desde que vive aquí, Charley. Probablemente piense que éste también se los causará. Por eso trata de no cruzarse con él.

—Tal vez. Pero, ¿alguna vez la has visto salir del hotel sólo para eludir a un hombre?

—No.

—Entonces, quizás esté interesada en éste.

—Maldición, Charley, eso no tiene sentido.

—¿Acaso lo que hacen las mujeres tiene sentido alguna vez? —preguntó Charley, riendo.

—Pero... Creí que pensaba casarse con Reed Taylor.

—Eso es lo que su madrastra desearía. Pero no sucederá; lo sé a través de Mattie Cates. A Courtney le agrada Reed tanto como le agradaba Polecat.

Dentro del hotel, Courtney dirigió una mirada rápida al registro que estaba abierto sobre el escritorio, antes de ir presurosa hacia su habitación. Se llamaba Chandos. Eso era todo; tan sólo el nombre.

7

—Por favor, Courtney, date prisa. No tengo mucho tiempo y me prometiste ayudarme a escoger la tela de mi nuevo vestido.

Courtney miró a Mattie Cates por encima de su hombro. Mattie estaba sentada sobre un barril invertido. Courtney hizo un gesto poco amable. —Si tienes tanta prisa, ven y ayúdame a tender estas sábanas.

—¿Estás bromeando? En cuanto llegue a casa debo lavar mi propia ropa y los calzoncillos de Pearce son pesadísimos. Mis brazos estarían rendidos si comenzara desde ahora. No sé por qué me casé con un hombre tan corpulento.

—Quizá porque estabas enamorada —sugirió Courtney, sonriendo.

—Quizá —respondió Mattie, sonriendo a su vez.

Mattie Cates tenía características contradictorias. La rubia pequeña, de ojos azules, era por lo general cordial y amistosa; pero en ocasiones era reservada y silenciosa. Aparentemente independiente y a veces tan autoritaria como Sarah, también tenía inseguridades ocultas, que sólo sus amistades íntimas conocían. Courtney era una de sus amigas íntimas.

Mattie creía firmemente que uno obtenía de la vida lo que ponía en ella, que podía hacer cuanto se propusiera y solía decir: «Hazlo por ti mismo, porque nadie lo hará por ti».

Mattie había demostrado la veracidad de esa filosofía, superando su propio carácter y conquistando a Pearce Cates dos años atrás, cuando él era uno de los hombres que estaban enamorados de Courtney.

Mattie nunca había reprochado a su amiga ese enamoramiento. Sé había alegrado cuando Courtney se transformó de patito feo en hermoso cisne y consideraba gracioso que los hombres que jamás habían reparado en Courtney, de pronto se sintieran tan atraídos hacia ella.

En ocasiones, Mattie pensaba que Courtney era su creación. No en lo concerniente a belleza, naturalmente, pues ésta era consecuencia del crecimiento de los dos últimos años y, con grandes esfuerzos, ella había logrado adelgazar. Pero Courtney ya no era tan tímida ni nerviosa como antes, ni asumía las culpas por todo cuanto le ocurría, como si lo mereciera. Debió estimularla, acicatearla y amedrentarla, pero a Mattie le agradaba pensar que había logrado insuflar un poco de coraje en su amiga.

Courtney incluso se atrevía a enfrentar a Sarah; no siempre, pero mucho más que antes. Ni siquiera toleraba ya las imposiciones de Mattie. Courtney había comprobado cuán grande era su coraje.

Courtney depositó el cesto vacío sobre la tina de lavar mientras decía:

—Bueno, señorita impaciencia; vámonos.

Mattie inclinó su cabeza hacia un costado y observó:

—¿No vas a peinarte o cambiar tu vestido?

—Ya está. —Courtney se quitó la cinta con que sostenía sus largos cabellos castaños, volvió a atarla y luego los alisó con sus manos.

—Creo que estás bien. Tus vestidos viejos lucen mejor que mi más bonito vestido nuevo —rió Mattie.

Courtney se sonrojó levemente, pero se volvió para que Mattie no lo percibiera. Todavía usaba la ropa que tenía cuatro años atrás, cuando fue por primera vez a Rockley, a pesar de que ya le resultaba chica y de que sus vestidos eran de color pastel, como el que llevaban las muchachas más jóvenes. Los había reformado para adaptarlos a su silueta delgada y algunos de los vestidos poseían dobladillos amplios que le permitieron alargarlos. Pero la mayor parte de ellos se alargó con distintos trozos de tela.

Los viejos vestidos de Courtney, de seda y muselina de *crêpe de Chine* y lana de Angora, sus cuellos de encaje, sus parñoletas y jubones e incluso sus abrigos de verano e invierno, de terciopelo fino, estaban fuera de lugar en Rockley. Y a Courtney nunca le había agradado llamar la atención. Su aspecto la hacía, de por sí, llamativa y le incomodaba que su atuendo empeorase la situación.

Rockley era un pueblo pequeño; sólo poseía dos tabernas y un prostíbulo de reciente data. Había una gran escasez de mujeres jóvenes y solteras, y en los dos últimos años, Courtney había sido muy cortejada.

Cuando Richard, el joven herrero, le pidió que se casara con él, se sorprendió tanto que estuvo a punto de besarlo. Nunca pensó que le harían una proposición seria y honesta. Pero el herrero sólo deseaba una esposa. No la amaba. Ella tampoco lo amaba. Lo mismo ocurrió con Judd Bakes, con Billy y con Pearce, que también deseaban casarse con ella. Y no estaba enamorada de Reed

Taylor, quien siempre la perseguía. Daba por descontado que finalmente la conquistaría.

—¿Alguna vez has oído hablar de un tal señor Chandos, Mattie?

Courtney se ruborizó, preguntándose por qué formulaba esa pregunta. Caminaban hacia el hotel y Mattie respondió:

—No. Parece un nombre salido de un libro de historia, similar al de esos antiguos caballeros medievales de los que me hablaste.

—Sí; suena un tanto fuera de época, ¿verdad?

—También suena un tanto extraño. ¿Por qué lo preguntas?

—Por nada —Courtney se encogió de hombros.

Pero Mattie insistió:

—Vamos. ¿Dónde has escuchado ese nombre?

—Reservó una habitación en el hotel esta mañana. Pensé que quizás habrías oído hablar de él; que tal vez fuera conocido.

—Otro con mala reputación, ¿no?

—Su aspecto lo hace suponer.

—Bien, si es un hombre mayor, podrías preguntarle a Charley o a Snub. Conocen a todos los tiradores de pésima reputación y sabes que les fascinan las habladurías.

—No es tan viejo; puede que tenga veinticinco o veintiséis años.

—Entonces es probable que no lo conozcan, pero si sólo deseas saber a cuántos hombres ha matado...

—¡Mattie! No deseo saber tal cosa.

—Bien; entonces ¿qué deseas saber?

—Nada; nada en absoluto.

—Y entonces, ¿por qué preguntas? —Un momento después agregó: —¿Es ése?

El pulso de Courtney se aceleró y luego volvió a su ritmo normal. En la acera de enfrente, junto a la taberna de Reed, apoyado contra un poste, estaba uno de los otros dos tiradores que llegaran recientemente al pueblo.

—No; ése es Jim Ward —informó Courtney—. Llegó ayer, con otro hombre.

—¿Jim Ward? Ese nombre sí me resulta conocido. ¿No era uno de los que aparecía en un cartel enviado por Wild Bill desde Abilene el año pasado y en el que pedían su captura?

Courtney se encogió de hombros, mientras comentaba:

—Nunca comprendí por qué el alguacil Hickok nos envió esos carteles. Nunca tuvimos un alguacil en el pueblo. —Nadie deseaba ocupar ese cargo en Rockley y por esa razón muchos bandidos acudían al pueblo—. No importaría que lo buscaran. ¿Quién lo arrestaría en Rockley?

—Es verdad —dijo Mattie—, pero nos ayuda a saber de quién debemos mantenernos alejados.

—Yo me mantengo alejada de todos ellos en lo posible —dijo Courtney, estremeciéndose.

—Naturalmente, pero ya sabes qué quiero decir. Si Harry hubiera sabido que a Polecat Parker lo buscaba la justicia, lo hubiera matado en lugar de echarlo simplemente del pueblo.

Courtney se puso tensa al oír mencionar aquel nombre, mientras añadía, pensativa:

—No me lo recuerdes. Durante meses, Sarah se fastidiaba mucho cuando pensaba en la recompensa de mil dólares que recibió una persona de la ciudad de Hays por capturar a ese malviviente.

—Sarah siempre se fastidia por algo —rió Mattie.

Las dos jóvenes cruzaron la calle, con la esperanza de evitar los fuertes rayos del sol. El verano llegaba a su fin, pero en Kansas no se notaba. Courtney no solía exponerse al sol, excepto cuando tendía la ropa lavada, pero aun así, todos los veranos adquiría un suave tono bronceado. Combinaba muy bien con el color dorado de sus ojos.

Lars Handley sonrió a las jóvenes cuando entraron en su tienda. Estaba atendiendo a Berny Bixley, quien también las saludó. Otros cuatro clientes se acercaron. En la tienda de Handley uno podía hallar prácticamente cualquier cosa, siempre que se tratara de un objeto práctico. Lo único que no se vendía era carne; pero Zing Hodges, un ex cazador de búfalos, había abierto un mercado de carne junto a la tienda de Handley. También en la tienda de Handley, los hombres podían rasurarse o hacerse cortar el cabello y, en caso de necesidad, Héctor Evans podía extraerles un diente. El barbero alquilaba ese pequeño rincón de la tienda a Lars, porque nunca se decidía a establecerse definitivamente en Rockley, de modo que no deseaba invertir dinero en una tienda propia.

Mattie llevó a Courtney hacia el muro donde colgaban los viejos carteles con los rostros de los hombres buscados por la ley.

—¿Ves? —dijo Mattie—. Trescientos dólares de recompensa por Jim Ward, acusado de asesinato, robo a mano armada y otros crímenes en Nuevo México.

Courtney examinó el cartel y el retrato hecho a lápiz del hombre, que efectivamente se asemejaba al Jim Ward que se alojaba en el hotel.

—Dice que lo buscan vivo o muerto. ¿Por qué hacen eso, Mattie? De ese modo otorgan a todos el derecho de matar.

—Deben hacerlo; de lo contrario, nadie se preocuparía por buscar a los criminales. ¿Piensas que alguien se atrevería a perseguirlos si supieran que no pueden matarlos? Siempre se produce una pelea y si el cazador, o el alguacil, o quien sea, no es un buen tirador, resulta muerto. Corre ese riesgo. Si es bueno, captura al hombre y obtiene la recompensa; y hay un criminal menos para molestar a las personas decentes. ¿Preferirías que nadie lo hiciese?

—No, supongo que no —aceptó Courtney suspirando. Nunca tenía respuestas para los argumentos razonables de Mattie—. Pero parece tan cruel...

—Eres demasiado compasiva —sentenció Mattie—. No dirás que lamentaste la muerte de Polecat Parker.

—No.

—Y bien; todos son iguales, Courtney. Es mejor para el resto de nosotros que estén muertos.

—Imagino que sí, Mattie.

—No tienes remedio, Courtney. Tendrías compasión de una serpiente —sonrió Mattie.

Courtney meneó la cabeza, manifestando:

—¿Una serpiente? No lo creo.

—Bien, de todos modos —dijo Mattie señalando el cartel—, uno pensaría que este tonto se cambiaría el nombre, habiendo tantos carteles como éste a la vista.

—Quizá me agrade mi nombre.

Las jóvenes contuvieron el aliento y se volvieron.

Jim Ward estaba junto a ellas y no parecía complacido. De estatura mediana, delgado, ojos juntos y nariz aguileña, llevaba un bigote desaliñado que se extendía hasta el maxilar. Arrancó el cartel, lo arrugó y lo guardó en su bolsillo. Posó sus fríos ojos grises sobre Mattie, quien enmudeció.

—No lo dijo intencionadamente, señor Ward —argumentó Courtney.

—De todas maneras, no me agrada que me traten de tonto.

—¿Me va a matar? —dijo burlonamente Mattie, haciendo gala de súbita audacia.

Courtney hubiera deseado pellizcarla. Las rodillas le temblaban.

—Me parece una excelente idea —dijo Ward con vehemencia.

—Un momento —dijo Lars Handley—. No quiero problemas en mi tienda.

—Entonces permanezca donde está, viejo —ordenó bruscamente Ward y Lars se detuvo—. Esto es entre la señorita bocona y yo —concluyó Ward, y Lars miró el rifle que guardaba bajo el mostrador. Pero no lo tomó.

Nadie se movió. Había un silencio mortal. Charley y Snub habían entrado detrás de Ward y estaban sentados en el rincón del barbero, disfrutando del espectáculo.

Héctor, quien había terminado de rasurar a un cliente, comprobó que le temblaban las manos. El cliente limpió su rostro, pero no se puso de pie. Como los demás, observaba en silencio el desarrollo del drama.

Courtney estaba al borde de las lágrimas. Dios mío, ella se había compadecido hacía unos instantes de ese hombre porque quizás algún día alguien podría matarlo.

—¿Mattie? —dijo, tratando de serenarse—. Mattie, marchémonos.

—Ahá —dijo Jim, tomando una de las trenzas de Mattie. La empujó hacia él—. Ella no se irá hasta que se disculpe. Luego me ocuparé de ti, querida. ¿Y bien? —preguntó a Mattie.

Courtney contuvo el aliento al ver que los ojos azules de Mattie lanzaban chispas.

—Lo lamento —dijo Mattie finalmente, en voz baja.

—En voz alta.

—¡Lo lamento! —gritó la joven con furia.

Riendo, Jim Ward la soltó.

Pero sus ojos se fijaron en Courtney. Sonrió de un modo desagradable.

—Ahora, tú y yo podemos ir a un sitio tranquilo para conocernos mejor, querida. Me fijé en ti desde que...

—No —dijo Courtney abruptamente.

—¿No? —Ward entrecerró los ojos. —¿Me estás diciendo que no?

—Debo... debo regresar al hotel, señor Ward.

—Ahá. —Recorrió el brazo de Courtney con los dedos y luego lo tomó firmemente. —Creo que no me has comprendido, querida. Dije que íbamos a conocernos mejor y eso es lo que haremos.

—Por favor, no —gritó Courtney cuando él comenzó a arrastrarla fuera de la tienda. Él no hizo caso de sus gritos.

—Suéltala, Ward.

—¿Qué? —Jim se detuvo y miró en derredor. ¿Habría oído bien?

—No voy a repetirlo.

Jim permaneció allí con Courtney, mirando en torno suyo hasta hallar a su interlocutor.

—Tienes dos opciones, Ward —dijo el hombre serenamente—: desenfunda tu arma o vete. Pero no tardes mucho en tomar la decisión.

Jim Ward soltó a Courtney y con la mano derecha tomó su revólver.

Al instante, cayó muerto.

8

Courtney decidió concentrarse en pensamientos felices. Recordó la primera vez que había montado a pelo y cómo la había sorprendido gratamente comprobar que esa manera de cabalgar era muy fácil. Recordó la ocasión en que Mattie le enseñó a nadar. La primera vez que ordenó a Sarah que se callara la boca y la expresión de Sarah en esa circunstancia.

No daba resultado. Aún veía la imagen del hombre que cayó muerto frente a la tienda de Lars Handley. Nunca había visto un hombre muerto. No había sido testigo de otras muertes en Rockley. Ni había visto los cadáveres del joven Peter ni de Hayden Sorrel en la granja de Brower, el día en que su vida cambió de una manera tan atroz, pues Berny Bixler había cubierto los cuerpos antes de que ella pudiera verlos.

En la tienda había hecho el papel de una tonta, gritando a voz en cuello hasta que Mattie logró calmarla y la acompañó de regreso al hotel. Ahora estaba tendida en su cama con una compresa fría sobre los ojos.

—Toma, bebe esto.

—Oh, Mattie, deja de ocuparte de mí.

—Alguien debe hacerlo, especialmente después de la forma en que te trató Sarah —replicó Mattie. La indignación hacía brillar sus ojos azules—. ¡Qué injusta! Trató de culparte por lo ocurrido. En realidad, la verdadera culpable fui yo.

Courtney levantó la compresa para mirar a Mattie. No podía contradecirla. La verdad era que Mattie había empeorado las cosas con su impertinencia.

—No sé qué me ocurrió —dijo Mattie, más serenamente—: Pero estoy orgullosa de ti, Courtney. Hace dos años te hubieras desmayado. Hoy le hiciste frente a ese canalla.

—Estaba muerta de miedo, Mattie —confesó sinceramente Courtney—. ¿Tú no tenías miedo?

—Por supuesto que sí —respondió la joven—. Pero cuando me asusto, ataco. No puedo evitarlo. Ahora, bebe esto. Es un curalotodo que prepara mi madre y pronto te repondrás.

—Pero no estoy enferma, Mattie.

—Bebe.

Courtney bebió la pócima de hierbas, luego cerró sus ojos y volvió a tenderse. —Sarah fue injusta, ¿verdad?

—Naturalmente que lo fue. Si deseas saber qué pienso, te diré que estaba contrariada porque no reconoció a ese malvado y no tuvo la oportunidad de introducirse en su habitación para matarlo y obtener la recompensa de trescientos dólares.

—¿Piensas que Sarah mataría a alguien?

—No lo dudo —respondió Mattie sonriendo—. Puedo imaginármela deslizándose por el pasillo, de noche, con el rifle de Harry en la mano...

—Basta, Mattie —rió Courtney.

—Así está mejor. Debes reírte de lo que ocurre. Y míralo desde este punto de vista: tienes el día libre.

—Preferiría no verlo así —dijo Courtney tristemente.

—Vamos, Courtney, no te culpes. No puedes evitar que los hombres actúen estúpidamente cuando están contigo. Y ese canalla recibió su merecido. Sabes muy bien qué te hubiera hecho si hubiera podido estar a solas contigo.

Courtney se estremeció. Lo sabía. Lo había visto en los ojos de ese hombre. Y sus súplicas hubieran sido inútiles.

—Fue realmente un tonto al pensar que nadie lo detendría —prosiguió Mattie—. Bueno, quizá no. El hecho es que nadie lo hubiera detenido si no lo hubiera hecho ese desconocido. Y Ward pudo escoger. Pudo haberse marchado, pero trató de disparar contra ese hombre. Fue él quien escogió. —Después de una pausa, continuó—: Estás en deuda con el desconocido, Courtney. Me pregunto quién será.

—El señor Chandos —informó Courtney en voz baja.

—Maldición —exclamó Mattie—. Debí imaginarlo. Por Dios, ahora comprendo por qué te intrigaba. Es fuerte y atractivo, ¿no?

—Supongo que sí.

—¿Lo supones? —preguntó Mattie, sonriendo—. Ese hombre salvó tu honor, Courtney. Debes agradecérselo antes de que se marche.

—¿Se marcha?

Mattie asintió, añadiendo:

—Oí a Charley y a Snub que hablaban de él en el vestíbulo. Va a llevar el cadáver de Ward a Wichita para recibir la recompensa.

Courtney se sintió de pronto muy fatigada y insinuó:

—¿No deberías ir a tu casa, Mattie?

—Sí, creo que sí. Pearce comprenderá mi tardanza cuando le cuente lo sucedido. Pero debes prometerme que no pasarás toda la noche cavilando sobre el asunto.

—No lo haré, Mattie —respondió suavemente Courtney—. Sólo ha servido para reforzar mi decisión de regresar al este. Allí no suceden estas cosas. Este sitio no es civilizado, Mattie.

Mattie sonrió afectuosamente, añadiendo:

—No tuviste la fortuna de hallar a tu tía. Sólo descubriste que había muerto, de modo que no tienes a nadie en el este, Courtney.

—Lo sé. Pero puedo hallar un empleo, aunque haga lo mismo que he estado haciendo durante los últimos cuatro años. No me importa. Pero aquí no me siento segura, Mattie. Harry no me protege. Apenas sabe que existo. Necesito seguridad y, si no la tengo junto a Harry y Sarah, debo hallarla en un lugar seguro.

—¿Has decidido viajar sola?

—No —dijo Courtney melancólicamente—. No. No podría hacerlo. Pero tú sabes que Héctor Evans piensa marcharse de aquí. Quizás después de lo ocurrido hoy, decida volver al este. Podría ofrecerle dinero para que me lleve con él. Poseo ese dinero del que Sarah no sabe nada.

—Sí, podrías pagarle a Héctor, pero sería malgastar el dinero, pues ni siquiera sabe protegerse a sí mismo. Ya sabes que en la actualidad están asaltando los trenes en Missouri. Es probable que te encuentres con la banda de James o alguna otra y que pierdas el poco dinero que posees.

—¡Mattie!

—Bueno, es la verdad.

—Pues será un riesgo que deberé afrontar.

—Bien, si estás decidida a partir, al menos escoge la compañía de alguien que no sea un cobarde. Tal vez Reed te acompañaría si se lo pidieras con gentileza.

—Insistiría en casarse conmigo antes.

—Podrías hacerlo —sugirió Mattie—. ¿Por qué no?

—No estoy para bromas —dijo Courtney, frunciendo el ceño—. Sabes que Reed ni siquiera me agrada.

—Está bien —dijo Mattie sonriendo—. Será mejor que me marche, Court. Podremos hablar de esto mañana. Pero no cuentes con Héctor. No haría absolutamente nada si algún vil individuo tratara de robarte. La verdad es que necesitas a alguien como Chandos. Él no permitiría que nadie te molestase. ¿No has pensado en pedírselo?

—No; no podría —dijo Courtney, estremeciéndose—. Es un asesino.

—Por Dios, Courtney, ¿no me has escuchado? Es exactamente la clase de hombre que necesitas para que te acompañe. Si tanto te preocupa tu seguridad, bueno...

Cuando Mattie se marchó, Courtney permaneció acostada, pensando en sus palabras. No, Mattie estaba equivocada. Si pensara en dirigirse hacia el oeste, el sur o el norte, podría sentirse segura con un hombre como el señor Chandos. Pero iba hacia el este; regresaba a la civilización. Por otra parte, el ferrocarril no se hallaba tan lejos. Sería un viaje sin problemas. Sólo necesitaba alguien con quien viajar para no estar sola.

Pero Mattie estaba en lo cierto respecto de una cosa: debía agradecer al señor Chandos su intervención. Courtney demoró una hora más para reunir el coraje necesario y buscar a su salvador.

Esperaba no encontrarlo en su habitación. Por las noches, su tarea consistía en reponer el agua y las toallas de los huéspedes, pero, como era la hora de cenar, esperaba que el señor Chandos estuviera en el comedor. Luego podría decirle a Mattie que había tratado de darle las gracias pero que no lo había hallado. No, ya se sentía culpable. Debía darle las gracias y lo sabía, pero la intimidaba encontrarse frente a frente con ese hombre peligroso. No obstante, si no estaba en su habitación, podía dejarle una nota.

Golpeó dos veces la puerta, conteniendo el aliento. Escuchó con atención y luego trató de abrirla. Estaba cerrada con llave. No existían duplicados de las habitaciones de los huéspedes, pues Harry opinaba que si un huésped cerraba su habitación con llave, lo hacía porque no deseaba que nadie entrase. Y, por otra parte, dada la clase de clientes que tenían, uno podía recibir un disparo si entraba en una habitación sin permiso del cliente.

Courtney respiró aliviada. Este hombre era peligroso, del tipo de los que ella siempre trataba de evitar.

Pero curiosamente, experimentó una extraña sensación de decepción al no encontrarlo. Cuando él le había dicho a Jim Ward que la soltara, ella había dejado de temer. Este tirador la había hecho sentir segura. No había experimentado esa sensación desde la muerte de su padre. Courtney se apartó de la puerta, con la intención de escribir una nota que dejaría a su nombre en la conserjería. Pero, de pronto, la puerta se abrió. Se volvió nuevamente y quedó petrificada. Él tenía el revólver en su mano.

—Discúlpeme —dijo y guardó el arma en su cartuchera. Abrió aun más la puerta y se hizo a un lado—. Pase usted.

—No... no podría.

—¿El agua que trae no es para mí?

—Sí; naturalmente... Lo lamento... Pondré estas cosas en su lavabo.

Courtney, con sus mejillas encendidas, se dirigió rápidamente hacia el lavabo y depositó las toallas y el agua. Estaba sumamente nerviosa. ¿Qué pensaría de ella? Primero, había actuado como una histérica en la tienda de Handley y ahora balbuceaba como una idiota.

Tuvo que armarse de coraje para mirarlo a la cara. Él estaba apoyado contra el marco de la puerta con los brazos cruzados; su cuerpo alto le cerraba la única salida posible.

No sabía si lo hacía intencionadamente o no. Pero, a diferencia de ella, estaba muy sereno. Daba toda la sensación de sentirse muy seguro de sí mismo, y eso la hizo sentir aun más tonta.

Él la miraba fijamente con esos hermosos ojos azules que parecían desnudarla interiormente, dejando al descubierto todas sus debilidades. Él, por su parte, no revelaba nada de sí mismo; ni curiosidad, ni interés, ni un atisbo de atracción hacia ella. Con gran esfuerzo, ella se recompuso y súbitamente, enfureció.

«Vamos, Courtney, termina con esto y sal de aquí, antes que destruya toda la confianza en ti misma que has logrado acumular en tantos años.»

—Señor Chandos...

—Señor, no. Sólo Chandos.

Ella no lo había descubierto antes, pero la voz de él tenía un timbre profundo y tranquilizador.

Sonrojándose, trató de recordar qué iba a decirle.

—Está asustada —dijo él bruscamente—. ¿Por qué?

—No, no lo estoy; realmente no lo estoy. —No divagues, Courtney—. Deseaba... deseaba agradecerle lo que hizo esta mañana.

—¿Porque maté a un hombre?

—No, no por eso. —Oh, Dios, ¿por qué lo hace todo tan difícil?— Quise decir... Creo que eso fue inevitable. Pero usted... me salvó... Él no le hizo caso y... y usted lo detuvo y...

—Señorita, será mejor que salga de aquí antes que se desmaye.

¡Dios, él podía adivinar sus pensamientos! Mortificada, Courtney vio que abría la puerta. Ella salió corriendo.

No se hubiera detenido si la vergüenza que le provocaba el hecho de haberse comportado tan tontamente no hubiera sido más fuerte que su mortificación. Se volvió. Él continuaba mirándola con esos increíbles ojos azules. Su mirada la tranquilizó, aventando sus temores y serenándola. No podía comprenderlo, pero se alegró de que así fuera.

—Gracias —dijo sencillamente.

—No hay de qué. Me pagarán por lo que hice.

—Pero usted no sabía que lo buscaba la justicia.

—¿No?

Él había estado en la tienda. Pudo escuchar las palabras de Mattie. Pero, aun así...

—Cualquiera haya sido su motivo, señor, usted me

ayudó —insistió Courtney—. Y, las acepte o no, le doy las gracias.

—Como usted quiera —dijo él. El tono de su voz indicaba que la estaba despidiendo.

Courtney saludó rígidamente con una inclinación de cabeza y se marchó, acelerando el paso antes de llegar a las escaleras. Sabía que él estaba mirándola. Afortunadamente, pronto partiría. Ese hombre la sacaba de quicio.

9

Cuando Reed Taylor fue a visitar a Courtney esa noche, ella se negó a recibirlo. Su actitud le valió una reprimenda severa de Sarah, pero no le importó.

A Sarah le agradaba Reed. Courtney comprendía por qué. Ambos eran semejantes: autoritarios y dominantes; era difícil llevarse bien con ellos. Y ambos habían decidido que ella debía casarse con Reed. Parecía no importarles la opinión de Courtney al respecto.

Sí; Sarah propiciaba su casamiento con Reed. Últimamente, cada vez que hablaba con ella, terminaba diciendo: —Deseo que te cases y me libres de tu presencia. Te he mantenido durante mucho tiempo.

No era cierto. Courtney se ganaba la vida. En realidad, Sarah sólo le brindaba alojamiento y alimentación. Nunca había dado a Courtney ni un penique por todo el trabajo que realizaba, ni siquiera para que adquiriese lo indispensable. Courtney debió ganar dinero cosiendo para las señoritas Coffman en su tiempo libre. No deseaba que Sarah supiese que tenía quinientos dólares ocultos en su habitación.

Ese dinero provenía de la venta de algunos muebles que los nuevos dueños no quisieron conservar cuando Courtney, su padre y Sarah vendieron la casa de Chicago. Sarah no sabía que el dinero había sido entregado a Courtney ni que ésta no se lo había dado a su padre. Edward estaba demasiado preocupado para reclamarlo y, en medio del trastorno de la partida, Courtney se había olvidado de él. Lo guardó en el fondo de un baúl y permaneció allí, incluso durante el ataque indígena.

No sabía por qué no había mencionado la existencia de ese dinero cuando Sarah se quejó de su falta de recursos, de que Edward no debió guardar todo su dinero encima, pero ahora, Courtney se alegraba de haber callado.

Supuso que, si se hubiera producido una situación de extrema necesidad, habría empleado el dinero, pero no se había dado el caso. Muy pronto, Sarah obtuvo empleo para ambas en el hotel y, tres meses más trade, Sarah se casó con Harry Ackerman, dueño del establecimiento. No era tan buen partido como Edward, pero las perspectivas eran buenas.

El matrimonio no favoreció a Courtney: Sarah se dedicó a dar órdenes y a no hacer nada.

Courtney sabía muy bien por qué Sarah estaba ansiosa por deshacerse de ella. La gente había comenzado a referirse a Sarah como «la vieja Sarah», pues pensaban que Courtney era su hija. Aunque Sarah señalaba con frecuencia que Courtney tenía diecinueve años y que cumpliría veinte antes de fin de año, los demás las veían como madre e hija. Sara sólo tenía treinta y cuatro años y eso le resultaba intolerable.

Sarah había comenzado a insistir en que Courtney se casara cuando planeó con Harry mudarse a la progresista Wichita. Ya habían comenzado a construir su nuevo hotel. Según Reed, era el sitio adecuado para ganar mucho dinero. Reed también pensaba marcharse. Su nueva taberna y su sala de juegos de Wichita estarían concluidas antes de que comenzara la temporada del 73.

A Sarah no le importaba que Courtney se marchara a Wichita o no, siempre que no continuase viviendo con Sarah y Harry.

Courtney estaba alarmada ante la perspectiva de ir a Wichita. Le parecía diez veces peor que Rockley, dado el mal elemento que allí habitaba. No deseaba acompañar a Sarah y muchos menos, casarse con Reed. Por ende, no tenía opciones, hasta que comenzó a elaborar su propio plan.

Siempre había deseado regresar al este y ahora ya no quería permanecer en Rockley y temía vivir en Wichita bajo la precaria protección de Harry.

Courtney se revolvía en su lecho, sin poder conciliar el sueño. Finalmente, encendió la vela que estaba junto a su cama y buscó el periódico que había ocultado en su tocador. Había estado ansiando leerlo durante todo el día. Decepcionada, comprobó que no se trataba de un periódico del este, sino de un semanario de Fort Worth, Texas, y tenía ocho meses de antigüedad. Así y todo, era un periódico, aunque estuviera ajado y borroso.

Lo extendió sobre su cama y leyó algunos artículos, excepto el que se refería a un tiroteo. Le recordaba demasiado al señor Chandos y al difunto Jim Ward.

Su pensamiento desechó a Ward pero se detuvo en Chandos, aunque se esforzó por no pensar en él. Debía admitir que la atraía y que la había atraído desde el momento en que lo vio por primera vez. No era el primer hombre que le resultaba atractivo, pero ninguno la había perturbado tanto. Cuando Reed Taylor llegó al pueblo, se había sentido atraída por él, pero cuando lo conoció, la atracción se esfumó.

La diferencia respecto de Chandos era que sabía quién era, a qué se dedicaba y aun así le resultaba irresistiblemente atractivo.

Era delgado y fuerte de la cabeza a los pies; su rostro, su cintura y los compactos músculos de sus largas piernas eran igualmente atractivos. Su espalda ancha hubiese sido desproporcionada para un hombre más bajo, pero era perfecta para su estatura. Su rostro estaba bronceado por el sol y su piel era lisa, a excepción de una pequeña cicatriz en su mejilla izquierda. Pero eran su boca y sus ojos los que, combinados, determinaban que su rostro fuera tan perturbadoramente atrayente. Tenía labios rectos, de líneas sumamente sensuales. Y sus ojos eran su rasgo más sobresaliente: su color claro contrastaba con la piel oscura y tenían espesas pestañas negras. No obstante, era innegablemente masculino.

Junto a él, Courtney tenía plena conciencia de su propia feminidad, y eso explicaba sus actitudes tontas. Courtney suspiró. Volvió a fijar la atención en el periódico y vio la fotografía que había estado mirando sin ver. Entonces su corazón se aceleró; no podía creerlo. ¿Sería posible? No... ¡sí!

Rápidamente leyó el artículo que acompañaba la fotografía borrosa; era la primera vez que veía una fotografía en un periódico. El artículo hablaba de un tal Henry Mc Ginnis, conocido ladrón de ganado del condado de McLennan, Texas, que había sido sorprendido en flagrante delito por el ranchero Fletcher Stratton. Los hombres de Stratton habían llevado a McGinnis al pueblo más próximo, que era Waco. No se mencionaban otros nombres, excepto el del alguacil y los de los vaqueros que le entregaron el prisionero. En la fotografía se veía al ladrón cuando era conducido por la calle principal de Waco mientras la gente del pueblo observaba el hecho. El fotógrafo había enfocado especialmente a McGinnis, y los rostros de los espectadores que estaban detrás de él no se veían con claridad. Pero uno de ellos era exactamente igual a Edward Harte.

Courtney se envolvió en una bata y tomó el periódico y la vela. Corrió hacia la habitación de Sarah y Harry, cercana a la de ella. Cuando golpeó a la puerta oyó una maldición, pero ella no podía contener su ansiedad. Harry gruñó al comprobar que se trataba de Courtney. Sarah la miró con furia.

—¿Tienes idea de la hora que es?

—Sarah —exclamó Courtney—. Mi padre está vivo.

—¿Qué? —exclamaron ambos al unísono.

Harry miró a Sarah de soslayo, observando:

—¿Eso significa que no estamos casados, Sarah?

—De ninguna manera —replicó Sarah—. Courtney Harte, ¿cómo te atreves...?

—Sarah, mira —interrumpió Courtney, sentándose en la cama para mostrarle la fotografía—. No puedes decir que ése no es mi padre.

Sarah miró la fotografía detenidamente. Luego su rostro se relajó.

—Vuelve a la cama, Harry. Esta niña tiene demasiada imaginación. ¿No pudiste aguardar hasta mañana, Courtney, antes de venir con esta tontería?

—No es una tontería. Ése es mi padre. Y la fotografía fue tomada en Waco, lo que prueba...

—Nada —dijo Sarah burlonamente—. Hay un hombre en Waco que se parece vagamente a Edward; y he dicho vagamente. La fotografía es borrosa y los rasgos de ese hombre no se ven con claridad. Sólo porque exista cierta semejanza, no significa que sea Edward. Edward está muerto, Courtney. Todos coincidieron en que no pudo haber sobrevivido al cautiverio.

—Todos menos yo —respondió Courtney, enfadada. ¿Cómo podía Sarah restar importancia a una prueba como ésa?— Nunca creí que hubiera muerto. Pudo haber huido. Pudo...

—Tonta. ¿En ese caso, dónde estuvo durante cuatro años? ¿En Waco? ¿Por qué no trató de buscarnos?

Sarah suspiró, añadiendo:

—Edward está muerto, Courtney. Nada ha cambiado. Ahora, vete a dormir.

—Iré a Waco.

—¿Qué? —Después de un instante, Sarah se echó a reír—. Por supuesto. Si deseas que te maten por viajar sola, hazlo. —Luego añadió bruscamente—: Fuera de aquí; déjame dormir.

Courtney iba a responder, pero cambió de idea. Salió en silencio de la habitación.

No regresó a la suya. No estaba imaginando cosas. Nadie podría convencerla de que ésa no era la fotografía de su padre. Estaba vivo. Instintivamente lo sabía; siempre lo había sabido. Se había marchado a Waco. Ella no sabía por qué. Tampoco podía explicarse por qué nunca intentó hallarla. Pero ella estaba decidida a hallarlo a él.

Al diablo con Sarah. Se había enfadado porque no deseaba que Edward estuviera vivo. Había hallado un marido que la convertiría en una mujer rica y que era mejor que Edward para ella.

Courtney fue hacia el vestíbulo del hotel. Sobre el escritorio de la conserjería había una vela encendida, pero el joven Tom, quien permanecía allí durante toda la noche por si entraba alguien, no estaba. Cuando no había nadie en la conserjería, los clientes podían despertar a todo el mundo para pedir una habitación. Ya había sucedido alguna vez.

Courtney no asignó mayor importancia a la ausencia de Tom ni al hecho de que ella estuviera en bata y camisón. Con la vela en la mano y el valioso periódico debajo del brazo, subió las escaleras que llevaban a las habitaciones de los huéspedes.

Sabía exactamente qué hacer. Era lo más audaz que había hecho en su vida. Si lo pensaba, no se atrevería a hacerlo, de modo que no lo pensó. No vaciló ni siquiera un segundo cuando golpeó a la puerta, aunque se cuidó de hacerlo suavemente. ¿Qué hora era? No lo sabía, pero sólo deseaba despertar a Chandos y no a los demás.

Cuando golpeó por tercera vez la puerta se abrió y la hicieron entrar bruscamente. Una mano cubrió su boca y su espalda fue aplastada contra el torso duro como una roca. La vela cayó de sus manos y, cuando la puerta se cerró, la habitación quedó totalmente a oscuras.

—¿Nadie le ha dicho que la pueden matar si despierta a un hombre en medio de la noche? Alguien que estuviera medio dormido no aguardaría hasta comprobar que es usted una mujer.

La soltó y Courtney estuvo a punto de desplomarse.

—Lo lamento —dijo—. Te... tenía que verlo. Y temía aguardar hasta mañana pues podría haberse marchado para entonces. Usted se marcha mañana, ¿no es así?

Courtney guardó silencio mientras él encendía una

cerilla. Chandos levantó la vela (¿cómo pudo verla en la oscuridad?) y la encendió. La depositó sobre la pequeña cómoda y ella vio que, junto a la cómoda, estaban su montura y sus alforjas. Se preguntó si en algún momento habría desempacado. Lo dudaba. Le daba la impresión de ser un hombre que estaba siempre listo para partir.

Había estado cientos de veces en esa habitación para asearla, pero esta noche la veía distinta. La gran alfombra tejida estaba enrollada y apoyada contra el muro. ¿Por qué? ¿Y por qué había sido arrojada debajo de la cama la estera que estaba junto a ella? El agua y las toallas que ella trajera anteriormente habían sido usadas; las toallas estaban sobre el toallero, secándose. La ventana estaba cerrada y los cortinajes, corridos. Imaginó que la ventana estaba cerrada con seguro. La estufa de hierro que se hallaba en el centro de la habitación estaba fría. Sobre la silla de alto respaldo que se hallaba junto a ella había una camisa limpia de color azul, la chaqueta y el pañuelo negro que él había usado antes, y un cinto. El cinto donde guardaba el arma estaba junto a la cama; la funda estaba vacía. Sus botas negras estaban en el suelo.

Cuando ella vio la cama revuelta, comenzó a retroceder hacia la puerta. Lo había despertado. ¿Cómo podía haber hecho algo tan incorrecto?

—Disculpe —dijo ella—. No debí molestarlo.

—Pero lo ha hecho. De modo que no se irá hasta decirme por qué.

Parecía una amenaza; al comprenderlo así, notó que él tenía su torso desnudo, que sólo llevaba puestos los calzoncillos mal abrochados y que se le veía el ombligo. Se detuvo a observar el vello abundante y oscuro que se extendía entre sus tetillas formando una T con el vello que llegaba hasta el centro de su abdomen y desaparecía bajo los calzoncillos. También percibió que tenía un cuchillo corto, insertado en uno de los ojales del cinto. Probablemente llevaba el revólver en la parte de atrás de sus calzoncillos.

Evidentemente, no había deseado correr ningún riesgo al abrir la puerta. Ella sabía que en el oeste los hombres se regían por reglas diferentes y los hombres como éste nunca bajaban la guardia.

—¿Señorita?

Ella retrocedió. La voz de él no revelaba impaciencia, pero ella sabía que debía estar harto de ella.

Indecisa, lo miró a los ojos. Eran tan impenetrables como siempre.

—Pensé... pensé que podría ayudarme.

Tal como ella supusiera, llevaba el revólver consigo. Lo tomó y se dirigió hacia la cama y lo colocó en su funda. Luego se sentó sobre la cama, mirándola pensativamente. Era demasiado para Courtney: la cama deshecha, el hombre semidesnudo. Se ruborizó.

—¿Tiene algún problema?

—No.

—¿Qué ocurre, entonces?

—¿Puede usted llevarme a Texas?

Lo dijo con rapidez, antes de cambiar de idea. Y se alegró de haberlo dicho.

Hubo una breve pausa antes que él dijera:

—Está loca, ¿verdad?

Courtney se sonrojó.

—No. Le aseguro que hablo seriamente. Debo ir a Texas. Tengo motivos para creer que mi padre está allí, en Waco.

—Conozco Waco. Está a una distancia de más de seiscientos cuarenta kilómetros y la mitad de esa distancia atraviesa territorio indígena. No lo sabía, ¿verdad?

—Lo sabía.

—Pero ¿no pensaba ir por allí?

—Es la ruta más directa, ¿no? Es la que hubiera tomado hace cuatro años con mi padre si... bueno, no tiene importancia. Conozco los peligros. Por eso le estoy pidiendo que me acompañe.

—¿Por qué a mí?

Ella pensó durante un instante antes de encontrar la respuesta obvia.

—No puedo pedírselo a ninguna otra persona. Bueno, hay otro hombre, pero su precio sería demasiado alto. Y hoy usted probó que es más capaz de protegerme. Sé que lograría llevarme hasta Waco. Y que yo estaría a salvo de cualquier peligro. —Se interrumpió, preguntándose si debía decir o no cuál era el otro motivo—. Bien, existe otra razón, aunque parezca extraña. Usted me resulta... conocido.

—Nunca olvido un rostro, señorita.

—No quiero decir que nos hayamos conocido antes. Lo recordaría si así fuera. Creo que son sus ojos. —Si ella le decía cómo sus ojos habían logrado tranquilizarla, él realmente creería que estaba loca. Ella misma no lo comprendía, de modo que no lo mencionó. Dijo en cambio—: Quizá siendo niña confié en alguien que tenía unos ojos como los suyos; no sé. Pero sé que, por alguna razón, me infunde seguridad. Y, sinceramente, no me he sentido segura desde que... me separé de mi padre.

Él no hizo ningún comentario. Se puso de pie y fue hasta la puerta y la abrió, mientras decía:

—No la llevaré a Texas.

Ella estaba desolada. Sólo la había preocupado el hecho de pedírselo; no había pensado en su negativa.

—Pero.... pero le pagaré.

—No estoy disponible.

—Pero... va a llevar a un muerto a Wichita por dinero.

Él pareció divertido, al añadir:

—Hubiera pasado por allí de todos modos, de paso para Newton.

—No sabía que pensaba permanecer en Kansas —dijo ella.

—No lo pienso.

Entonces...

—La respuesta es no. No soy una niñera.

—No estoy totalmente indefensa —comenzó a decir Courtney, indignada, pero la mirada de él la detuvo—. Buscaré a otra persona que me acompañe —dijo resueltamente.

—No se lo aconsejo. La matarán.

Era similar a lo que había dicho Sarah, y Courtney se puso aun más furiosa al contestar:

—Lamento haberlo molestado, señor Chandos —dijo secamente antes de salir muy erguida de la habitación.

10

Ubicada a cuarenta kilómetros al norte de Wichita, Newton se estaba convirtiendo en la sucesora de Abilene como centro de compraventa de ganado en Kansas. Construida en forma similar a su predecesora, la ciudad quizá sólo lograra ser el centro durante una temporada, ya que Wichita se aprestaba a serlo en la temporada siguiente.

Al sur de las vías del ferrocarril, en la zona denominada Hide Park, se hallaban los salones de baile, las tabernas y los burdeles. Los vaqueros de los grupos ganaderos que siempre frecuentaban la ciudad solían alborotar día y noche. Los tiroteos eran frecuentes. También lo eran las riñas a puñetazos, surgidas ante la menor provocación.

Eso era corriente durante la temporada de arreo de ganado, ya que los vaqueros recibían su paga al llegar a su destino y la mayoría de ellos la gastaba en pocos días.

Cuando Chandos cabalgó a través de Hide Park, comprobó que estos vaqueros hacían lo mismo. Algunos regresaban a Texas cuando se les acababa el dinero; otros se dirigían a otros pueblos. Uno que fuera hacia el sur podía recalar en Rockley y ser convencido por Courtney para que la llevara a Texas.

Chandos no solía dejar traslucir sus pensamientos, pero en ese momento frunció el ceño. La idea de que la joven Courtney estuviera sola en las llanuras con uno de esos vaqueros mujeriegos lo inquietaba. Lo inquietaba más aun el hecho de que le importara. ¡Estúpida mujer del este! No había aprendido nada en los cuatro años transcurridos desde que él le salvara la vida. Aún carecía del instinto de supervivencia.

Chandos se detuvo frente a la taberna de Tuttle, pero no se apeó. Introdujo la mano en el bolsillo de su chaleco y sacó el pequeño manojo de cabellos que llevaba consigo desde hacía cuatro años; las largas guedejas que quedaron adheridas a su mano cuando retorció los cabellos de Courtney.

Entonces no sabía su nombre, pero lo averiguó poco después, cuando fue a Rockley para saber qué había sucedido con Ojos de Gato. Así la llamaba mentalmente, aun después de saber cuál era su nombre. Y Chandos había pensado en ella con frecuencia durante esos años.

Nunca la imaginó como era ahora. La imagen que tenía de ella era la de una niña asustada, no mucho mayor que su hermana muerta. Ahora, la imagen había cambiado; la niña tonta se había convertido en una hermosa mujer, tan tonta como antes y quizás más aun. Podía imaginarla violada y muerta por culpa de su tozuda decisión de viajar a Texas y sabía que su imaginación estaba basada en la realidad.

Chandos desmontó y ató su caballo pinto frente a la taberna de Tuttle. Durante unos segundos, continuó contemplando el manojo de cabellos que tenía en su mano. Luego, exasperado, lo arrojó y vio que la brisa lo llevaba rodando por la calle de tierra.

Entró en la taberna y vio que, aunque era mediodía, había por lo menos veinte personas diseminadas en el salón. Incluso había un par de mujeres de aspecto dudoso. En una de las mesas, un jugador profesional había comenzado a jugar y el alguacil se hallaba en el otro extremo del salón, bebiendo con seis compinches y haciendo tanta bulla como los demás. Tres vaqueros discutían acerca de las dos prostitutas. Dos hombres de aspecto inquietante bebían tranquilamente, en una mesa ubicada en un rincón.

— ¿Ha llegado Dare Trask? —preguntó Chandos al cantinero, a quien pidió una bebida.

—No lo repita, señor. Oye, Will, ¿conoces a un tal Dare Trask? —preguntó a uno de sus clientes, por lo bajo.

—No —respondió Will.

—Solía cabalgar con Wade Smith y Leroy Curly —añadió Chandos.

—Conozco a Smith. Supe que se fue a vivir con una mujer a Texas. ¿Los otros dos? —El hombre se encogió de hombros.

Chandos bebió su whisky. Al menos era algo, aunque sólo fuera un rumor. Formulando preguntas inocentes en una taberna, Chandos había llegado a enterarse de que Trask se dirigía a Newton. Pero no había sabido nada de Smith durante dos años, desde que supo que el hombre era buscado en San Antonio, acusado de asesinato. Chandos había seguido el rastro de Leroy Curly hasta un pequeño pueblo de Nuevo México y ni siquiera había necesitado provocar una riña. Curly era un alborotador nato. Disfrutaba al hacer ostentación de su rapidez para disparar un arma y provocó la riña con Chandos que le costó la vida.

Chandos no hubiera podido reconocer a Dare Trask, pues sólo poseía una vaga descripción de un hombre bajo, de casi treinta años, de cabellos y ojos castaños. Esos rasgos podían ser atribuidos por igual a dos vaqueros y a uno de los tiradores que se hallaban en la mesa del rincón. Pero Dare Trask tenía un rasgo distintivo: le faltaba un dedo de su mano izquierda.

Chandos pidió un segundo whisky.

—Si viene Trask, díganle que Chandos lo está buscando.

—¿Chandos? Sí, señor. ¿Es usted su amigo?

—No.

Era suficiente. Nada sulfuraba más a un tirador que saber que alguien a quien no conocía lo estaba buscando. Chandos había hallado al vaquero vagabundo Cincinnati empleando ese desafío. Tuvo la esperanza de que le diera el mismo resultado con Trask, quien durante los últimos cuatro años había logrado eludirlo, tal como lo hiciera Smith.

Para cerciorarse, Chandos miró detenidamente a los tres hombres que encajaban con la descripción de Trask. Todos tenían los dedos intactos.

—¿Qué diablos mira, señor? —dijo un vaquero que estaba solo frente a una mesa, ya que sus compañeros acababan de ponerse de pie, para subir las escaleras junto con las prostitutas. Obviamente, había salido perdedor en la discusión y se vio obligado a aguardar el regreso de una de ellas. No estaba de buen humor.

Chandos lo ignoró. Cuando un hombre mostraba deseos de entablar una riña, poco podía hacerse para tranquilizarlo.

El vaquero se puso de pie y tomó a Chandos del hombro, haciéndolo girar sobre sí mismo.

—Hijo de puta. Te hice una pre...

Chandos le propinó un puntapié en la entrepierna y el hombre cayó de bruces; las manos apoyadas sobre la zona golpeada y el rostro mortalmente pálido. Cuando el vaquero cayó al suelo, Chandos desenfundó su revólver.

Otro hombre pudo haber disparado el arma, pero Chandos no mataba por matar. Sólo apuntó con su arma, preparándose para disparar si fuera necesario.

El alguacil McCluskie, quien se había puesto de pie cuando comenzó la pelea, no intervino. No compartía la filosofía de su antecesor, quien había tratado de domesticar Newton. Durante un instante, los ojos azules del desconocido se posaron sobre el alguacil. El mensaje fue claro. Con él no se jugaba. Además, no se podía hacer frente a un extraño cuando éste ya había desenfundado su arma.

Los otros dos vaqueros se acercaron para recoger a su amigo; extendieron las manos en un gesto conciliatorio.

—Está bien, señor. Bucky no es un hombre sensato. Es algo irresponsable, pero no le causará más problemas.

—¿Ah, no?...

El vaquero dio un codazo a Bucky y lo levantó, diciendo:

—Estúpido. Cállate de una vez. Te pudo haber volado los sesos.

—Estaré en la ciudad durante unas pocas horas más —dijo Chandos—, por si su amigo desea retomar la discusión.

—No, señor. Llevaremos a Bucky de regreso al campamento y si no recapacita, le haremos entrar en razón a fuerza de golpes. No volverá a verlo.

Era discutible, pero Chandos lo dejó pasar. Debía cuidarse mientras permaneciera en Newton.

Cuando Chandos guardó su arma, se reanudó el bullicio en la taberna. El alguacil volvió a tomar asiento exhalando un suspiro de alivio y continuó el juego de naipes. No valía la pena hablar acerca de los altercados de esta naturaleza. Para que en Newton se alborotasen los ánimos, había que derramar sangre.

Pocos minutos después, Chandos se marchó de la taberna de Tuttle. Aún debía recorrer las tabernas restantes, los salones de baile y los burdeles si deseaba encontrar a Trask. Probablemente también él visitara un prostíbulo, ya que no había estado en compañía de una mujer desde que se marchó de Texas, y sus encuentros inesperados con Courtney Harte en bata de noche lo habían perturbado.

Al pensar en ella, vio la mata de cabellos en la calle, a pocos metros del lugar donde la había arrojado. Una leve brisa la empujó hacia él y se detuvo a pocos centímetros de sus pies. Tuvo el impulso de pisarla antes que volviera a volar. La levantó y la guardó nuevamente en el bolsillo de su chaleco.

11

Ese domingo por la mañana, mientras la buena gente estaba en misa, Reed Taylor se hallaba sentado en su oficina, una de las dos habitaciones que reservaba para su uso personal en la planta alta de la taberna. Había acercado un sillón a la ventana y tenía una pila de novelas baratas junto a él. Era un entusiasta lector de novelas de aventuras. Estaba completamente absorto en la quinta lectura de *Bowie Knife Ben, el pequeño cazador del noroeste*, por Oll Coomes, cuando salió Ellie May del dormitorio, distrayéndolo adrede con un sonoro bostezo. Pero fue una distracción pasajera. El cuerpo semidesnudo de Ellie no le interesaba esa mañana, porque ya había disfrutado de él plenamente la noche anterior.

—Debiste despertarme, cariño —dijo Ellie May con voz gangosa, acercándose a Reed por detrás y rodeándole el cuello con sus brazos—. Pensé que pasaríamos todo el día en la cama.

—Te equivocaste —murmuró Reed con aire ausente—. Ahora vete a tu cuarto como una niña buena.

Le dio una pequeña palmada en la mano, sin mirarla siquiera. Ellie May hizo un gesto de disgusto. Era una joven bonita, tenía una hermosa silueta y le agradaban mucho los hombres. También a Dora le agradaban. Era la otra joven que trabajaba con ella en la taberna de

Reed. Pero Reed no les permitía prestar servicios a los clientes. Incluso había contratado a un tirador particularmente perverso para que hiciera respetar sus normas al respecto. Gus Maxwell hacía cuanto le ordenaban.

Reed consideraba que ambas jóvenes eran de su propiedad y podía tornarse muy desagradable si lo hacían esperar cuando deseaba acostarse con alguna de ellas. El problema radicaba en que no se acostaba con bastante frecuencia con ninguna de las dos, porque dividía sus atenciones entre ambas. Ellie May y Dora, que alguna vez habían sido amigas, se habían convertido en enemigas porque Reed era el único hombre disponible para ambas.

Ellie May casi deseaba que Reed se casara con Courtney Harte. Tal vez así permitiría que ella y Dora se marchasen, que era lo que ambas deseaban. Las había amenazado en caso de que lo intentaran, y no estaban dispuestas a comprobar si cumpliría con sus amenazas. Decía que las llevaría con él a Wichita, y Ellie May tenía la esperanza de que todo fuera diferente allí. Al menos habría un alguacil a quien quejarse si la situación no cambiaba. Allí, en Rockley, nadie creería que Reed era un prepotente, pues su taberna era limpia y decente y todos lo respetaban.

— ¿Sabes cuál es tu problema, Reed? —se atrevió a decir Ellie May—. Sólo te interesas por tres cosas: el dinero, esas estúpidas novelas y esa señorita elegante que vive enfrente. Me sorprende que no la hayas acompañado a la iglesia para lograr que te invitaran a almorzar. Claro que escandalizarías al reverendo si aparecieras en la iglesia. El pobre hombre podría desmayarse.

Su sarcasmo no dio resultado. Reed no la escuchaba. Ellie May se volvió, enfurecida. Por la ventana abierta vio a la dama en cuestión. Ellie May sonrió y sus ojos brillaron maliciosamente.

—Me pregunto quién será el individuo que acompaña a la señorita Courtney a la iglesia —dijo intencionadamente. Al instante, Reed saltó de su sillón y empujó a Ellie May hacia un lado para poder ver mejor. Luego corrió las cortinas y miró a Ellie May lanzando fuego por sus ojos.

—Debería abofetearte, tonta —la increpó con furia—. ¿No conoces a Pearce Cates?

—Ah, ¿ése era Pearce? —preguntó ella inocentemente.

—¡Fuera de aquí!

—Por supuesto, cariño.

Ella sonrió afectadamente. Había valido la pena ver a Reed enfadado, aunque sólo fuera por unos instantes. Estaba tan habituado a ver satisfechos todos sus deseos, que, cuando las cosas no resultaban como él quería, se alteraba enormemente. Courtney Harte era una de las cosas que deseaba, y si bien ella no se había arrojado a sus brazos, a Reed no le cabía la menor duda de que finalmente cedería. Ya pensaba en ella como si le perteneciese. Ellie May esperaba que la joven dama se mantuviera inflexible. A Reed Taylor no le vendría mal verse humillado alguna vez.

—Courtney.

Courtney se detuvo de mala gana cuando vio que Reed Taylor cruzaba la calle en dirección a ella. Qué mala suerte. Unos pocos metros más, y hubiera estado dentro del hotel.

Mattie y Pearce también se detuvieron, pero Courtney, con expresión angustiada, les indicó que prosiguieran su camino y luego aguardó a que Reed se acercara. Lo encontró desarreglado. Sus cabellos rubios estaban revueltos y aún no se había rasurado. De todos modos, era muy apuesto. Courtney pensó que nada podía desmerecer el atractivo físico de Reed. La combinación de ojos verdes, nariz aguileña y simpáticos hoyuelos resultaba letal. Y además, era un hombre alto y corpulento, fuerte. Cada vez que veía a Reed, ella pensaba en su fortaleza. Era un ganador, un hombre de mucho éxito. Sí, un hombre fuerte.

Courtney solía preguntarse si no estaba loca al permitir que sus defectos decidieran los sentimientos de ella hacia él. Pero así era. Era el hombre más tozudo y prepotente que jamás conociera. No le agradaba. Pero no se notó en la mirada que ella le dirigió, porque Courtney era muy bien educada.

—Buenos días, Reed.

Él abordó el tema directamente:

—No me has recibido desde aquel incidente en la tienda de Handley.

—No; es verdad.

— ¿Te afectó tanto?

—Bueno, sí.

Y era verdad. Pero también era verdad que estaba preocupada tratando de hallar alguien que la acompañara hasta Texas. Había empacado y estaba preparada para partir. Y Berny Bixler tenía una carreta y un buen caballo en venta. Sólo le faltaba alguien que la escoltara.

Pero el incidente de la tienda de Handley le sirvió de pretexto para mantener alejado a Reed. Era inútil decirle «simplemente no deseo verte».

—Cuando Gus me lo contó, no lo podía creer. Regresé de Wichita a la noche —dijo Reed—. Fue providencial que ese tal Chandler estuviera allí.

—Chandos —corrigió Courtney en voz baja.

—¿Qué? Bueno, como sea. Tenía la intención de darle las gracias por haberte ayudado, pero se marchó temprano a la mañana siguiente; tal vez haya sido mejor así. Era un hombre demasiado rápido con el revólver.

Courtney sabía a qué se refería. Esa noche había dormido muy poco y, a la mañana siguiente se despertó tarde, de modo que no tuvo oportunidad de ver el segundo tiroteo. Aparentemente, el amigo de Jim Ward había desafiado a Chandos frente al hotel. Según el relato del viejo Charley, el hombre no había tenido tiempo de defenderse, ante la rapidez increíble de Chandos. Pero resultó herido en una mano. Chandos no lo había matado. Después, Chandos lo ató, recogió el cadáver de Jim Ward y se marchó de Rockley con el muerto y el hombre vivo a la rastra.

—No te correspondía darle las gracias en mi nombre, Reed —dijo Courtney—. Traté de hacerlo yo misma, pero no aceptó mi agradecimiento.

—Hubiera deseado estar allí para ayudarte, querida —respondió Reed cariñosamente. Luego, y con el mismo entusiasmo, agregó—: Pero mi viaje ha sido provechoso. Logré asegurarme una ubicación privilegiada en la ciudad de Búfalo. El hombre que me dio el dato estaba en lo cierto. Gracias al ferrocarril, ha surgido una nueva ciudad de la noche a la mañana; ésta se encuentra en torno al campamento de los antiguos vendedores de whisky. La han rebautizado con el nombre de Dodge en memoria del comandante de la guarnición cercana.

—¿Otra ciudad ganadera? —preguntó Courtney secamente, sin sorprenderse ante el egocentrismo de Reed—. ¿Te marcharás allá en lugar de ir a Wichita?

—No; hallaré a alguien que se encargue de regentear la taberna de Dodge. Wichita será mi base de operaciones, tal como lo planifiqué.

—¡Qué emprendedor eres! ¿Por qué no mantienes también tu taberna en Rockley, en lugar de demolerla?

—Lo he pensado. Si crees que es una buena idea...

—No lo hagas, Reed —lo interrumpió Courtney. Qué increíble; el hombre era insensible al sarcasmo—. Tus decisiones nada tienen que ver conmigo.

—Sí, tienen que ver contigo.

—No —insistió ella con firmeza; luego añadió—: Es mejor que lo sepas: he decidido marcharme de Rockley.

—¿Marcharte? ¿Qué quieres decir? Siempre deseaste regresar al este y no te culpo por eso. Me establecí en Rockley por ti. Pero ya nada tienes que hacer en el este, querida. Sarah me ha dicho...

—No me importa lo que Sarah te haya dicho. —La voz de Courtney se elevó ante la actitud paternalista de Reed—. Y no te concierne el hecho de que me marche.

—Por supuesto que sí.

Courtney hubiera deseado gritar. Pero siempre había sido así. Él nunca podía aceptar una negativa. Cuando ella se negó a casarse con él, él había ignorado su decisión. ¿Cómo comunicarse con un hombre así?

—Reed, debo marcharme. Mattie y Pearce me aguardan en casa.

—Que esperen —dijo él, frunciendo el ceño—. Escúchame, Courtney. No puedo permitir que te alejes de aquí...

—¿No puedes permitirlo? —preguntó indignada.

—Bueno, no fue mi intención decirlo de esa manera. —Trató de calmarla. ¡Dios, qué bella era cuando sus ojos se encendían así! Rara vez ocurría, pero cuando sucedía, ella lograba excitarlo como ninguna otra mujer lo había hecho. —Ocurre que me estoy preparando para partir dentro de dos semanas y pensé que podríamos casarnos antes.

—No.

—Querida, la distancia de aquí a Wichita es demasiado grande para seguir cortejándote.

—Me alegro.

El rostro de Reed tenía una expresión cada vez más sombría. —Nunca me has dicho por qué no deseas casarte conmigo. Ya sé; dices que no me amas...

—Oh, me has prestado atención.

—Querida, aprenderás a amarme —le aseguró él; sus hoyuelos reaparecieron—. Te acostumbrarás a mí.

—No deseo acostumbrarme a ti, Reed; yo... —Soportó el inesperado beso de él, sin forcejeos poco dignos. No era desagradable. Reed sabía besar muy bien. Pero lo único que suscitó en ella fue exasperación. Hubiera deseado abofetearlo por su osadía. Pero la escena que estaban ofreciendo era bastante deplorable y no quería empeorarla.

Cuando la soltó, ella retrocedió.

—Buenos días, Reed.

—Nos casaremos, Courtney —dijo cuando ella pasó junto a él.

Courtney hizo caso omiso de sus palabras, que sonaron como una amenaza.

Quizá debía demorar su partida hasta que Reed se

marchase a Wichita. No creía que él se atreviera a interponerse en su camino, pero con Reed nunca se sabía.

Estaba tan preocupada que estuvo a punto de chocar contra el tirador. En realidad, él extendió una mano para evitarlo. Estaba en la puerta del hotel, obstruyendo la entrada. ¿Cómo no lo había visto antes? ¿La habría visto besando a Reed? Como siempre, su mirada era inescrutable.

No obstante, Courtney se ruborizó. Ella miró de soslayo para comprobar si Reed aún la observaba; él había regresado a su taberna.

—En… en ningún momento pensé encontrarme con usted —dijo ella, interrumpiéndose cuando él blandió un papel frente a ella.

—¿Puede reunir todo esto en el término de una hora?

Ella estudió brevemente el contenido. Su corazón latió con fuerza. Era una lista detallada de provisiones.

Lentamente, levantó su mirada hacia él. —¿Esto significa que ha cambiado de idea?

Él la miró fijamente durante unos segundos. Ella era transparente; en sus ojos felinos brillaba la esperanza.

—Dentro de una hora, señorita, o me marcharé solo —fue cuanto dijo.

12

Mattie golpeó una vez a la puerta antes de abrirla.

—¿De modo que regresó?

Courtney la miró por encima del hombro. —¿Qué? Oh, Mattie, olvidé que tú y Pearce me aguardábais. Lo lamento. Pero no permanezcas allí de pie. Ven a ayudarme.

—¿Ayudarte a qué?

—¿Qué supones? —dijo Courtney con impaciencia. Los ojos de la muchacha más joven mostraron sorpresa al comprobar que la habitación estaba en desorden. Había ropa dispersa por todas partes: vestidos y enaguas colgando de la silla, sobre la cama, el escritorio y otros muebles.

—¿Deseas que te ayude a desordenar tu habitación?

—Tonta. No puedo llevar mi baúl porque la lista no menciona una carreta; sólo un caballo enjaezado. Léela. —y Courtney le entregó la lista.

Mattie abrió sus ojos, mientras decía:

—De manera que va a llevarte a Texas. Pero creí que habías dicho...

—Cambió de idea. Es un hombre de pocas palabras, Mattie. Sólo me entregó la lista y preguntó si podía comprar todo en una hora. Oh, vamos, no tengo mucho tiempo. Aún debo ir a la tienda de Handley para adquirir alforjas y provisiones y debo comprar un caballo, y...

—Courtney. No puedo creer que estés dispuesta a viajar hasta Texas sin una carreta. No tendrás intimidad alguna. Deberás dormir en el suelo.

—Llevaré una manta —dijo Courtney alegremente—. Está en la lista.

—¡Courtney!

—Bueno, no tengo muchas alternativas, ¿no? Y piensa en todo el tiempo que ahorraremos al no tener una carreta que nos obligue a marchar lentamente. Llegaré a Waco mucho antes de lo que pensé.

—Court, nunca has cabalgado durante un día entero, y mucho menos durante semanas. Estarás tan dolorida...

—Mattie, te aseguro que estaré bien. Y no tengo tiempo para discusiones. Si no estoy preparada, se marchará sin mí.

—Que lo haga. Por Dios, Courtney, ese hombre lleva demasiada prisa. Cruzará las llanuras a toda velocidad. Dentro de dos días desearás estar muerta y le rogarás que te traiga de regreso. Aguarda hasta que otra persona pueda llevarte.

—No —dijo Courtney con gesto decidido—. Quizás otros que vengan a Rockley estén dispuestos a llevarme, pero, ¿podría confiar en ellos? Confío en Chandos. Tú misma dijiste que es el hombre perfecto para este trabajo. Y hay algo más, Mattie: tengo la impresión de que Reed tratará de detenerme.

—No se atrevería —dijo Mattie, indignada.

—Sí, se atrevería. Y no hay muchos hombres dispuestos a contradecir a Reed.

—¿Y crees que Chandos lo haría? Sí, pienso que lo haría. Pero...

—Mattie, debo ir a Waco. Chandos es el hombre indicado para llevarme. Así de sencillo. Y bien, ¿vas a ayudarme? Me queda poco tiempo.

—Está bien —suspiró Mattie—. Veamos qué dice la lista; ¿vas a comprar pantalones y camisas? Figuran aquí.

Ocupada eligiendo ropa, Courtney negó con su cabeza.

—Estoy segura de que puso eso en la lista porque cree que no podré montar con vestido. Pero tengo esa falda de lana de angora que adapté para cabalgar, de modo que servirá.

—¿Estás segura que ése es el motivo? Quizás desee que parezcas un hombre. Olvidas la clase de zona que debes atravesar.

—No empieces a hablar de peligros, Mattie. Ya estoy bastante atemorizada.

—Quizá deberías comprar, al menos, un par de pantalones para estar segura.

—Podría hacerlo, pero el señor Handley pensará que estoy loca. Y no tengo tiempo para todo eso.

Mattie contempló el saco de noche en el que Courtney colocaba dos vestidos.

—Sé que dijo que llevaras poca ropa, Court, pero allí cabe aún otro vestido. ¿Por qué no? Y además tienes las alforjas. Viajarás muy cargada de cosas, pero es inevitable.

—Mattie, conoces de caballos más que yo y me dijo que necesitaría un buen caballo. ¿Me comprarías uno?

—No existen muchos para elegir en la caballeriza. Si hubiera tiempo... Tenemos uno espléndido en casa.

—No hay tiempo, Mattie. Dijo que se marcharía dentro de una hora, y lo hará.

—Veré qué puedo hacer —gruñó Mattie—. Luego

te veré frente a la tienda de Handley. ¿Sarah ya lo sabe?

Courtney entregó a su amiga unos billetes y, sonriendo, dijo:

—¿Lo preguntas seriamente? Si lo supiera, estaría aquí brindándome sus lúgubres predicciones.

—¿Por qué no te marchas sin decirle nada? Te ahorrarías el sermón.

—No puedo, Mattie. Después de todo, se ha ocupado de mí en estos últimos años.

—¡Ocupado de ti! —dijo Mattie con indignación—. Dirás que te ha obligado a trabajar como una esclava.

Courtney sonrió ante la franqueza de Mattie. A través de los años, había adoptado algunas frases de su amiga y en ocasiones las utilizaba impensadamente. Al menos, ya no se ruborizaba cuando Mattie decía atrocidades.

Dándose cuenta de que quizá no vería a Mattie en mucho tiempo, Courtney le confió:

—Te echaré de menos, Mattie. Y deseo que elijas algo para ti entre las cosas que poseo y que no puedo llevar conmigo.

Mattie abrió mucho sus ojos.

—¿Quieres decir... estos hermosos vestidos?

—Prefiero que los tengas tú y no Sarah.

—Bueno, no sé qué decir. También yo te echaré mucho de menos.

Salió de la habitación antes de echarse a llorar. No tenía sentido. Court estaba decidida a marcharse.

También los ojos de Courtney se llenaron de lágrimas mientras terminaba de empacar y se ponía su equipo de montar.

Antes de salir del hotel se encontró con Sarah. Había deseado despedirse en el último momento, cuando ya hubiera comprado cuanto necesitaba, pero no fue así.

—Evidentemente, persistes en tu tonta idea de viajar a Waco —le reprochó Sarah.

—Sí, Sarah —admitió Courtney suavemente.

—Pequeña tonta. No pienses que voy a llorar por ti si mueres en la llanura.

—No iré sola, Sarah.

—¿Qué? ¿Quién te acompañará?

—Se llama Chandos; es el que...

—Sé muy bien quién es —dijo Sarah. Luego, inesperadamente, se echó a reír—. Ya veo. Todas esas tonterías acerca de tu padre eran un pretexto para marcharte con ese pistolero. Siempre supe que eras una vagabunda.

Courtney la miró enfurecida, aclarando:

—Nada de eso, Sarah. Pero puedes pensar lo que quieras. Después de todo, si mi padre está vivo, te convertirás en una adúltera, ¿no es así?

Courtney aprovechó el súbito mutismo de Sarah para salir del hotel. Temía que Sarah fuese tras ella, pero no lo hizo.

En la calle no había señales de Chandos ni de su caballo; Courtney aún disponía de algunos minutos antes de la hora señalada. Compró rápidamente cuanto necesitaba. También pudo despedirse de algunas personas que la habían tratado siempre con gentileza, porque Lars Handley, Charley, Snub y las hermanas Coffman estaban en ese momento en la tienda de Handley.

Antes que concluyera, llegó Mattie.

—Está aguardando, Courtney.

Miró por la ventana. Allí estaba Chandos, sobre su caballo. Un ligero temor la hizo estremecer. Apenas lo conocía e iba a viajar sola con él.

—Trajo otro caballo —dijo Mattie, en voz baja—. Está ensillado y listo para partir. Incluso escogió la montura. Quizá pensó que no hallarías una buena cabalgadura por aquí. Pero compré para ti la vieja *Nelly* a muy buen precio. —Mattie le entregó el dinero sobrante—. No es buena para montarla pero sí para transportar carga; no tendrás que llevar tus cosas contigo.

—Entonces no emplees ese tono tan triste.

—Te marchas... Y no es tan sólo por eso... No sé. Chandos me impresionó. En la caballeriza, sin decir palabra, se hizo cargo de todo. Tienes razón, es un hombre de pocas palabras. Y... y me aterroriza.

—¡Mattie!

—Es verdad. ¿Por qué estás tan segura de que puedes confiar en él, Court?

—Confío en él; eso es todo. Olvidas que ya una vez me salvó de ese odioso Jim Ward. Ahora está dispuesto a ayudarme nuevamente.

—Lo sé; lo sé. Pero no comprendo por qué.

—No importa. Lo necesito, Mattie. Ahora ven y ayúdame a cargar a la vieja *Nelly*.

Cuando las jóvenes salieron de la tienda, Chandos no pareció verlas. Ni siquiera se apeó para ayudarlas a asegurar las alforjas de Courtney sobre la yegua. Courtney se dio prisa, no tanto porque él aguardaba, sino para evitar que Reed la viera. Miraba nerviosamente hacia la taberna, con la esperanza de poder marcharse con Chandos antes que se produjera un escándalo.

Cuando ambas amigas se abrazaron por última vez y Courtney montó su caballo, Chandos dijo:

—¿Trae todo lo que figura en la lista?

—Sí.

—Supongo que es demasiado tarde para preguntarle si sabe cabalgar.

Lo dijo tan secamente que Courtney se echó a reír.
—Sé cabalgar.

—Cabalguemos entonces, señorita.

Chandos tomó las riendas de la vieja *Nelly* y se dirigió hacia el sur. Courtney sólo tuvo tiempo para volverse y saludar a Mattie moviendo su mano.

Casi inmediatamente llegaron a la salida de Rockley y, con un profundo suspiro, Courtney se despidió de ese capítulo de su vida.

No le llevó mucho tiempo habituarse a mirar la espalda de Chandos. Él no deseaba cabalgar junto a ella. Courtney lo alcanzó en varias oportunidades, pero él siempre lograba mantenerse a una buena distancia delante de ella; no muy alejado, pero no tan cerca como para poder conversar. Pero siempre sabía qué estaba haciendo Courtney. No miraba hacia atrás, pero cuando el caballo de ella se atrasaba, él aminoraba la marcha. Mantenía constantemente la misma distancia entre ambos. Eso la hizo sentir segura.

Aunque no fue así. Pocos momentos después, Chandos se apeó de su caballo y caminó hacia donde estaba ella. Courtney lo miró, intrigada. Ya era casi el atardecer y no pensó que acamparían tan temprano.

Luego se alarmó. El rostro de él tenía una expresión de fría determinación.

Sin decir una palabra, levantó sus brazos y la obligó a apearse. Con un gemido de sorpresa, ella cayó contra él, y sus botas golpearon las piernas de Chandos. Él no se inmutó. La tomó de la cintura con un brazo y con la otra mano tomó sus nalgas.

—Chandos, por favor —gritó ella, horrorizada—. ¿Qué está haciendo?

Él no respondió. Sus fríos ojos azules lo decían todo.

—¿Por qué?

—¿Por qué no?

Dios, ella no podía creerlo.

—Confié en usted.

—Supongo que no debió hacerlo —dijo él con frialdad, rodeándola fuertemente con sus brazos.

Courtney comenzó a llorar, mientras decía:

—Por favor. Me está haciendo daño.

—Le voy a hacer mucho más daño si no hace exactamente cuanto le ordene, señorita. Abráceme.

No estaba enfadado. Ni siquiera levantó la voz. Courtney hubiera preferido que se enfureciera.

Mirándolo a los ojos, obedeció. Su corazón latía enloquecidamente. ¿Cómo pudo equivocarse tanto?

—Así está mejor —dijo él, serenamente. Luego, con un solo movimiento, le abrió la blusa.

Courtney gritó, sabiendo que era inútil, pero no pudo evitarlo. Con eso logró que Chandos la empujara; ella cayó sentada a sus pies. Rápidamente, se abrochó la blusa.

Había confiado en Chandos para que la protegiera y él la había traicionado. Le lanzó una mirada muy elocuente.

Courtney se estremeció. Allí, de pie, con sus piernas separadas, se lo veía tan fuerte y tan apuesto, pero también cruel y despiadado...

—Creo que aún no ha tomado conciencia de la situación. De lo contrario, no provocaría mi ira con sus gritos.

—Sí; he tomado conciencia.

—Dígame cuál es. Ahora.

—Va usted a violarme.

—¿Y?

—Y no puedo evitar que lo haga.

—¿Y?

—No... no sé qué más puedo decir.

—Mucho más, señorita. La violación es lo que menos debería preocuparla. Se ha puesto usted a mi merced. Fue una estupidez, pues ahora puedo hacer cuanto desee con usted. ¿Me comprende? Puedo cortarle el cuello y dejarla aquí; ningún ser humano la hallaría.

Courtney temblaba violentamente. En su momento, no había pensado en todo eso y ya era demasiado tarde.

Como no dejaba de temblar, Chandos se inclinó y la abofeteó. De inmediato, ella rompió a llorar y él maldijo. Tal vez estaba siendo demasiado rudo con ella, pero debía aprender la lección.

Había estado dispuesto a hacer algo más que atemorizarla, si hubiera sido necesario. Pero no lo era. Ella se atemorizaba con facilidad.

Puso su mano sobre la boca de ella para hacerla callar. —Puede dejar de llorar. No voy a hacerle daño.

Vio que ella no le creía y suspiró. Había resultado mejor de lo que pensaba.

—Escúcheme, Ojos de Gato —dijo él, en tono deliberadamente amable—. El dolor no se olvida. Por eso lo usé. No quiero que olvide cuanto aprendió hoy. Otro hombre la hubiera violado, asaltado y luego probablemente la hubiera matado para ocultar su delito. No debe poner su vida en manos de un extraño, al menos en esta región del país; jamás. Traté de decírselo, pero no quiso escucharme. Este camino es recorrido por muchos hombres peligrosos.

Ella había dejado de llorar y él le apartó su mano de la boca. Vio que ella mojaba sus labios con su pequeña lengua rosada. Luego se incorporó y le volvió la espalda.

—Será mejor que acampemos aquí para pasar la noche —dijo él sin mirarla—. Por la mañana, la llevaré de regreso a Rockley.

13

Courtney permaneció acostada durante varias horas contemplando las estrellas. Luego se volvió y contempló el fuego que se apagaba. Pensó que debía ser medianoche, pero no estaba segura.

Se había tranquilizado. Chandos no había vuelto a tocarla; ni siquiera se había acercado a ella, excepto para alcanzarle un plato de comida. Tampoco le había dirigido la palabra; indudablemente pensaba que no era necesario añadir nada más.

El muy canalla. ¿Qué derecho tenía de erigirse en su maestro? ¿Qué derecho tenía de hacerla ilusionar para luego destruir sus ilusiones? No obstante, ella no se atrevía a provocarlo, diciéndole qué opinaba de su «lección».

Comenzó a llorar amargamente. Lloraba en silencio; sólo de tanto en tanto soltaba un suspiro. Pero fue suficiente. Chandos la oyó.

No había estado durmiendo. Sus propias preocupaciones lo mantenían despierto. No sentía remordimientos por lo que había hecho. Sus intenciones habían sido buenas, si bien la ejecución había sido un tanto drástica, era mejor que la joven sufriera un susto y no que terminara enterrada en una tumba anónima en medio de la llanura más adelante. Hablar con ella hubiera sido inútil; ella no lo hubiera escuchado.

El problema era que no esperaba que el sufrimiento de Courtney pudiera afectarlo tanto. Era casi como aquella vez en que la vida de ella había estado en sus manos. Dentro de él surgió un instinto protector y sólo deseaba consolarla. El llanto de ella lo perturbó profundamente. No podía soportarlo.

Su primer impulso fue el de alejarse hasta que ella se calmara, pero sabía que ella creería que la estaba abandonando y no deseaba atemorizarla nuevamente. ¡Maldición! Nunca se había alterado ante los llantos femeninos. ¿Qué tenía este llanto que lo hacía diferente?

Chandos se puso de pie silenciosamente y fue hacia ella. Se sentó junto a Courtney y la rodeó con sus brazos, acercándola hacia él, de manera que la espalda de ella quedó apoyada contra el torso de él. Ella contuvo el aliento.

—Tranquilízate, gatita. No te haré daño.

Ella estaba rígida como una tabla. No confiaba en él.

—Sólo voy a abrazarte; nada más —dijo Chandos con tono tranquilizador—. Deja ya de llorar.

Ella se volvió apenas, para poder verlo. Chandos se emocionó al ver su rostro mojado. Sus ojos parecían dos grandes heridas.

—Lo has arruinado todo —dijo ella, lastimeramente.

—Lo sé —dijo él. Cualquier cosa con tal de calmarla.

—Ya no hallaré a mi padre.

—Sí, lo hallarás. Pero deberás buscar otra manera de hacerlo.

—¿Cómo? Me hiciste gastar tanto dinero en víveres que ya no podré llegar a Waco. Compré ropa que jamás usaré, un caballo tan viejo que el señor Sieber no querrá volver a comprarlo y un revólver inútil, más costoso aun que el caballo.

—Un revólver nunca es inútil... —dijo Chandos pacientemente—. Si lo hubieras usado hoy, me hubieras podido detener antes de que me acercara a ti.

—No sabía que pensabas atacarme —replicó, indignada.

—No, supongo que no —dijo él, razonablemente—. Pero debiste suponerlo. Aquí debes estar preparada para todo.

—Ahora lo estoy.

Le apuntó con el arma que tenía oculta debajo de su manta. La expresión de él no varió.

—Muy bien, señorita. Estás aprendiendo. Pero deberás mejorar tu sentido de la oportunidad. —Deslizó su mano debajo de la manta para quitarle el revólver. —La próxima vez, asegúrate de estar frente a tu objetivo, especialmente si te hallas tan cerca de él.

— ¿Qué diferencia hay? —Suspiró con gesto desdichado—. De todos modos, no hubiera podido disparar contra ti.

—Si te provocan, puedes disparar a cualquiera. Ahora, deja de llorar, ¿quieres? Te devolveré tu dinero.

—Muchas gracias —respondió ella, tensa—. Pero no será una gran ayuda. No puedo llegar a Texas sin compañía. Me has demostrado que no puedo confiar en nadie. ¿Qué hago, entonces?

—No deberías ir en busca de tu padre. Él debería tratar de hallarte. Escríbele.

—¿Sabes cuánto tardaría una carta en llegar a Waco? Puedo llegar yo antes.

—Podría llevarla yo.

—¿Vas a Waco?

—No pensaba ir tan lejos, pero podría hacerlo.

—No lo harás —dijo ella, fastidiada—. Cuando te marches, ya no te preocuparás del asunto.

—Dije que lo haría, y si lo dije, lo haré.

—¿Y si mi padre no está allí? —repuso ella—. ¿Cómo he de saberlo? —Ella rogó con su mirada, pero él no dio señales de haber comprendido.

—Alguna vez quizá vuelva por aquí.

— ¿Alguna vez? ¿Debo aguardar a que eso suceda alguna vez?

—¿Qué demonios deseas de mí? Tengo otras cosas que hacer además de tus diligencias.

—Deseo que me lleves a Waco. Dijiste que lo harías.

—Nunca dije que lo haría. Te dije que compraras provisiones. Tú entendiste lo que deseabas.

No había elevado su voz, pero ella supo que había perdido la paciencia. Aun así, insistió.

—No veo por qué no puedes llevarme. Vas a Texas de todos modos.

—No has aprendido nada, ¿verdad? —el tono de su voz era frío.

—Sí —dijo nerviosamente.

—Si así fuera, no estarías dispuesta a viajar conmigo.

Courtney miró a lo lejos, incómoda. Naturalmente, él tenía razón. Ni siquiera debería dirigirle la palabra.

—Sé por qué actuaste así —dijo ella en voz muy baja—. No puedo decir que me agradó, pero no creo que hayas deseado hacerme daño.

—No lo sabes en absoluto —dictaminó él categóricamente.

La abrazó con fuerza y ella se tornó tensa.

Sin aliento, dijo:

—Realmente... ¿hubieras...?

—Escúchame —interrumpió Chandos—. No sabes de qué soy capaz. No trates de adivinarlo.

—¿Estás tratando de asustarme nuevamente?

Él se incorporó y dijo secamente:

—Sólo deseaba que dejaras de llorar. Ya no lloras. Tratemos de dormir.

—¿Por qué no? —dijo ella, ofendida—. Mis problemas no te conciernen. Olvida mi petición de ayuda. Olvídalo todo.

Chandos se puso de pie. La impertinencia de la joven no lo afectaba. Era una mujer, y supuso que si se quejaba se sentiría mejor. Pero las palabras que pronunció luego lo dejaron perplejo.

—Tengo una alternativa: Reed Taylor me llevará a Waco. Naturalmente, eso quiere decir que deberé casarme con él. ¿Qué otro camino me queda? Estoy habituada a que las cosas no resulten como lo deseo. Por ende, ¿cuál es la diferencia?

Se había vuelto de espaldas a él y hablaba consigo misma, no con él. No supo si ignorarla o hacerla entrar en razón a golpes.

—¿Señorita?

—¿Qué? —ella fue cortante.

Chandos sonrió. Quizás era valiente, después de todo.

—Debiste decirme que estabas dispuesta a usar tu cuerpo para llegar a Waco.

—¿Qué? —Se volvió tan rápidamente que la manta que la cubría cayó hacia un lado—. Jamás permitiría...

—¿Acaso no dijiste que te casarías con ese individuo?

—Eso nada tiene que ver con... con lo que has dicho —replicó ella.

—¿No? ¿Piensas que puedes casarte con un hombre sin compartir su lecho?

Courtney se ruborizó. No lo había pensado; sólo había hablado para sentirse mejor.

—No es asunto tuyo cuanto yo haga cuando me lleves de regreso a Rockley —dijo, a la defensiva.

Él se acercó a ella, insinuando:

—Si estás vendiendo tu virginidad, tal vez esté interesado.

Ella no supo qué responder. ¿Él actuaría así para escandalizarla?

—Hablé de casamiento —replicó Courtney con voz temblorosa—. ¿Tú también?

—No.

—Entonces no hay nada más que decir —dijo con firmeza y se volvió.

Chandos observó que ella tomaba la manta y se cubría con ella hasta el mentón.

Durante un instante, Chandos se volvió y contempló el cielo oscuro y estrellado, pensando que se había vuelto loco.

Inspiró profundamente y luego dijo:

—Te llevaré a Texas.

Se produjo un gran silencio. Luego ella lo interrumpió:

—Tu precio es muy alto.

—No hay precio; sólo el que estés dispuesta a pagar.

Finalmente, estaba cambiando nuevamente de idea. Estaba demasiado mortificada; dijo:

—No, gracias.

—Como gustes —respondió él con indiferencia. Luego se alejó.

Ella se enorgulleció por haber rehusado. ¿Quién creía él que era al jugar así con su vida?

Durante un largo rato sólo se oyó el crepitar del fuego. Luego ella dijo susurrando:

—Chandos.

—¿Sí?

—Lo he pensado. Acepto tu ofrecimiento.

—Entonces, duérmete. Partiremos temprano.

14

El fuerte aroma del café despertó a Courtney. Durante un instante permaneció acostada, dejando que el sol de la mañana bañara su rostro. Nunca había dormido a la intemperie y le resultó muy agradable despertar bajo las caricias del sol matutino. Quizá, después de todo, no extrañaría la falta de una carreta.

Cuando se movió, comprobó que le dolía todo el cuerpo. Luego recordó la advertencia de Mattie. El día anterior habían cabalgado durante casi seis horas. No había sido una cabalgata intensa, pues sólo habían recorrido alrededor de veinticinco kilómetros. Pero Courtney no estaba habituada a cabalgar durante tanto tiempo y sus músculos se lo hacían saber.

Se volvió con un gesto de dolor. Era peor de lo que pensaba. Luego vio a su acompañante y olvidó sus malestares.

Chandos se estaba rasurando a unos tres metros de distancia, cerca de los caballos. Sobre el suelo, a sus pies, había un pequeño jarro dentro del cual se veía una brocha. De la montura de su caballo pendía un espejo. No estaba a su altura pero lo había colocado en un ángulo como para poder mirarse en él.

A menudo, Courtney había contemplado a su padre mientras se rasuraba, pero no era lo mismo que observar a Chandos. No llevaba camisa; sólo pantalones, botas y el cinto que sostenía el revólver.

Ella lo miró levantar un brazo para quitarse la espuma del rostro. Vio que sus músculos se tensaban y movían. No podía dejar de contemplar su cuerpo de líneas firmes. Su piel desnuda era oscura, suave y fascinante.

—Sírvete un poco de café. No permaneceremos aquí durante mucho tiempo —le dijo como sabiendo desde siempre que ella lo observaba fascinada.

Se ruborizó. ¿Cómo sabía que estaba despierta?

Courtney se incorporó lentamente, a causa de sus dolores musculares. Hubiera deseado quejarse, pero no se atrevió. Sólo habían viajado durante un día. Si él pensaba que ella no era capaz de sobrellevarlo, podría cambiar nuevamente de parecer.

—¿Hablas español? —preguntó ella con aire casual.

—No.

—Mattie pensó que quizá fueras español.

—¿Tu nombre es español?

—No.

Courtney hizo una mueca. Dios, qué poco sociable era. ¿No podía tratar de ser amable alguna vez? Volvió a intentarlo.

—Entonces, ¿cuál es tu nacionalidad?

—El café se enfría...

Ella pensó que no valía la pena insistir y concentró su atención en el café. Estaba realmente hambrienta.

—¿Hay algo para comer, Chandos?

Finalmente, él la miró. Sus cabellos se habían soltado mientras dormía y caían sobre su lado izquierdo, cubriendo la mayor parte de su falda a cuadros. Él recordó que había entrelazado sus dedos en esos cabellos. Ella lo miraba con ojos semidormidos, más rasgados que de costumbre. Estaba fatigada de llorar y por haber estado despierta casi toda la noche El sabía muy bien que ella ignoraba hasta qué punto se veía seductora.

—Junto al fuego hay bizcochos —informó él secamente.

—¿Eso es todo?

—Suelo comer muy poco por la mañana. Debiste comer anoche.

—No hubiera podido. Estaba tan... —Se interrumpió. No menciones el día de ayer, Courtney, se dijo—. Los bizcochos me vendrán muy bien, gracias.

Chandos se volvió para terminar de rasurarse. Pensó que debía estar loco. No había excusa alguna para llevar a una mujer, a esta mujer, a través de seiscientos cuarenta kilómetros de llanuras solitarias. Una maldita virgen. Sólo sabía mirarlo fijamente, pensando que él no lo percibía. Pero él había captado cada una de sus miradas. Había tenido la sensación de que esos ojos acariciaban su cuerpo, como si hubieran sido manos.

No le agradaban los sentimientos que despertaba en él. Pero la llevaría a Waco. De lo contrario, jamás podría olvidar su hermoso rostro bañado en lágrimas, sus ojos felinos llenos de desconsuelo. No deseaba conservar esa imagen por el resto de su vida, como había conservado durante los últimos cuatro años la de esa joven asustada que le recordaba a su hermana muerta.

Para su desgracia, había estado ligada a él desde el día en que la vio por primera vez, ligada a través de cuanto él había sufrido y de cuanto ella estaba a punto de sufrir. Cuando le perdonó la vida, ella se convirtió en una parte de la suya.

Ella lo ignoraba. No había motivo para que lo supiera.

Había sido un error ir a Rockley para comprobar si aún estaba allí. Había sido aun peor regresar para salvarla de su estupidez. Ella no era su responsabilidad. Él sólo deseaba romper el vínculo que los unía. Y en lugar de hacerlo, la estaba acompañando a Waco. Sí; decididamente, estaba loco.

—¿Chandos?

Él se quitó el resto de espuma del rostro, tomó la camisa que colgaba de su cabalgadura y luego se volvió para mirarla. Ella estaba sentada cerca del fuego, en una pose muy femenina. En una mano sostenía una taza de metal y, en la otra, el resto de un bizcocho. Su rostro esteba sonrojado y no lo miraba a los ojos. Miró a su alrededor, contemplando la vasta llanura que se extendía en torno de ellos, desierta y silenciosa. Él percibió de inmediato su dilema y aguardó para averiguar qué pensaba hacer al respecto.

Ella lo miró a los ojos y luego su mirada volvió a posarse en la lejanía.

—Aparentemente tengo... quiero decir que... no importa.

Los ojos de Courtney se iluminaron con una sonrisa. Era un ser increíble. Prefería sufrir antes que mencionar lo que consideraba un tema inapropiado.

Él caminó hacia el fuego y se puso en cuclillas junto a ella.

—Deberías hacer algo con esto —dijo él, llevando un mechón de sus cabellos hacia atrás.

Courtney miró fijamente su torso bronceado; el vello oscuro. No debió acercarse a ella con la camisa abierta. No obstante, pensó que iba a tener que habituarse a su falta de formalidad si deseaba viajar con un hombre que no asignaba la menor importancia a tales cosas.

—Está bien —dijo ella y rápidamente recogió su cabello, formando con él un rodete sobre la nuca. Chandos la contempló detenidamente y ella evitó mirarlo. Iba a tener que mantenerse a distancia de ella.

—Voy a ponerme en marcha —dijo él abruptamente. Cuando ella lo miró, alarmada, él añadió—: No te demores; de lo contrario te será difícil alcanzarme.

Él recogió la cafetera y su jarro de metal, apagó el fuego y se marchó. Ella tendría algunos minutos a solas para satisfacer sus necesidades naturales.

De pronto, tomó conciencia de que Chandos sabía cuál era su problema. Qué mortificación. Y bien, no le quedaba otra alternativa que dejar de lado su sensibilidad delicada y adaptarse a viajar con un hombre.

No perdió tiempo, pensando que quizá no podría alcanzarlo. En cuanto pudo, se marchó tras él.

No debió preocuparse. Él se hallaba a unos cuatrocientos metros de distancia. Estaba sentado, mirando hacia el oeste y no la miró cuando ella se acercó. Courtney se detuvo junto a él y entonces le lanzó una mirada.

Él le ofreció algo de comer.

—Con eso podrás sobrevivir hasta que nos detengamos a medianoche.

De modo que sabía que estaba famélica. Los dos bizcochos no habían satisfecho su apetito; especialmente porque no había comido desde el día anterior por la mañana.

—Gracias —dijo ella en voz baja.

—Ésta es tu última posibilidad de regresar, señorita. ¿Lo sabes, verdad?

—No deseo regresar.

—¿Sabes realmente a qué te arriesgas? No hallarás aquí ningún rastro de civilización. Y ya te he dicho que no soy una niñera. No esperes que haga por ti lo que puedas hacer por ti misma.

Ella asintió lentamente con su cabeza.

—Sabré cuidarme. Sólo pido tu protección en caso de necesidad. —Luego agregó con vacilación—: Me la darás, ¿verdad?

—Lo mejor que pueda.

Ella suspiró y él dejó de mirarla, mientras guardaba el resto de alimento en su alforja. Al menos eso estaba claro. Para que pudieran llevarse bien, sólo hacía falta que él dejara de actuar como si ella lo hubiera obligado a acompañarla. Al menos, podía dejar de tratarla de «señorita», que más parecía una ofensa que una señal de respeto.

—Tengo nombre, Chandos —dijo ella—. Me llamo...

—Conozco tu nombre —interrumpió él, azuzando su caballo, que comenzó a galopar.

Ella lo miró, azorada.

15

Courtney vio al indio por primera vez antes de cruzar el río Arkansas, al mediodía. Esa mañana, Chandos había cabalgado hacia el oeste, siguiendo luego el curso del río hacia el sur, hasta llegar a un sitio en el que la escasa profundidad les permitió cruzarlo.

Courtney estaba deslumbrada por el reflejo del sol del mediodía sobre el agua. Por ese motivo, le resultaba difícil distinguir las sombras de la ribera, poblada de árboles y arbustos. El movimiento que vio entre los matorrales pudo haber sido provocado por cualquier cosa. El hombre de las largas trenzas negras pudo haber sido un espejismo.

Cuando avisó a Chandos que había creído ver a un indio al otro lado del río que se aprestaban a cruzar, él le restó importancia. —Si era un indio, pues lo era. No te preocupes.

Luego tomó las riendas del caballo de ella y las de la yegua *Nelly*, conduciendo a todos a través del río. Ella olvidó al indio y se preocupó por mantenerse sobre su cabalgadura, mientras el agua helada llegó primero hasta sus pies, luego hasta sus muslos y finalmente hasta sus caderas. La yegua corcoveaba y se zambullía, tratando de mantener el equilibrio en la rápida corriente de agua.

Finalmente, después de cruzar el río, Courtney puso

a secar sobre un arbusto su falda de montar y su enagua, y se calzó los pantalones.

Salió de detrás de los arbustos, donde había estado demorando su aparición en pantalones. Cuando los compró en la tienda, no había tenido tiempo de probárselos y les había echado un rápido vistazo, suponiendo que le irían bien. Se había equivocado. No eran pantalones de hombre sino de niño y, si no hubiera tenido tanto apetito, hubiera permanecido entre los arbustos.

Vio a Chandos junto a la orilla del río, llenando con agua las cantimploras, pero se olvidó de él cuando vio el almuerzo que se estaba cocinando. En una pequeña cazuela, sobre el fuego, bullía un guisado. Encontró su cuchara y se inclinó para revolverlo; el aroma hizo agua su boca.

—Hija de puta.

Courtney dejó caer la cuchara con un grito de sorpresa. Lentamente se volvió y miró a Chandos. Estaba a pocos metros de ella; en una mano llevaba las dos cantimploras; con la otra sostenía su frente como para aliviar el dolor. Pero cuando bajó su mano y ambos se miraron a los ojos, Courtney comprobó que no sufría dolor alguno.

—¿Chandos?

Él no respondió. La miró, deteniéndose en las curvas que el estrecho pantalón delineaba nítidamente. Ella sabía que eran muy ceñidos, pero Chandos la hizo sentir como si estuviera desnuda.

Courtney se ruborizó intensamente.

—No me mires así. En realidad, no deseaba comprarlos, pero Mattie dijo que quizá deseabas que me pareciese a un hombre, de modo que los compré. ¿Cómo iba a saber que no eran de mi medida? No suelo comprar ropa masculina. Y no tuve tiempo de probármelos porque sólo me diste una hora para...

—Cállate, mujer —interrumpió él—. No me importa por qué los tienes puestos; sólo quítatelos de inmediato y ponte de nuevo la falda.

—Pero tú dijiste que los comprara —protestó Courtney, disgustada.

—Dije camisas y pantalones. Eso no quiere decir... si eres tan inconsciente como para hacer ostentación de tu trasero frente a mí...

—¿Cómo te atreves? —dijo ella.

—No me provoques, señorita —gruñó él—. Sólo ponte la falda.

—Aún está mojada.

—No me importa. Póntela. Ahora.

—Muy bien. —Ella se volvió y añadió, enfadada—: Luego no me culpes si pesco un resfriado y tienes que...

Él la tomó de los hombros y la hizo girar sobre sí misma con tal fuerza que ella cayó entre sus brazos. Posteriormente, Courtney pensó que él debió sorprenderse tanto como ella. ¿Por qué, si no, la tomó de las nalgas y no apartó las manos, aun después de que ella recuperase el equilibrio?

Courtney estaba harta de su despotismo.

—¿Y bien? —preguntó bruscamente—. Pensé que deseabas que cambiara de ropa.

La voz de él sonó ronca, suave y, al mismo tiempo, perturbadora.

—No comprendes nada, ¿verdad, Ojos de Gato?

Nerviosamente, ella preguntó:

—¿Puedes soltarme ahora?

Él no lo hizo y por un segundo, sus ojos parecían tan

confundidos como los de ella. De pronto, ella quedó sin aliento.

—En el futuro, señorita —dijo él finalmente—, sugiero que no trates de sorprenderme de esta manera. Puedes usar tus pantalones, dado que yo, como señalaste, insistí en que los trajeras. Si no puedo controlar mi... desaprobación, ése será mi problema, no el tuyo.

Ella supuso que se trataba de una disculpa por su extraño comportamiento. En lo sucesivo, trataría de no sorprenderlo para que no actuara de manera irracional.

—Entonces, si no te importa, preferiría comer mientras se seca mi falda. ¿De acuerdo?

Él asintió y Courtney fue en busca de los platos que se hallaban en las alforjas.

Una hora después reanudaron la marcha, manteniéndose cerca del río, aunque a una distancia suficiente como para eludir el espeso follaje que había en las orillas. Courtney vio nuevamente al indio. ¿Sería el mismo? ¿Cómo saberlo? Pero esta vez estaba segura de haberlo visto. Estaba a horcajadas de un pinto, muy semejante al de ella, sobre un pequeño cerro ubicado hacia el oeste, y los observaba.

Courtney acercó su caballo al de Chandos.

—¿Puedes verlo?

—Sí.

—¿Qué espera de nosotros?

—Nada.

—Entonces, ¿por qué está allí? ¿Nos observa? —preguntó ella.

Finalmente, él se volvió y la miró mientras decía:

—Tranquilízate, señorita. No ha de ser el único indio que veas en las próximas semanas. No te preocupes por él.

—¿No?

—No —insistió él con firmeza.

Courtney no habló más. ¡Por Dios, cuán irritante era! Pero ya no estaba tan preocupada por el indio, pues Chandos no lo estaba.

Después de unos minutos ya se habían alejado del indio, y ella se volvió para comprobar que no los había seguido. Aún se hallaba sobre el pequeño cerro.

Pero esa tarde, Courtney comenzó a recordar todos los ataques indígenas sobre los que había leído u oído hablar, incluyendo aquel que le había tocado vivir. Pensaba que algunos ataques se justificaban.

Suspiró. Los blancos mataban. Los indios trataban de vengarse. Luego los hombres blancos se vengaban a su vez y los indios tomaban represalias. ¿Cuándo acabaría?

No parecía posible que acabara, al menos no por el momento. Y todos los sitios estaban amenazados, pues las tribus indígenas se extendían desde México hasta la frontera con Canadá.

Un año atrás, en el norte de Texas, diez carromatos había sido atacados por ciento cincuenta indios. Llevaban granos desde Weatherford hacia Fort Griffin y aunque el carretero principal había logrado reunir las carretas y ofrecer resistencia para que algunos de sus hombres pudieran huir, los que huyeron fueron hallados muertos y mutilados.

Se decía que el ataque había sido encabezado por Set Tainte, el jefe de los kiowas, más conocido como Satanta. Este jefe indio era fácilmente reconocible porque solía usar un casco dorado con plumas y una chaqueta con charreteras, perteneciente a un general del ejército norteamericano. Courtney recordaba la risa de Mattie ante el despliegue de humor del jefe indio después de atacar Fort Larned. Después de robar casi todos los caballos del regimiento, envió un mensaje al comandante, quejándose de la mala calidad de los caballos y solicitando que, en su próxima visita, llevara mejores cabalgaduras.

Courtney estaba segura de que no se encontraría con ese indio en el camino, pues Satanta se hallaba en la cárcel estatal de Texas, aunque existía el rumor de que sería puesto en libertad bajo fianza.

La joven pensó que ese viaje entrañaba verdaderos peligros. ¿Podía un solo hombre protegerla?

Decidió que sólo le restaba rezar y esperar que sus caballos respondieran satisfactoriamente. Si se detenía a pensar en todas las posibilidades, no podría seguir adelante. No; lo más atinado era imitar la actitud de Chandos.

Sólo esperaba que la serenidad de él se justificase.

16

Chandos aguardó hasta estar seguro de que Courtney dormía. Entonces, tomó sus botas y su arma, y silenciosamente se alejó del lugar donde acampaban. Fue en dirección opuesta al río. La noche era oscura y había sombras por doquier.

A poco de andar, se le acercó Lobo Rampante. Caminaron sin dirigirse la palabra, hasta alejarse lo suficiente como para que el viento no llevara sus palabras.

—¿Es tu mujer?

Chandos se detuvo y miró hacia adelante. ¿Su mujer? Sonaba agradable. Pero nunca había tenido una mujer, ni lo deseaba. No había tenido tiempo. La única mujer a la que visitaba periódicamente era la apasionada Calida Alvarez. Pero Calida pertenecía a muchos hombres.

—No, no es mi mujer —respondió finalmente.

Lobo Rampante percibió el tono de tristeza con que lo había dicho.

—¿Por qué no?

Chandos sabía que había muchos motivos pero sólo mencionó el más obvio:

—No es de las que obedecen ciegamente... y yo no acostumbro a interrumpir lo que comienzo.

—Pero está contigo.

Chandos rió, y sus dientes blancos brillaron en la oscuridad.

—No sueles ser tan curioso, amigo mío. ¿Creerías que estoy demente si te dijera que es más fuerte que yo o, al menos, más persistente?

—¿Qué poder emplea?

—El de las malditas lágrimas.

—Recuerdo muy bien cuán poderosas son.

Chandos comprendió que Lobo Rampante estaba pensando en su difunta mujer. Siempre era así. Con una palabra o una mirada, él podía revivirlo todo en detalle.

Aunque su camino estaba marcado por la sangre de sus seres queridos, Chandos trataba de olvidar lo sucedido. A Lobo Rampante no le ocurría lo mismo. El bravo comanche vivía de sus recuerdos. Eran la razón de su vida.

La pesadilla no acabaría para ninguno de ellos hasta que muriera el último de los quince carniceros. Sólo entonces dejaría Chandos de escuchar gritos en sus sueños, de ver a Lobo Rampante, su íntimo amigo, llorando junto a su mujer muerta, mirando fijamente a su hijo de dos meses que yacía a unos pocos metros. Un pequeño bebé degollado.

En ocasiones, cuando las imágenes lo acosaban, Chandos perdía el contacto con la realidad circundante y lloraba interiormente, como lo había hecho cuando llegó a su hogar y presenció esa escena escalofriante. No lloraba fácilmente como Lobo Rampante, o como su padrastro, que había cubierto las piernas de su mujer, manchadas de sangre por las reiteradas violaciones, y había cerrado sus ojos, esos hermosos ojos azules llenos de horror y sufrimiento. A la madre de Chandos la llamaban la mujer de los ojos de cielo.

Quizás algún día podría llorar. Entonces dejaría de escuchar sus gritos. Tal vez entonces podría dormir con tranquilidad. Pero pensó que la imagen de Ala Blanca nunca se borraría de su mente. Su pequeña hermanastra, quien lo adoraba, y a quien él adoraba a su vez. La muerte cruenta de esa niña adorable atormentaba su alma; los brazos rotos, las marcas de las dentelladas, el cuerpo retorcido y cubierto de sangre. La violación de su madre era comprensible. Había sido una hermosa mujer. Pero la violación de Ala Blanca era una atrocidad inexplicable.

Sólo dos de los quince hombres blancos responsables de ese horror aún estaban vivos. Lobo Rampante y los cinco valientes que acompañaron a Chandos habían hallado y dado muerte a casi todos los asesinos durante ese primer año.

—¿Adónde va la mujer? —preguntó Lobo Rampante emergiendo de sus recuerdos.

—También se dirige a Texas.

—Bien. Creo que no deseas nuestra compañía en este viaje.

Chandos sonrió, añadiendo:

—No creo que ella lo comprendiera. Se atemorizó bastante cuando te vio hoy. Si ve a los demás, se pondrá histérica.

—Pero ten la seguridad de que estaremos cerca si nos necesitas —le recordó Lobo Rampante. Y desapareció tan silenciosamente como había llegado.

Chandos permaneció allí durante largo rato, contemplando el oscuro cielo nocturno. Una sensación de vacío lo invadió. Y esa sensación no desaparecería hasta que el último asesino hubiera muerto. Sólo entonces sus queridos muertos descansarían en paz y dejarían de gritar en sus sueños.

De pronto, un grito lo estremeció. Lo llamaban por su nombre. No se trataba de un sueño. Chandos fue presa de un temor tan grande como el que experimentara aquel día en que llegó a su hogar, en el campamento indígena.

Corrió a toda velocidad hasta llegar junto a ella.

—¿Qué ocurre? ¿Qué?

Courtney cayó en sus brazos, aferrándose a su torso desnudo.

—Lo lamento —balbuceó, ocultando su rostro en el hombro de él—. Desperté y no estabas aquí. No fue mi intención gritar, pero creí que me habías abandonado. Me atemoricé tanto, Chandos... No me abandonarás, ¿verdad?

Él la tomó de los cabellos y echó su cabeza hacia atrás. La besó con fuerza. Esos labios que ella había considerado tan sensuales se movían sobre los de ella con violencia. No había suavidad alguna en su beso ni en la manera en que la sostenía.

Después de un instante, algo comenzó a mezclarse con su azorada confusión. Volvía a experimentar esa extraña sensación en su estómago; una sensación ya conocida.

Cuando percibió que era ella quien prolongaba el beso, aferrándose fuertemente a él, pensó en apartarse, pero no lo hizo. No deseaba poner fin a ese beso.

Pero todo lo bueno concluye alguna vez. Chandos la soltó y se apartó de ella.

Courtney, estupefacta, contempló sus intensos ojos azules. Era demasiado tarde para tratar de explicarse su propio comportamiento, pero estaba muy intrigada por la reacción de él. Inconscientemente, se llevó la mano a sus labios.

—¿Por... por qué hiciste eso?

Era todo cuanto Chandos podía hacer para mantener una pequeña distancia entre ambos y ella preguntaba por qué. En realidad, qué podía esperar de una mujer virgen. Preguntaba por qué. Esos senos suaves y plenos rozando su pecho, esos brazos sedosos rodeando su cuello. Sólo llevaba una delgada camisa y una enagua. ¿Por qué? ¡Oh, Dios!

—Chandos —insistió ella.

No hubiera sabido qué hacer si no hubiera visto a Lobo Rampante detrás de ella. Aparentemente, su amigo había oído el grito y había acudido en su ayuda. ¿Habría visto lo ocurrido? La sonrisa que le dirigió a Chandos indicaba que sí. Luego desapareció.

Chandos suspiró profundamente. —Olvídalo —le dijo—. Simplemente pensé que era la mejor manera de hacerte callar.

—¡Oh!

Maldición; ¿por qué se mostraba tan decepcionada? ¿No se había dado cuenta de que había estado a punto de violarla? No, no lo había percibido, se dijo a sí mismo. No tenía la menor idea de lo que estaba haciendo con él. Chandos caminó hacia el fuego; arrojando con fastidio otro leño.

—Vuelve a dormir, señorita —dijo volviéndole la espalda.

—¿Dónde estabas?

—Oí un ruido y fui a averiguar de qué se trataba. No era nada. Pero antes de sacar conclusiones, debiste comprobar si mi caballo no estaba aquí. La próxima vez, recuérdalo.

Courtney gruñó interiormente. Había actuado como una tonta. No era de extrañar que él se desconcertara. Seguramente pensaba que era una mujer histérica que sólo le traería problemas.

—No volverá a suceder... —comenzó a decir Courtney; se interrumpió cuando él profirió una de esas palabras extranjeras que solía emplear cuando estaba inquieto. Él se volvió y fue hacia donde se hallaba su caballo y ella preguntó:

—¿A dónde vas?

—Como estoy completamente despierto voy a darme un baño. —Sacó una toalla y jabón de su alforja.

—Chandos, yo...

—Vete a dormir.

Courtney se cubrió con su manta, contrariada.

Él se dirigió hacia el río. Sólo había deseado disculparse. Él no tenía por qué reaccionar así.

Courtney no supo si llorar de vergüenza o si reír pensando en el espectáculo absurdo que había ofrecido a Chandos. En realidad, no era extraño que se hubiera comportado como lo hizo. Seguramente, la situación había sido más incómoda para él que para ella.

Courtney suspiró y se volvió para contemplar el fuego y el río que se hallaba más allá. No podía ver ni oír a Chandos, pero sabía que estaba allí. Deseó tener la osadía de bañarse en el río como él, en lugar de lavarse superficialmente, con su ropa puesta, como lo había hecho horas antes. Probablemente sería muy beneficioso para sus músculos doloridos.

Cuando Chandos regresó, ella aún estaba despierta.

Fingió dormir, temiendo que él aún estuviera enfadado, pero lo observó a través de sus espesas pestañas, sin sorprenderse de desear contemplarlo.

Sus movimientos plenos de gracia le recordaban los de algunos animales ágiles. Tenía algo de animal de rapiña por la manera en que conocía su entorno y era capaz de superar cualquier desafío. Esa era una idea muy reconfortante.

Ella lo siguió con la mirada cuando él arrojó la toalla sobre un arbusto y guardó el jabón en la alforja. Luego se puso en cuclillas frente al fuego para atizarlo con un palo. Se preguntó por qué no la miraba para comprobar si dormía o no; pero entonces lo hizo y ella quedó sin aliento, pues no apartó de inmediato la mirada. La estaba contemplando de la misma manera en que ella lo contemplaba.

¿Qué pensaba al mirarla? Probablemente, que ella era un estorbo del cual desearía deshacerse. Pensase lo que pensase, era mejor ignorarlo.

Cuando finalmente se puso de pie y fue hacia su manta, ella fue presa del desconsuelo; ya no le interesaba, mientras que su interés por él era muy intenso. Ella notó que Chandos aún tenía la espalda mojada. Experimentó un fuerte deseo de secarla con su mano.

«Por Dios, Courtney, duérmete ya», se reprendió a sí misma.

17

—Buenos días. El café está preparado y he mantenido caliente tu comida.

Chandos gruñó al oír el tono alegre de su voz. ¿Qué
demonios hacía? ¿Por qué se había levantado antes que él?
Luego recordó que apenas había dormido la noche anterior, gracias a ella.

Le dirigió una mirada directa.

—¿Deseas comer ahora?

—No —respondió él, ásperamente.

—No hace falta que me grites.

—¿No recuerdas que te dije que no como por la mañana? —preguntó él suavemente.

—Lo recuerdo exactamente. Dijiste que comías poco de mañana; no que no comieras en absoluto. De modo
que te preparé dos tortas de maíz, es decir, un desayu-
no muy liviano. Pero desearía aclarar que, si comieras
bien de mañana no tendríamos necesidad de detenernos
para almorzar, lo que nos obliga a desperdiciar una buena parte del día.

—Si dejara de hablar, señorita, le diría que ayer nos
detuvimos a almorzar por su causa. Si no estuvieras conmigo, podría recorrer esta distancia en la mitad del tiempo que estamos empleando. Pero si consideras que tu
trasero está en condiciones...

—Por favor —dijo Courtney—. Lo lamento. Sólo pensé... no, obviamente no pensé. En realidad... No estoy en condiciones de cabalgar durante mucho tiempo, al menos por ahora. —Se ruborizó—. Y te agradezco que tengas en cuenta mi... —balbuceó y se sonrojó intensamente.

—Comeré las tortas de maíz —dijo él, cortésmente.

Courtney corrió a servírselas. Una vez más se había comportado tontamente. Y él tenía toda la razón; ella no había pensado en su cuerpo dolorido y en el efecto que podrían tener sobre él más horas de viaje. Tal como estaban las cosas, no sufría tanto como lo previera Mattie, pero comprendió que se debía a la consideración que Chandos le dispensaba.

Alcanzó a Chandos el jarro con café, diciéndole:

—¿Cuándo cruzaremos territorio indígena?

Restándole importancia al tema, él repuso:

—Lo cruzamos anoche, dos horas antes de acampar.

—¿Ya?

No parecía muy diferente del terreno de Kansas que dejaron detrás de ellos. ¿Acaso suponía que encontrarían poblaciones indígenas? No había a la vista ser viviente alguno; sólo tierras llanas y árboles en las orillas de los ríos. Sin embargo, esta zona había sido asignada a los indios y debían estar en algún sitio.

—No te preocupes, señorita.

Ella lo miró, sonriendo nerviosamente. ¿Era su temor tan evidente?

—¿Por qué no me llamas Courtney? —preguntó súbitamente.

—Ese es tu nombre civilizado. No tiene nada que ver aquí.

Ella volvió a disgustarse, observando:

—Supongo que Chandos no es tu verdadero nombre entonces.

—No. —Ella supuso que él no añadiría nada más, como de costumbre, pero esta vez la sorprendió—. Es el nombre que solía darme mi hermana, antes de aprender a pronunciarlo.

Courtney se preguntó qué nombre podría sonar similar a Chandos. Al mismo tiempo, se alegró de saber algo más acerca de él. ¿De modo que tenía una hermana?

Luego, él prosiguió hablando más consigo mismo que con ella.

—Es el nombre que usaré hasta que concluya lo que debo hacer, para que mi hermana deje de llorar y duerma en paz.

De pronto, Courtney se estremeció.

—Eso resulta bastante incomprensible. Supongo que no deseas explicármelo.

Sus ojos azules la miraron largamente antes de decir:

—No te agradaría saberlo.

Ella hubiera deseado decirle que sí, que quería saberlo. Y no sólo saber lo que acababa de decir, sino saberlo todo acerca de él, pero se abstuvo.

Aguardó a que él terminara de beber su café y se dedicó a ensillar su caballo. Sabía que emplearía el doble de tiempo del que empleaba Chandos.

—¿La yegua tiene nombre, Chandos?

Él se estaba preparando para rasurarse y no la miró.

—No.

—¿Puedo...?

—Ponle el nombre que más te agrade, Ojos de Gato.

Courtney captó la ironía de la respuesta. El nombre

que más le agradase; tal como él hacía con ella. Él sabía que a ella le disgustaba que la llamara señorita, pero ¿«Ojos de Gato»? Bueno, era preferible. Y él lo decía de una manera que sonaba más íntima que su nombre real.

Ella se acercó al fuego para limpiar y guardar los utensilios. Mientras lo hacía, contempló a Chandos. Estaba de espaldas a ella; recorrió lentamente el cuerpo de él con la mirada, como acariciándolo.

Era un hermoso cuerpo masculino. «¡Por Dios, Courtney, es más que eso; es soberbio!» Imaginó que sería el cuerpo ideal para que un escultor lo tomara como modelo.

Courtney suspiró y llevó los utensilios al río para lavarlos. Finalmente, había admitido que admiraba el cuerpo de Chandos y no se sorprendía.

Se ruborizó. ¿Era por eso que experimentaba esa sensación extraña cuando lo miraba, cuando él la tocaba o cuando la besó? Se preguntó a sí misma qué sabía realmente acerca del deseo. Gracias a Mattie, quien con frecuencia solía ser explícita respecto de sus sentimientos hacia su marido, Courtney sabía bastante.

—No puedo dejar de acariciarlo —decía Mattie y Courtney comprendió que se sentía de la misma manera respecto de Chandos. Experimentaba deseos de tocarlo, de recorrer su piel firme con los dedos, de explorar lo desconocido.

¿Cómo evitar esos sentimientos? No podía eludir a Chandos. Por otra parte, él no había demostrado mucho interés por ella. Courtney sabía que no la deseaba como mujer. Ella ni siquiera le agradaba. Courtney estaba desconcertada.

El beso de la noche anterior rondaba sus pensamientos. Ella no era una novata en lo que a besos se refería; los había recibido de sus cortejantes en Rockley, y conocía los besos posesivos de Reed. Pero nunca había disfrutado tanto de un beso. Trató de imaginar cómo sería ser besada por Chandos si él se propusiera besarla realmente. Se sorprendió a sí misma pensando cómo haría este hombre el amor. ¿En forma primitiva? ¿Salvajemente, tal como vivía? ¿O sería tierno, o tal vez ambas cosas a un tiempo?

De pronto, dejó caer un plato en la corriente de agua. lo atrapó y se volvió, dispuesta a reconvenir a Chandos por espiarla, pero sus ojos se iluminaron cuando contempló sus labios increíblemente sensuales. Lanzó un pequeño gemido y desvió la mirada.

—Creo que estaba... soñando despierta —dijo, disculpándose y rogando que él no adivinara sus pensamientos.

—Hazlo cuando estemos cabalgando. Ya deberíamos haber partido.

Él se alejó, dejándola enfurecida. Esa era la realidad, se dijo a sí misma. Era un tirador despiadado, duro y salvaje. Totalmente desagradable. No un amante de ensueño.

18

La diferencia se hizo notable cuando se apartaron del sinuoso curso del río Arkansas. Ya no soplaban las frescas corrientes de aire que ahuyentaban los insectos. Ya no podían refugiarse bajo la sombra de los árboles. Pero el río se dirigía hacia el sudeste, y Chandos hacia el sudoeste. Informó a Courtney que al atardecer volverían a encontrarse con el Arkansas, pues éste formaba un recodo y retomaba esa dirección más adelante.

Courtney sufrió los efectos del calor. Estaban en la primera semana de septiembre, pero la temperatura no había disminuido a pesar de que el verano ya concluía. El clima estaba sumamente húmedo. El sudor bañaba las sienes y la frente de Courtney y descendía por su espalda, sus axilas y entre sus senos, mojando su gruesa falda. Se deshidrató tanto que Chandos le hizo beber agua con sal, muy a pesar de ella.

Al atardecer llegaron a la zona de las sierras de piedra arenisca; una zona de sierras bajas y chatas que se extendía a través de la región oriental del territorio indígena hasta unirse con las montañas Arbuckle, en la frontera sur. Algunas de estas sierras alcanzaban ciento veinte metros de altura y estaban cubiertas por bosques de robles y pobladas por animales de caza.

Mientras Courtney trataba de secar su falda después

del segundo cruce del río, Chandos le comunicó que iría en busca de alimento para la cena. Esperaba que el campamento estuviera preparado cuando regresara. Courtney apenas pudo emitir dos palabras de protesta, pues él ya se había marchado. Se sentó y lo miró alejarse, disgustada.

Era una prueba. Ella lo sabía y eso le molestaba. Pero lo hizo; se ocupó de atender a los caballos y recogió leña, tal como lo hacía Chandos. Como no estaba completamente seca el fuego despidió mucho humo. Comenzó a cocer los frijoles mientras decidía que jamás volvería a comer frijoles después de ese viaje. Incluso amasó el pan.

Cuando concluyó, se sintió muy orgullosa de sí misma y se sentó a esperar el regreso de Chandos; recordó su falda mojada y pensó que era un buen momento para lavarla, junto con su ropa interior. Y como Chandos no estaba en el campamento, podría darse un agradable y prolongado baño.

De inmediato se reanimó; ya no estaba contrariada porque Chandos la había dejado sola. Aún había luz; el cielo estaba rosado. Se sintió segura al recordar que tenía su revólver Colt, aunque lo manejaba con torpeza.

Tomó rápidamente la toalla, el jabón y una muda de ropa. La orilla del río era rocosa; buscó un pequeño espacio de aguas calmas entre los peñascos.

Primero, sé sentó en el borde y lavó su ropa, luego la distribuyó sobre las rocas. Lavó sus cabellos y su ropa interior sin quitársela; la enjabonó sobre su cuerpo. Se frotó después con energía quitando el polvo y el sudor adheridos a la piel. El agua estaba estimulantemente fría, muy agradable después de la cabalgata sofocante. Estaba feliz en ese refugio. Como no veía más allá de las rocas, tenía una sensación de completo aislamiento.

El cielo comenzaba a teñirse de rojo y violeta cuando salió del agua y recogió sus ropas mojadas. No pudo avanzar más allá del borde del río. Diseminados a lo largo de la orilla, cerrándole el acceso al campamento había cuatro caballos. Cuatro caballos y cuatro jinetes.

No eran indios. Fue el primer pensamiento de Courtney. Pero, de todos modos, se alarmó. Todos la miraban de manera tal que su piel se erizó. Los hombres tenían las piernas mojadas, lo que indicaba que acababan de cruzar el río. Si tan sólo los hubiera visto cruzar o los hubiera oído acercarse...

—¿Dónde está su hombre?

El que habló tenía ojos y cabellos castaños; chaqueta, pantalones, botas, sombrero y camisa de color castaño. Era joven, y ella calculó que no tendría treinta años aún. Todos eran jóvenes tiradores. Ya sabía reconocerlos; su aspecto indicaba que tenían sus propias leyes y que usaban sus armas para implantarlas.

—Le he formulado una pregunta —la voz del hombre era áspera.

Courtney no se había movido ni un centímetro. No podía. El pánico la inmovilizaba. Pero debía recuperar el control de sí misma.

—Mi acompañante regresará en cualquier momento.

Dos de ellos rieron. ¿Por qué? El que vestía de color castaño no rió. Su rostro permaneció inexpresivo.

—Eso no responde mi pregunta. ¿Dónde está? —repitió.

—Ha ido a cazar.

—¿Cuánto tiempo hace?

—Más de una hora.

—No escuché disparos, Dare —dijo un joven pelirrojo—. Aparentemente, deberemos aguardar durante largo rato.

—Me parece estupendo —dijo un individuo corpulento, de cabellos negros y barba hirsuta—. Sé cómo lograr que el tiempo pase rápidamente.

Hubo más risas.

—Nada de eso; al menos por ahora —dijo el hombre vestido de castaño—. Llévela al campamento, Romero —ordenó en voz baja.

El hombre que desmontó del caballo y se acercó a ella parecía tan mexicano como su nombre, excepto que tenía los ojos más verdes que jamás había visto. Era poco más alto que ella, su cuerpo era delgado y fuerte; vestía completamente de negro, con adornos de conchas plateadas que, a la luz del atardecer, lanzaban reflejos rojizos. Su rostro era cetrino y tan serio como el de Chandos. Parecía un hombre peligroso, quizá más peligroso que los demás.

Cuando se acercó a ella y la tomó del brazo, ella tuvo la valentía de zafarse.

—Un momento.

—No lo haga, bella —le aconsejó duramente—. No cree problemas, por favor.

—Pero no...

—Cállate —dijo él intercalando en su lenguaje palabras que Courtney no entendió. Pensó que serían en español. Instintivamente, Courtney supo que deseaba que bajara la voz o algo similar. Era como si tratara de protegerla. Los demás ya estaban trepando la cuesta. Ella comenzó a temblar, en parte por el efecto de la brisa del río sobre su cuerpo mojado y en parte a causa del hombre de fríos ojos verdes que estaba a su lado.

Volvió a tomarla del brazo, pero ella se zafó nuevamente.

—Al menos puede permitirme secarme y vestirme.

—¿Con esas ropas mojadas?

—No, con aquéllas. —señaló el arbusto que estaba en la parte alta a la orilla, donde había dejado a secar sus ropas.

—Sí, pero rápidamente, por favor.

Courtney estaba tan nerviosa cuando tomó la toalla, debajo de la cual estaba el revólver, que el arma se deslizó entre sus dedos y cayó ruidosamente sobre las rocas. El hombre exhaló un suspiro exasperado y se inclinó para recogerla. Luego la puso en su cinto. Courtney gruñó.

Avergonzada, pues sabía que Chandos la reprendería por su estupidez, trepó apresuradamente la cuesta.

Romero la siguió manteniéndose cerca de ella. Ella no podía quitarse la ropa interior mojada para reemplazarla por la que estaba seca, así que se puso el vestido seco, que rápidamente se humedeció.

—Cogerá un resfriado, bella —le advirtió Romero cuando ella salió de su reparo tras el arbusto.

Como era por su culpa, ella dijo:

—No tengo otra alternativa, ¿verdad?

—Sí, la tiene.

Qué ocurrencia. Seguramente esperaba que ella se desnudase frente a él.

—No, no la tengo —insistió Courtney, enfáticamente.

Él se encogió de hombros, añadiendo:

—Muy bien. Venga conmigo.

No trató de tomarla nuevamente del brazo, pero extendió su mano señalando el campamento, indicando que ella avanzara delante de él. Ella recogió rápidamente sus cosas y obedeció. Poco después llegaron al pequeño claro del bosque, donde ella había instalado el campamento.

Los otros tres hombres estaban sentados junto al fuego, comiendo sus frijoles y su pan y bebiendo su café. Courtney estaba indignada, pero también atemorizada.

—No te llevó mucho tiempo —dijo el gigante de los cabellos negros—. ¿No te dije, Johnny Red, que era muy rápido para desenfundar?

El insulto no afectó a Courtney, pero el mexicano se ofuscó.

—Imbécil. Es una dama.

—Será una dama cuando yo defeque en color de rosa —dijo el gigante, burlonamente—. Tráela y ponla aquí.

Courtney se ruborizó al ver que el hombre señalaba su entrepierna. Miró al mexicano con ojos implorantes, pero él se encogió de hombros.

—Depende de usted, bella.

—¡No!

Romero volvió a encogerse de hombros, pero su gesto estaba dirigido al gigante.

—¿Ves, Hanchett? Ella no desea conocerte mejor.

—No me importa qué desea, Romero —replicó Hanchett con un gruñido, poniéndose de pie.

El mexicano dio un paso adelante, colocándose frente a Courtney y, dirigiéndose a Dare, dijo: —¿No deberías decir a tu amigo que sólo cuentas con la mujer para atrapar a Chandos? Chandos ha partido con su caballo, de modo que no necesita regresar al campamento, excepto para buscarla a ella. Personalmente si me usaran la mujer, aunque fuera en contra de su voluntad, yo no querría tenerla nuevamente conmigo. Simplemente, me alejaría.

Courtney estaba consternada ante su insensibilidad. ¿Qué clase de hombre...? Miró a Dare, quien obviamente comandaba el grupo.

—Romero está en lo cierto, Hanchett —opinó Dare, finalmente, y Courtney dejó escapar un suspiro de alivio, que, lamentablemente, fue prematuro.

—Aguarden hasta que yo atrape a ese canalla y sepa qué se propone.

—¿Usted... conoce a Chandos? —susurró Courtney al mexicano, en un aparte.

—No.

—¿Pero ellos lo conocen?

—No —dijo nuevamente y explicó—: Chandos buscó a Dare, en un tiempo. A Dare no le agrada eso.

—¿Quiere decir que nos han estado siguiendo?

—Sí —respondió él—. Estábamos a poco más de un día de distancia de ustedes y no tenía esperanzas de alcanzarlos tan pronto, pero, inexplicablemente, él aminoró la marcha.

Courtney sabía que era la culpable de esa demora y de que esos hombres los hubieran alcanzado.

Dijo en voz baja:

—Cuando él llegue y su amigo obtenga las respuestas que desea, ¿qué ocurrirá?

Los ojos oscuros de Romero ni siquiera parpadearon al aserverar:

—Dare lo matará.

—Pero, ¿por qué? —preguntó Courtney.

—Dare está enfadado porque pierde tiempo yendo

tras él; la forma en que Chandos buscó a Dare en Newton fue un desafío que no puede ser ignorado. Por eso buscamos a su hombre.

—No es mi hombre. Me está acompañando hasta Texas; eso es todo. Apenas lo conozco y...

Él hizo un gesto como descartando su explicación.

—La razón por la que viaja con él no tiene importancia, bella.

—Pero —continuó ella enfáticamente—, ¿cómo puede decirme tranquilamente que su amigo lo matará? No se mata a un hombre por un motivo tan fútil como el que acaba de darme.

—Dare lo hace.

—¿Y usted no va a detenerlo?

—A mí no me incumbe. Pero si está preocupada por sí misma, tranquilícese. No la abandonaremos aquí, regresaremos a Kansas y vendrá con nosotros.

—Eso no me hace sentir mejor, señor.

—Sin embargo, debería servirle de consuelo, bella. De lo contrario, usted también podría morir. —Courtney enmudeció. Luego él dijo algo que la conmocionó aun más—. Tiene tiempo para pensar si desea pelear. Pero piénselo bien, pues ellos la someterán de todas maneras. Y, ¿qué importa si es un hombre o son cuatro?

—¿Cuatro? ¿Usted también?

—Usted es bella y yo soy un hombre —dijo él sencillamente.

Courtney meneó su cabeza, incrédulamente.

—Pero usted... evitó que Hanchett...

—Es un estúpido. La poseería y nos distraería a todos, otorgando una ventaja a Chandos.

—Ahora la tiene —dijo ella, deliberadamente, espe-

rando minar su confianza—. Ustedes cuatro están ilumi-
nados por la luz del fuego, en tanto él está oculto en la
oscuridad.

—Sí, pero la tenemos a usted.

Courtney se quedó sin argumentos.

Mentalmente trataba de encontrar la manera de ayu-
dar a Chandos. Tuvo una idea y dijo:

—He sido un estorbo para Chandos y estoy segura de
que se alegraría de deshacerse de mí. Por lo tanto, ustedes
pierden su tiempo aquí.

—Bien pensado, señorita; pero no la creo —dijo Dare, que la había escuchado.

Courtney miró fijamente el fuego. Probablemente
era verdad. Era seguro que Chandos presentiría el peligro. ¿Por qué iba a afrontar a esos hombres sólo porque
ella estaba allí? Eran cuatro contra uno. ¿Arriesgaría su
vida por ella?

No deseaba que Chandos muriese. Pero tampoco
deseaba ser violada.

—Nos han dicho que es mestizo. ¿Es así?

Pasaron unos segundos antes de que Courtney percibiera que Hanchett se dirigía a ella. Evidentemente, no
sabían nada acerca de Chandos. Ella tampoco, pero ellos
lo ignoraban.

Miró al gigante barbudo con indiferencia y dijo:

—Si quiere decir que es mitad indio, no, no lo es. Tres
cuartas partes de él son comanches. ¿Existe un nombre
para eso?

—Qué audaz es usted al acostarse con un mestizo
—dijo Johnny Red, menospreciándola, y su maniobra
dio resultado.

Courtney lo miró, indignada.

—Sólo voy a repetir esto una vez más: Chandos no es mi... mi... amante. Es un salvaje despiadado. Pero cuando lo vi matar a Jim Ward, un forajido malvado, supe que era el hombre que yo necesitaba para acompañarme hasta Texas.

—Demonios. ¿El viejo Jim está muerto? —preguntó Hanchett.

Courtney suspiró. No le sorprendía que conocieran a Ward. También ellos eran forajidos.

—Sí. Chandos lo mató —respondió ella—. Es un buen cazador. ¿Será por eso que preguntaba por usted? —preguntó a Dare.

Él meneó lentamente la cabeza, imperturbable.

—No me persigue la ley, señorita. Siempre me aseguro de que no queden testigos de mis crímenes.

Hanchett y Johnny Red se echaron a reír. Courtney había perdido su ventaja y trató de recuperarla.

—Bien, estoy segura de que son ustedes despiadados y despreciables, de modo que tienen mucho en común con Chandos. Él es muy desagradable. Trató de amedrentarme diciéndome cuántos cueros cabelludos había obtenido. No les diré cuántos. No le creí, así que ustedes tampoco lo creerán. También me dijo que durante varios años había estado acompañado por ese vengativo Satanta. Pero yo les pregunto, ¿cómo pudo matar a esos diecisiete hombres buscados por la justicia, según afirma? No es tan viejo. ¿Cómo pudo matar a tantas personas en tan poco tiempo? Es imposible y se lo dije.

—Cállese, mujer —la interrumpió Dare, furioso.

—¿Por qué? ¿Oyó usted algo? —preguntó Courtney inocentemente—. Probablemente se trata de Chandos.

Debió regresar hace tiempo. Pero no se hará presente. ¿Para qué hacerlo, si puede huir?

—Johnny Red, ponle algo en la boca para hacerla callar —rugió Dare.

Cuando el muchacho se acercó a Courtney, un disparo lo alcanzó en el hombro izquierdo, alejándolo de ella.

Johnny Red se revolvía en el suelo, gritando que su hueso estaba roto. Courtney apenas podía oírlo, pero sabía que debía advertir a Chandos.

—Chandos, tratan de matarte.

Se interrumpió al ver que Dare estaba a punto de abofetearla. Pero no pudo tocarla porque una bala se incrustó en su codo, paralizando su brazo. Dejó caer el revólver. Cuando Hanchett vio lo ocurrido, apuntó a Courtney con su arma. Ésta voló por el aire, alcanzada por un disparo. A Courtney le zumbaban los oídos y miró a su alrededor, completamente asombrada.

—Idiotas —rugió Romero—. Está protegiendo a la mujer. Déjenla en paz. —Luego, dirigiéndose a Chandos gritó—: Señor, deje de disparar, por favor. Puede usted ver que acabo de enfundar mi arma.

Lo hizo y luego levantó sus brazos. Trataba de que Chandos no lo matase al verlo indefenso.

Aparentemente, la maniobra dio resultado, porque Chandos no volvió a disparar. Fuera del círculo del fuego, todo estaba silencioso. Cerca del fuego, Johnny Red gruñía y Hanchett tenía el aliento entrecortado mientras sostenía su mano ensangrentada.

A Courtney aún le temblaban las piernas, pero su temor había cedido. Chandos lo había logrado. Estaba en una situación ventajosa.

¿Por qué no les ordenaba que montasen sus caballos y se marcharan? ¿Por qué no hablaba?

Romero se acercó lentamente a Dare, para ayudarle a vendar su brazo.

—Sea razonable, amigo —aconsejó Romero a Dare en voz muy baja—. Pudo habernos matado a todos en pocos segundos. Pero sólo nos hirió. Hágale las preguntas que desea hacerle y marchémonos. Usted ya no se halla en una posición ventajosa.

—Aún la tengo a ella —dijo Dare, mirando a Courtney. Ella lo miró a su vez—. No lo creo, señor. Podría marcharme ahora mismo y usted no se atrevería a tocarme. Esté donde esté, Chandos domina la situación.

Courtney experimentó una gran satisfacción al ver la mirada encendida de ira del hombre, pues éste sabía que ella decía la verdad. Pero, como si no pudiera aceptar los hechos, se acercó a ella. Sonó otro disparo y la bala penetró en el muslo de Dare, quien cayó al suelo, gritando.

Romero tomó a Dare por los hombros y le advirtió:

—Basta ya. Si no desiste, nos acribillará a todos.

—Buen consejo.

—Chandos —exclamó Courtney con alegría, volviéndose hacia el lugar de donde provenía su voz.

Al comenzar a distinguir las formas entre las sombras que los rodeaban, tuvo el impulso de correr hacia él, pero no osó distraerlo. Estaba de pie, en la línea que marcaba el comienzo de un claro en el bosque; su revólver apuntaba hacia los bandidos; el ala del sombrero cubría sus ojos, de modo que nadie podía saber a quién estaba mirando. Su aspecto era decidido y firme. A Courtney le pareció maravilloso.

—¿Es usted Chandos? —Romero se puso de pie, con

144

sus brazos en alto. —Alborota usted mucho sin motivo, señor. Usted buscaba a mi amigo. Él ha venido hacia usted; sólo desea saber por qué lo persigue.

—Es mentira —dijo Courtney, señalando a Dare con un dedo acusador—. Cuando obtuviera la respuesta, pensaba matarte. Él me lo dijo —afirmó, señalando a Romero—. También dijo qué sucedería después de tu muerte. Iban a...

—¿Aún te cuesta pronunciar la palabra, señorita? —dijo Chandos.

¿Cómo podía bromear en un momento como ése?, pensó Courtney.

—Y bien; lo hubieran hecho —dijo ella secamente.

—No me cabe la menor duda, querida —replicó Chandos—. Y mientras te dura la indignación, ¿por qué no recoges sus armas?

Courtney tardó un instante en moverse; tal era la sorpresa que le había causado la palabra empleada por él para dirigirse a ella. Pero cuando se inclinó para recoger el primer revólver, comprendió que él deseaba que esos hombres pensaran que ella era su mujer.

Evitando colocarse delante de ellos, para no entorpecer la visión de Chandos, tomó los revólveres de Dare y de Hanchett que estaban en el suelo. El de Johnny Red aún estaba enfundado. Romero le entregó el suyo y le devolvió también el revólver de ella, que estaba en el cinto de él.

—No sea vengativa, bella —dijo él suavemente—. ¿Recordará que la ayudé?

—Ciertamente —respondió ella—, y también recordaré el motivo por el cual me ayudó. ¿Le parece que le diga a Chandos lo sucedido, para que él resuelva si me ayudó o no?

Se alejó, sin aguardar la respuesta. Ese hombre le disgustaba especialmente, porque se había aprovechado de su temor, disipándolo y asustándola alternativamente. Todos ellos eran despreciables, pero él era más cruel que los demás.

La joven se desplazó por el borde exterior del claro hasta llegar junto a Chandos y dejó caer las armas junto a él. Retuvo su propio revólver.

—Sé que no desearías que te abrumara con mi gratitud en este momento —dijo ella en voz baja, apoyándose contra la espalda de él. Le dio un rápido abrazo—. Pero no puedo dejar de decirte cuánto me alegro de que regresaras cuando lo hiciste.

—Estás completamente mojada —murmuró él.

—Me estaba bañando cuando llegaron.

—¿Vestida?

—En ropa interior, naturalmente.

—Naturalmente —rió él. Y luego hizo algo sorprendente para Courtney y para los demás. Dijo a los hombres serenamente—. Márchense... mientras puedan.

¡Les estaba perdonando la vida!

19

No había luna llena, pero la luz era lo suficientemente brillante como para iluminar el afluente del río Arkansas. Tan brillante era que Courtney logró divisar claramente a los hombres que se vieron obligados a cruzar las aguas.

Estaba de pie junto a Chandos en la orilla del río y contempló cómo forcejeaban los caballos para avanzar. La corriente rápida desmontó a Hanchett de su cabalgadura. Courtney dudó que pudiera alcanzar la otra orilla, debido a su mano herida. Para su sorpresa lo logró, lo mismo que su caballo. Ella y Chandos permanecieron allí, contemplando a Hanchett y a los otros dos hombres marchar hacia el norte, rumbo a Kansas. Los miraron hasta que se perdieron de vista.

Luego, como si la situación fuese perfectamente normal, como si Dare Trask no estuviera atado a un árbol cerca del fuego, Chandos procedió a desollar las dos ardillas que había cazado. Aparentemente, las había cogido con sus manos, pues no presentaban heridas y no había disparado un solo tiro mientras estuvo cazando. Las colocó sobre el fuego para asarlas, luego preparó más frijoles y café. Courtney permaneció sentada, mirando a Dare Trask.

Chandos había anunciado que Trask no partiría

junto con los demás. Lo había llamado por su nombre completo, lo que indicaba que lo conocía o tenía referencias de él. Luego obligó a Romero a atar los pies y las manos de Trask, empleando para ello su camisa y calzoncillos. Envió a Courtney en busca de la soga que llevaba en su montura.

Ella regresó con la soga y con el cinto, y permaneció allí, mientras Chandos impartía indicaciones a Romero para que atara con fuerza la soga alrededor de las muñecas de Trask y luego los pies de Trask fuertemente, ya que, si no lo hacía así, Trask podría quebrarse ambas piernas al caer. Sus palabras resultaron obvias cuando arrastró con una mano a Trask hasta el árbol más cercano, llevando en la otra su revólver. Levantó a Trask a una altura mayor de un metro y ató la soga alrededor del tronco.

—¿Va a matarlo? —preguntó Romero.

—No —respondió Chandos—. Pero sufrirá un poco por lo que hizo aquí.

—Nada le ha hecho a usted, señor.

—Es verdad. Pero no estoy de acuerdo con lo que pudo haberle hecho a la señorita. Nadie puede tocarla, excepto yo.

Romero miró a Courtney, preguntándose si le habría mentido acerca de su relación con Chandos. Luego, volvió a mirar a Chandos.

—Creo que esto no sólo tiene que ver con la mujer, sino con la razón por la que buscaba a mi amigo, ¿sí?

Chandos no respondió.

Los hombres ya se habían marchado y Dare Trask aún colgaba del árbol; tenía un pañuelo atascado en la boca porque había comenzado a gritar para que sus hombres regresaran por él y Chandos se había cansado de oírlo. Trask estaba completamente estirado y Courtney supuso que debía experimentar mucho dolor. Sus heridas continuaban sangrando, aun la que había sido vendada rápidamente.

Suponía que lo tenía merecido, pero no soportaba verlo. Sabía que hubiera tenido otra opinión si él hubiera logrado violarla o si Chandos estuviera muerto. Pero, aun así, no podía disfrutar del sufrimiento de Trask.

¿Qué sentiría Chandos al respecto? No podía saberlo. Su expresión era, como siempre, impenetrable. Preparó la comida y comió en actitud indiferente. No dejó de observar a Trask durante todo el tiempo.

Cuando ella trató de hablar con Chandos, él le ordenó callarse, pues necesitaba escuchar atentamente el posible regreso de los demás. Courtney obedeció.

Luego él le dijo que guardara todo y ensillara los caballos. Iban a marcharse y ella estaba encantada. Pero cuando estuvo preparada y reunió los caballos, incluyendo el de Chandos y el de Trask, él pareció cambiar de idea. El fuego no estaba apagado; incluso él lo alimentó con leña para que durase. Tampoco había bajado a Trask.

Chandos se volvió y la miró con tanta seriedad, que Courtney se alarmó.

—No estarás pensando en... en... Sí, lo piensas. —No sabía cómo había logrado adivinar el pensamiento de Chandos, pero lo hizo—. Deseas que me marche sola, ¿verdad?

Él la tomó de la mano y la condujo hacia el otro extremo del claro del bosque.

—No te alteres innecesariamente, señorita. Sólo

quiero que te adelantes. Lleva los caballos lentamente hacia el sur. En pocos minutos te alcanzaré.

La llamaba nuevamente señorita. Y hablaba muy en serio. No podía creerlo.

—Lo matarás, ¿no es así? —preguntó ella.

—No.

—¿Lo torturarás?

—Mujer, ¿dónde está esa serenidad que te permitió distraer a cuatro desesperados?

—¿Me envías hacia un sitio donde hay indios, y esperas que mantenga la serenidad? Probablemente escucharon tus disparos. Debe haber una docena..., tal vez cien salvajes deambulando por allí en estos momentos.

—¿Realmente piensas que te enviaría hacia el peligro? —Lo dijo con tal suavidad, que ella se desconcertó.

—Lo lamento —dijo Courtney, avergonzada—. Soy una cobarde.

—Eres más valiente de lo que crees, señorita. Ahora ve; te alcanzaré dentro de pocos minutos. Debo decir a Trask ciertas cosas y no considero conveniente que las escuches.

20

Cabellos castaños, ojos pardos. Podían pertenecer a cualquiera, pero los dos dedos que faltaban lo identificaban. Era Dare Trask. Chandos, de pie frente a su enemigo, intentó controlarse y no dejarse llevar por los recuerdos. Dare Trask había violado a su madre. No la había matado, pero la había deshonrado. Era el último hombre viviente que lo había hecho.

Dare Trask era también uno de los tres hombres que violaron a la mujer de Lobo Rampante. Y fue su cuchillo el que se clavó en el vientre de la mujer después de hacerlo; y no había sido una puñalada franca y directa, sino hecha con la intención de hacerla sufrir aun más.

Por esa sola razón, Trask merecía morir, y por las demás, merecía morir lentamente. Y moriría. Ese día, al siguiente o quizás al otro. Pero Chandos no estaría allí para verlo. Después de cuatro años, había perdido gran parte del deseo de venganza; excepto en lo que concernía a Wade Smith. Chandos mataría a Wade Smith con sus propias manos. Pero, respecto de Trask, sólo deseaba llevar a cabo lo que había jurado hacer. Fuera de eso, no le interesaba.

Trask no sabría por qué iba a morir, a menos que Chandos se lo explicara. Y Chandos deseaba que Trask lo comprendiera todo; que supiera que su vandalismo brutal no quedaría impune.

Chandos quitó la mordaza de la boca de Trask; luego retrocedió y lo miró. Trask escupió a Chandos, en señal de desprecio. Sus ojos no revelaban temor.

—Mestizo —gruñó Dare—, sé que no me matarás. Te escuché cuando hablabas con tu mujer.

—¿Estás seguro de haber escuchado bien?

Trask perdió un poco de agresividad.

—¿Qué diablos deseas? No toqué a tu maldita mujer. No tienes por qué...

—Esto nada tiene que ver con ella, Trask.

—¿De modo que Romero estaba en lo cierto? ¿Entonces, por qué la utilizas como pretexto?

—No es necesario que tus amigos sepan lo que hay entre tú y yo. Sólo pensarán que soy un hombre celoso; eso es todo. Se sorprenderán al no volver a verte, pero nunca sabrán qué ocurrió realmente.

—Mentira. Regresarán muy pronto. No me abandonarán aquí.

Chandos meneó lentamente su cabeza.

—Te haré la última apuesta de tu vida, Trask. Apuesto que tus amigos ya han visto señales de indios en la zona y en este momento se dirigen velozmente hacia la frontera.

—Mentiroso —farfulló Trask—. No vimos... ¿Viste tú señales de ellos?

—No me hizo falta. Sé que están cerca. Solemos viajar juntos. Pero esta vez, a causa de la mujer, se mantienen a cierta distancia. Los indios la atemorizan.

—Viaja contigo —dijo Trask.

Chandos asintió sin dar explicaciones.

—Sé qué tratas de hacer, mestizo —dijo su adversario—. Dare Trask no se atemoriza con tanta facilidad. Estamos demasiado cerca de la frontera como para que haya indios por aquí.

Chandos se encogió de hombros.

—No necesito probarlo, Trask. Cuando te encuentren, lo sabrás. Te dejaré aquí en calidad de obsequio para ellos.

—¿Obsequio? —gritó Trask, demostrando el temor que comenzaba a invadirlo—. Si deseas matarme, hazlo; ¿o no eres lo suficientemente hombre para hacerlo?

Chandos no cedió a la provocación y además, estaba harto de hablar con ese ser despreciable.

—No es que no desee matarte, Trask —dijo suavemente, acercándose—. Mírame. Mira mis ojos. Los has visto antes, Trask, aunque no eran los míos. ¿O has violado a tantas mujeres que no recuerdas a la mujer a la cual me refiero?

Cuando Trask contuvo el aliento, Chandos añadió fríamente:

—¿De modo que lo recuerdas?

—Eso ocurrió hace cuatro malditos años.

—¿Pensaste que, como había transcurrido tanto tiempo ya habías logrado escapar de la venganza comanche? ¿No sabes qué les sucedió a los que estaban contigo ese día?

Trask lo sabía. Había creído que ya los salvajes habían satisfecho su sed de venganza. Pero no era así.

Trask forcejeó para liberarse de sus ataduras pero eran muy fuertes. Chandos podía oler su temor; los ojos que lo miraban estaban llenos de miedo a morir.

Satisfecho, Chandos se volvió y montó su caballo. Tomó las riendas del ruano de Trask, diciendo:

—Sabes por qué deseo tu muerte, Trask. Pero también recuerda a la joven comanche a la que violaste y luego mataste lenta y cruelmente.

—Era tan sólo una maldita india.

La conciencia de Chandos se tranquilizó al escuchar esas palabras.

—Era una mujer dulce y hermosa; una madre cuyo bebé también murió ese día y una esposa a la que su marido aún llora. Jamás había hecho daño a nadie. Era buena y gentil. Y la mataste. Te dejo en manos de su marido. Él quiere matarte y yo no.

Chandos se alejó, sin escuchar los gritos de Trask que le pedía que regresara y lo matara. Chandos escuchaba, en cambio, los gritos de las mujeres y niños, violadas, torturados, asesinados. Se hallaban muy cerca, así como los guerreros, a pesar de que no podía verlos. Pero percibía que vigilaban y sabía que comprendían.

Después de unos minutos, Chandos vio a Courtney en la distancia, y los espectros se desvanecieron. Ella lograba desterrar el pasado. Esa mujer dulce e inocente, inmersa en un mundo cruel, era un bálsamo para su alma.

Ella se había detenido en medio de una planicie; la luz plateada de la luna caía como un manto sobre ella y su yegua. Apuró el paso.

Cuando se acercó, ella rompió a llorar. Chandos sonrió. Ella no acostumbraba reprimir sus sentimientos, pero esa noche lo había hecho de una manera admirable. Había estado serena y había sido valiente en el momento necesario. Ahora que estaba a salvo, lloraba.

Él la tomó entre sus brazos y la montó sobre su caballo. Ella se apoyó contra él, llorando, y él la sostuvo, feliz de poder enjugar su llanto. Cuando ella dejó de llorar, él tomó su rostro suavemente y la besó.

Courtney percibió que ese beso era intencional. Sus emociones bulleron en su interior y la asustaron. Se apartó de Chandos.

Lo miró sin aliento. La compostura de él la sacó de quicio.

—No puedes decir que también esta vez tratabas de hacerme callar.

—¿Vas a preguntarme por qué te besé? —dijo él, suspirando.

—Voy a...

—No, gatita, porque si te lo digo, nos haremos el amor ahora mismo y, por la mañana, ya no serás la joven inocente que eres ahora.

Courtney dijo con voz entrecortada:

—No... no pensé que me hallaras... atractiva.

Él gruñó. No dijo que sí; se limitó a gruñir. ¿Qué demonios quería decir?

—Creo que será mejor que vuelvas a sentarme sobre mi caballo, Chandos —dijo ella con vacilación.

—¿Es eso lo adecuado en este momento?

Todo su ser deseaba permanecer donde estaba, pero el sarcasmo de él la irritó.

—Sí; lo es.

Él la volvió a sentar en su cabalgadura y Courtney apenas tuvo tiempo de tomar las riendas. Su caballo ya había comenzado a trotar detrás del caballo de Chandos.

Durante todo el camino viajó en estado de encandilamiento. Chandos la deseaba.

21

Chandos la deseaba. A la mañana siguiente se despertó, extasiada todavía por ese pensamiento. Pero luego tuvo la sensación de recibir un baldazo de agua fría. La verdad era muy obvia. Había sido una tonta soñadora. Por supuesto que la deseaba. Era la única mujer que había por allí, y él era un hombre. Por lo que sabía, los hombres tomaban lo que estaba a su alcance. No la deseaba realmente a ella. Desde un comienzo le había demostrado su indiferencia. Ahora sólo cedía a la tentación; los hombres solían dejarse tentar por el deseo, sin que les importara verdaderamente la mujer en cuestión.

—¿Piensas matar esa manta, o qué?

—¿Cómo? —preguntó Courtney, volviéndose hacia él.

—La has estado mirando como si desearas matarla.

—Tuve una pesadilla.

—No es extraño, dadas las circunstancias.

Estaba de cuclillas junto al fuego. Se había vestido y rasurado, y ya llevaba su sombrero de ala ancha. Estaba listo para partir, pero aparentemente, la había dejado dormir cuanto deseara. ¿Cómo había sabido que necesitaba dormir mucho?

—Si no tienes mucha prisa, ¿me servirías un poco de café? —preguntó ella, poniéndose de pie para doblar su manta. Luego se dio cuenta de que aún llevaba las mismas ropas que había usado la noche anterior—. Dios mío, debo haber estado loca —murmuró, tocando su vestido todavía húmedo.

—Probablemente por efecto de una reacción tardía —sugirió Chandos.

Su mirada lo atravesó. —Pero tú lo sabías. ¿Por qué no me lo señalaste?

—Lo hice. Me lo agradeciste y de inmediato te acostaste y te dormiste.

Courtney desvió la mirada. Debió parecer una tonta yéndose a dormir con la ropa mojada. Y todo porque Chandos la había deseado durante unos instantes. ¿Cómo pudo ser tan idiota?

—Debo... debo cambiarme —dijo ella y se alejó.

Pero no terminó todo allí. La noche anterior había empacado con tanta prisa que, impensadamente, había guardado su ropa mojada con el resto y ahora todo estaba húmedo.

Miró a Chandos por encima de su hombro y luego volvió a mirar su equipaje.

—Chandos, yo... yo...

—No puede ser tan grave, Ojos de Gato.

Ella volvió a mirarlo y luego dijo apresuradamente:

—No tengo qué ponerme.

—¿Nada?

—Nada. Guardé algunas prendas mojadas y olvidé sacarlas para que se secaran.

—Deberás postergar el secado hasta la noche. ¿Y tus pantalones? —Se acercó a ella y miró el bolso.

—No están mojados; los guardé en mi alforja.

—Y bien; deberás usarlos.

—Pero pensé que...

—No se puede evitar. Aguarda, te daré una de mis camisas.

Courtney estaba asombrada. No parecía enfadado. Un momento después le entregó una camisa color crema, de suave cuero de ante. El problema era que no podía abrocharla. Tenía lazos en la parte delantera y no tenía una camisa seca para usar abajo.

—No te enfurruñes, Ojos de Gato, no hay otra solución. El resto de mi ropa está sucia.

—No quise... Me agradaría lavar tu ropa.

—No —dijo él tajantemente—. Me ocupo de mis propias cosas.

Ahora estaba enfadado. Maldición. Courtney tomó sus pantalones y se dirigió hacia unos arbustos. Qué hombre irritante. Sólo le había ofrecido ayuda y él reaccionaba como si ella tratara de convertirse en su esposa o algo similar.

Cinco minutos más tarde, Courtney regresó al campamento para empacar su manta. Sus mejillas estaban enrojecidas por la indignación. La camisa de Chandos le llegaba hasta las caderas y no podía introducirla dentro de los pantalones. Y el escote en V, con lazos, que probablemente llegaba hasta la mitad del torso de él, dejaba ver el ombligo de Courtney. Pero lo peor eran los lazos, de cuero rígido, que no podían ajustarse debidamente. Por mucho que jalase de ellos, las aberturas que quedaban eran escandalosas.

Se mantuvo de espaldas a Chandos y, cuando se acercó al fuego para beber su café, sostuvo el sombrero sobre su pecho. Su mirada desafiante lo instaba a decir algo. Pero no lo hizo. En realidad, trató de no mirarla.

Courtney miró a su alrededor, buscando un tema de conversación que la distrajera de su incomodidad.

—¿No fue un tanto cruel hacer caminar a Trask hasta Kansas?

La leve reprimenda produjo una reacción inesperada en él. Chandos la miró fijamente con sus fríos ojos azules y ella tuvo la sensación de que estaba al borde de la violencia.

—Como no sabes de qué es culpable, señorita, ¿cómo puedes saber qué castigo merece?

—¿Te consta que es culpable?

—Sí.

—¿De qué?

—Violación. Asesinato. La muerte de hombres, mujeres y niños.

—¡Dios mío! —exclamó Courtney—. Si lo sabías, ¿por qué no lo mataste en el acto?

Sin decir una palabra, él se puso de pie y se acercó a los caballos.

—Lo lamento —dijo ella. ¿La habría oído?

Ella apagó el fuego sobre el que se calentaba el resto del café y luego se dirigió hacia donde estaba su caballo, al que Chandos había amablemente ensillado. Cepilló rápidamente su cabello que estaba muy enredado, aunque limpio.

Mientras trataba de desenredar un nudo especialmente difícil, Chandos se acercó a ella por detrás.

—Como piensas que tengo habilidad para esas cosas, podría cortártelo. —Había humor en su voz; luego añadió—: ¿Cuántos cueros cabelludos se supone que corté? Ya no lo recuerdo.

Courtney se volvió bruscamente. Él le sonreía. Con qué rapidez superaba el mal humor.

Recordó todo cuanto había dicho acerca de él la noche anterior y se ruborizó.

—¿Durante cuánto tiempo estuviste escuchando?

—El suficiente.

—Espero que no pienses que creo en lo que dije —se apresuró a decir ella—. Sólo que cuando me preguntaron si eras medio indígena, pensé que era mejor decirles que sí. Deseaba perturbarlos. Ellos afirmaron no conocerte, de modo que no podían saber que no pareces un indio.

—¿No? —dijo Chandos suavemente, con tono inquietante—. ¿Has visto tantos indios como para distinguirlos?

Estaba bromeando, pero a ella no le causaba gracia.

Lentamente, comprendió que él hablaba seriamente.

—No eres medio indio, ¿verdad? —susurró ella. En el acto se arrepintió de su pregunta. Él no solía responder a preguntas improbables. No le respondió; se limitó a mirarla de manera inquietante.

Ella bajó la mirada.

—Olvida mi pregunta. ¿Nos marchamos?

22

—Si necesitas lavar algo más, será mejor que lo hagas esta noche —sugirió Chandos cuando instalaron el campamento al atardecer—. Mañana partiremos, alejándonos del Arkansas y no volveremos a acercarnos a su curso hasta dentro de tres días.

Courtney no tenía mucha ropa para lavar, pero debía secar todo su guardarropa. Chandos se ocupó de su caballo y del de Trask; luego se dirigió hacia el río para asearse. Concluyó rápidamente, antes de que Courtney comenzara con sus tareas. Muy pronto, el lugar donde acampaban mostraba sobre cada árbol, roca y arbusto, una prenda de vestir.

Courtney pensó que era cómico que su campamento, ubicado en medio del territorio indígena, tuviera un aspecto tan hogareño. Pero así era. Eso le produjo una sensación agradable, que la sorprendió. Esa sensación provenía en parte de la compañía de Chandos y del hecho de sentirse segura junto a él. Esa noche él no había ido a cazar y ella estaba segura de que el motivo era que no deseaba dejarla a solas. Presintió que ella no estaba aún preparada para repetir la experiencia; Courtney agradeció su gesto.

Para demostrarle su aprecio, trabajó arduamente preparando un sabroso guisado con carne seca y legumbres, empleando las pocas especias que había comprado y agregando al guisado trozos de masa hervida. No empleó ni un solo frijol.

Mientras Courtney preparaba la comida, Chandos se recostó contra su montura y cerró los ojos. Cuando ella comenzó a canturrear, la melodía lo conmovió y apretó sus ojos con más fuerza. Lo estaba haciendo otra vez; apelando a sus sentidos en el momento más inesperado. Sus defensas parecían inútiles frente a Courtney Harte.

¿Hasta cuándo podría resistir el deseo que ella le inspiraba sin satisfacerlo? El hecho de tener que luchar contra sus instintos naturales era algo nuevo para Chandos; deseaba a esa mujer más que a nada. Estaba a punto de estallar y no había modo de eludirla.

Pero no la tocaría. Ni aunque ella se le ofreciera... Bueno, no era cuestión de exagerar. Su abstención tendría un límite.

En realidad, se estaba engañando a sí mismo. ¿Acaso ella no se le había ofrecido? Esa idea ridícula de que debía protegerla, aun de sí mismo, se convertía en una tortura. Ella le había enviado mensajes reiterados con sus miradas provocativas y sus besos tiernos. Ella lo deseaba; y esa idea encendía su sangre.

¿Pero sabría ella que lo estaba tentando más allá de lo tolerable? No podía saberlo. Él había hecho todo lo posible para que no lo supiera... hasta la noche anterior. Y si lo sabía, era evidente que no le importaba, pues no hacía el menor esfuerzo por reprimir esas miradas penetrantes.

—Chandos, ¿cómo hacen para arrear esas grandes manadas de ganado sobre estas montañas? ¿Las circundan?

—No —respondió él, sorprendido ante la aspereza de su voz, que de inmediato trató de suavizar—. El camino que toman está a unos ochenta kilómetros al oeste de aquí.

—Creí que el camino más directo a Waco era el del ganado.

—Lo es.

—¿Y por qué no lo tomamos?

—Tengo asuntos pendientes al noreste de Texas. Nos desviaremos durante cinco días, pero es inevitable. Paris era mi destino original y no me siento obligado a perder una semana para ir en primer lugar a Waco y luego regresar. ¿Tienes algún inconveniente?

Su tono era tan defensivo, que ella no osó contradecirlo.

—No. No te pediría que cambies tus planes por, mí. Unos pocos días más no importan. —Ella revolvió el guisado por última vez—. La comida está preparada, Chandos.

Mientras comían, Courtney experimentó al mismo tiempo la sensación agradable que le producía el hecho de saber que estaría junto a Chandos durante unos días más, y la sensación de fastidio que le provocaba el hecho de que él no se hubiera molestado en hacerla partícipe de sus planes. Lo miró de soslayo en varias oportunidades, hasta que él lo percibió y la miró severamente. Ella se apresuró a concluir su cena y fue a revisar su ropa.

Muchas de sus prendas estaban secas, de modo que podía cambiar de atuendo; se dirigió hacia el río. Se quitó los pantalones y la camisa y se zambulló en el agua. Era casi de noche; Chandos aún estaba comiendo. Esta sería la última vez en el transcurso de varios días que acamparían cerca del agua, de modo que no podría bañarse en los días venideros.

La luz de la luna se reflejaba en el agua. Courtney hundió sus pies en el fondo del río, bajo la sombra de un árbol inclinado sobre las aguas y dejó que la corriente de agua la lavara. Estaba completamente desnuda; eso la hizo sentirse muy perversa, pero al mismo tiempo, la sensación era deliciosa.

Por último, renuentemente, salió del río. No tenía una toalla y debió quitarse el agua con las manos. Recordó que en un momento había deseado hacer lo mismo con la espalda de Chandos. «No pienses en eso, Courtney», se reprendió. Luego se vistió rápidamente y regresó al campamento.

La sorprendió comprobar que él había limpiado la vajilla, extendido su manta y estaba apagando el fuego. Suspiró. Después del baño estimulante, no tenía sueño, pero él ya se disponía a dormir.

Cuando ella se acercó, él se puso de pie. Recorrió con la mirada el vestido de seda color verde pálido de Courtney, y ella percibió que aún no estaba completamente seco. La seda se adhería a algunas partes de su cuerpo y, aunque se había recogido los cabellos, algunos mechones estaban húmedos. Era obvio que había tomado un baño. Al recordar que lo había hecho desnuda, experimentó una sensación de incomodidad.

—Si hubiera sabido que no tendría que lavar la vajilla —balbuceó— no me hubiera vestido. Quise decir... bueno, no importa. Aquí tienes. —Courtney le entregó la camisa—. Gracias nuevamente.

Se volvió, pero Chandos la sorprendió al tomarla de la muñeca.

—La próxima vez, dime qué estás haciendo, mujer. Pudo atacarte una serpiente o pudo golpearte un madero arrastrado por la corriente, o pudieron apresarte los indios, o algo peor.

—¿Qué podría ser peor que los indios? —dijo ella con ligereza y a la defensiva, pues no había considerado ninguna de esas posibilidades.

—Hay cosas peores.

—Pero no estabas lejos —dijo ella—. Me hubieras oído si hubiera pedido ayuda.

—Si la hubieras pedido. Un hombre no te daría la oportunidad.

—Si estás sugiriendo que no debo bañarme...

—No.

Ella abrió muchos los ojos ante la única alternativa posible.

—¿Piensas...?

—Demonios, no —gruñó él, tan asombrado de la idea de ella como ella misma—. No es necesario que te vigile. Sólo necesito estar lo suficientemente cerca de ti como para protegerte. —Él comprendió, que no había manera de esquivar la conversación embarazosa—. Olvídalo —dijo por último secamente.

—¿Olvidar qué? ¿Advertirte antes de...?

—Olvida el baño; simplemente olvídalo.

—Chandos.

—Una dama no tiene por qué bañarse en los caminos.

—Eso no es razonable y lo sabes —dijo ella, desafiante—. No suelo quitarme toda la ropa. Esta noche lo hice, pero...

No pudo continuar. La imagen que sus palabras habían suscitado en la mente de Chandos fue más fuerte que él. Con un suave gruñido la atrajo hacia sí y se desató todo el ímpetu de su pasión.

El contacto de sus labios conmocionó profundamente a Courtney; sus piernas flaquearon. Pensando que no la sostendrían, se aferró fuertemente a Chandos, rodeando el cuello de él con sus brazos.

Uno de los brazos de Chandos la sostenía con fuerza, estrechándola de tal modo que los senos de ella parecieron fundirse contra su pecho. La otra mano tomó la nuca de la joven para que no pudiera eludir sus labios ansiosos. Había algo muy salvaje en la manera feroz y brutal en que sus labios se movían sobre los de ella, obligándola a abrirlos. Y luego su lengua ardiente se unió a la de Courtney.

Sin comprender la violencia de sus caricias, Courtney pensó que trataba nuevamente de lastimarla y se atemorizó. Trató de apartarse de él, pero él no la soltó. Ella empujó los hombros de Chandos para liberarse de su abrazo, pero él la abrazó con más fuerza aun. Courtney se retorció inútilmente.

Chandos percibió que Courtney estaba luchando contra él. Había perdido su batalla personal y lo sabía; pero no pensó que podría asustarla con su deseo impetuoso. De pronto se detuvo y recapacitó.

Dejó de besarla y ella trató de recuperar el aliento. La soltó lo suficiente como para que hubiera cierto espacio entre ambos.

—¿Fue ésa otra de tus lecciones? —dijo ella, jadeando.

—No.

—Pero volviste a hacerme daño.

Chandos acarició su mejilla.

—Era lo último que deseaba hacer, gatita.

Era tan tierno: su voz, su mirada, su mano sobre la mejilla de ella. Pero Courtney no bajaba la guardia. Aún le temía.

—¿Por qué me atacaste, Chandos?

La acusación lo desconcertó.

—¿Atacarte?

—¿Cómo lo llamarías tú?

—¿Derribar tus defensas? —sugirió con una mueca.

—No te atrevas a reír —gritó ella—. Eres odioso y... y...

—Shh, Ojos de Gato, escúchame. Si te atemoricé, lo lamento. Pero cuando un hombre desea a una mujer tanto como te deseo a ti, no resulta fácil proceder lentamente. ¿Lo comprendes?

Después de una pausa, durante la que trató de reponerse de su asombro, ella preguntó:

—¿Me... me deseas?

—¿Cómo puedes dudarlo? —preguntó él tiernamente.

Courtney bajó la mirada para que él no viera su alegría, su aturdimiento.

—Antes no me deseabas —dijo en voz muy baja—. No me hagas esto, Chandos, tan sólo porque necesitas una mujer y soy la única disponible.

Él levantó el mentón de Courtney para mirarla a los ojos.

—¿Qué te he hecho en mi estúpido intento de resistirme a ti? —Suspiró con remordimiento—. Puedes dudar de la prudencia de mi deseo, pero no dudes que existió desde que entré a esa tienda de Rockley. ¿Crees que me hubiera molestado por ese insignificante Jim Ward, si no hubiera sido por ti?

—No... digas eso.

—¿Sabes que estuve a punto de matar a tu amigo Reed porque permitiste que te besara?

—Chandos, por favor.

Esta vez la atrajo hacia sí con suma suavidad, ignorando la débil resistencia de ella.

—No puedo evitar mis sentimientos, así como tú no puedes evitar los tuyos, Ojos de Gato. Traté de abandonarte y olvidarme de ti, pero no pude. Traté de no tocarte, pero ya no puedo continuar luchando, especialmente ahora que sé que tú también me deseas.

—No, yo...

Él no le permitió negarlo. Aniquiló su voluntad y su razonamiento con un nuevo beso, esta vez muy tierno. Pero fue su confesión la que actuó sobre ella con más persuasión que cualquier beso. La deseaba; la había deseado siempre. ¡Oh, Dios, qué emoción!

Courtney se abrazó a él, devolviendo su beso con total abandono. Sus fantasías se convertían en realidad y deseaba que fueran interminables. Él continuó besándola reiteradamente.

Ella no pensaba en la consecuencia final de esos besos; ni siquiera cuando Chandos la llevó hasta su manta y la depositó suavemente sobre ella.

Los besos de Chandos se hicieron más apasionados y comenzó a desvestirla. Ella trató de impedírselo, pero él no cejó en su intento y comenzó a besarle el cuello. Era una sensación tan deliciosa, tan estremecedora.

Ella se dijo que debía tomar una decisión. ¿Se enfadaría él si lo dejaba avanzar y luego lo detenía? ¿Podría detenerlo?

Un leve temor la invadió y dijo entrecortadamente:

—Chandos, no... no soy...

—No hables, gatita —murmuró él con voz ronca en su oído—. Ya no sólo lo deseo; debo acariciarte. Así... y así.

La mano de él se deslizó a lo largo del vestido abierto de Courtney, tomando un seno, luego el otro. La delgada camisa de Courtney no la protegía de su intensa pasión. Y luego, cuando el placer se tornó intolerable, él comenzó a morderle suavemente una oreja.

La bombardeó con el estallido de su pasión y ella ya no pudo pensar. Cuando él le quitó la ropa, ella no protestó. Luego la besó y arrojó la camisa a lo lejos, tendiéndola de espaldas, desnuda de la cintura hacia arriba.

La boca de Chandos cubrió uno de sus senos y el cuerpo de ella se contorsionó de placer. Tomó la cabeza de Chandos entre sus manos para mantenerla allí. Sus dedos se entrelazaron entre los cabellos de él y gimió cuando él besó su pezón. Luego comenzó a succionarlo; y de la garganta de ella brotó un sonido de placer. Ese ronroneo hizo gruñir a Chandos.

Courtney nunca había soñado con nada tan maravilloso, tan profundamente gratificante, pero había más, y Chandos estaba impaciente por demostrárselo.

Ella no había percibido que él desabrochaba su enagua, pero cuando la mano de él la acarició, su vientre se estremeció. Los dedos suaves de él se deslizaron hacia abajo y, de pronto, Courtney se sorprendió ante dónde habían llegado. ¿Podría detenerlo? Tiró de su brazo sin convicción.

Y entonces un dedo de él avanzó en su exploración.

—¡No!

Los labios de él la silenciaron, pero no retiró su dedo. Ella había gritado ante la idea de que el dedo de él la penetrara, no por lo que sentía. Una intensa agitación reverberó, en todo su ser, anulando su resistencia.

Cuando se calmó, cuando dejó de tironear el brazo de Chandos y lo tomó del cuello, él hizo una pausa para contemplarla. El fuego de su mirada la hipnotizó y tuvo un atisbo del esfuerzo que él había hecho hasta entonces para controlar su pasión. Era una revelación casi intolerable.

Él no dejó de mirarla y continuó acariciando su pubis. Ella jadeó y se ruborizó intensamente cuando vio que él la miraba.

—No...

—Shh, gatita —murmuró él—. Imagíname dentro de ti. Estás húmeda por mí. ¿Sabes cómo me siento al comprobar que estás preparada para recibirme?

La besó una y otra vez y la miró ardientemente a los ojos.

—Déjame amarte, gatita. Déjame escuchar tu ronroneo cuando esté dentro de ti.

No le permitió responder; volvió a besarla. Luego él se apartó y la despojó del resto de su ropa.

—No te cubras —dijo él cuando ella trató de hacerlo; y añadió susurrando—: Eres más hermosa que cualquier mujer que he conocido. No me ocultes tu belleza.

Courtney dejó de lado su pudor porque él se lo pidió. Luego, de rodillas junto a ella, él se quitó la camisa y ella olvidó su timidez al contemplarlo.

Él volvió a conmocionarla.

—Tócame, gatita. Tus ojos me han dicho muchas veces que deseas hacerlo.

—No es verdad —mintió ella.

—Mentirosa —dijo él, tiernamente.

No tuvo tiempo de indignarse. Vio que él desabrochaba sus pantalones. Al verlo completamente desnudo, inspiró profundamente. Le sería imposible dejarse penetrar por él.

El temor retornó, pero era un temor emocionante.

Chandos supo que estaba atemorizada. Luego de desvestirse, separó las piernas de ella y apoyó su largo cuerpo sobre el de ella, hasta que ella sintió sus genitales contra su cuerpo. Luego gruñó y la besó con fuerza. La penetró, absorbiendo con sus labios el grito de dolor de ella y los espasmos de su cuerpo con los de él. La penetró profundamente, pero el dolor fue fugaz. Durante todo el tiempo continuó besándola apasionadamente, tratando de obtener con su lengua la reacción de ella. La abrazó con ternura, sostuvo su rostro entre las manos, la acarició, deslizó su pecho sobre sus senos.

Durante un largo rato, Chandos sólo movió los labios y las manos. Cuando finalmente comenzó a mover también las caderas, Courtney gimió, decepcionada. Le provocaba un intenso placer sentirlo dentro de ella y pensó que había concluido. Pero muy pronto comprobó que no era así. Él se deslizó hacia afuera y hacia adentro, con energía, y al mismo tiempo, con gran suavidad.

—Oh, sí, gatita, dime —gruñó él sobre los labios de ella, al escuchar su ronroneo de placer.

Lo hizo. No pudo evitarlo. Lo abrazó con fuerza y sus caderas se movieron al compás de las de él. Descubrió que, si levantaba las piernas, él podía penetrarla más profundamente. Cuanto más se elevaba, más penetraba él. Las elevó a una altura cada vez mayor, hasta que en su interior estalló el éxtasis increíble; entonces pronunció su nombre.

Courtney no percibió que él la había estado contemplando continuamente y que sólo entonces se dejó arrastrar por la pasión avasalladora que durante tanto tiempo lo había estado dominando.

23

Durante todo el día siguiente, Courtney se sintió enamorada. Nada la importunaba, ni el calor, ni los insectos, ni el monótono cabalgar. Nada podía alterar su felicidad.

Dos días más tarde, ya no estaba segura. Y, después de tres días, cambió de idea. No era posible que amara a un hombre tan exasperante como Chandos. Aún lo deseaba y se despreciaba a sí misma por eso, pero no podía amarlo.

Lo que más indignaba a Courtney era comprobar que había vuelto a convertirse en un ser enigmático. La había poseído, la había transportado a las cumbres del éxtasis y luego la había tratado con la misma indiferencia de siempre. Estaba estupefacta.

No podía eludir la verdad. Había sido usada. Todo cuanto Chandos le dijera esa noche era mentira, todo. Él había satisfecho su lascivia y ya no la necesitaba.

Al atardecer del séptimo día de viaje cruzaron otro río, tal como lo había previsto Chandos. Como Courtney ya estaba mojada, decidió bañarse después de la cena, sin advertírselo a Chandos. Ese baño le produjo un placer especial, porque desafiaba a Chandos al desobedecer sus órdenes.

Pero, al salir del agua, con la ropa interior adherida

al cuerpo, y el cabello chorreando agua, percibió que no estaba sola. Después de un minuto de zozobra, lo vio. Era Chandos. No obstante, no experimentó un alivio al verlo. Estaba en cuclillas a la sombra de un árbol y la había estado observando, no sabía durante cuánto tiempo.

Él se puso de pie y salió de la oscuridad, dirigiéndose a ella.

—Ven para acá, Ojos de Gato.

Hacía tres días que no la llamaba de esa manera ni empleaba ese tono de voz. Había vuelto a llamarla «señorita» y sólo le hablaba ocasionalmente.

Courtney, indignada, lo miró con ojos encendidos por la ira.

—Maldito —gritó furiosa—. No me usarás nuevamente.

Él avanzó otro paso hacia ella, y ella retrocedió dentro del agua. Quizás hubiera retrocedido más aun, pero él se detuvo. Ella lo miró iracunda; toda su actitud era desafiante. Entonces, él maldijo en esa lengua extraña que empleaba con frecuencia y volvió al campamento.

Lo había hecho. Había mantenido su decisión con coraje y valentía, y estaba orgullosa de sí misma.

Courtney decidió permanecer un rato más dentro del agua, a pesar de que había comenzado a tiritar. No lo hizo porque temiera enfrentar a Chandos. Sólo deseaba darle tiempo para que se apaciguara su enojo. Y cuando escuchó el disparo proveniente del lugar del campamento no se inmutó. No era tonta. Si él estaba empleando esas argucias para obligarla a correr y averiguar qué ocurría, era porque no se había tranquilizado.

Diez minutos después, Courtney comenzó a preocuparse. Quizá se había equivocado. Tal vez había matado un animal salvaje. O alguien pudo haber herido a Chandos. Podría estar muerto.

Courtney salió apresuradamente del agua. Cambió su ropa interior mojada por ropa seca y se puso la falda y la blusa de seda blanca que recientemente había remendado. Llevó el resto de su ropa y avanzó descalza, rogando no pisar nada reptante ni venenoso.

Corrió hasta ver la luz del fuego, y luego disminuyó cautelosamente la velocidad. Aun así, estuvo a punto de tropezar con una serpiente que había en su camino. Era una cobra larga, de color rojo amarillento, una víbora mortalmente peligrosa. Estaba muerta pero, no obstante, no pudo reprimir un grito.

—¿Qué ocurre? —gritó Chandos; el sonido de su voz la tranquilizó.

Ella corrió hasta verlo. Estaba vivo y estaba solo, sentado junto al fuego y... Courtney se detuvo bruscamente. Chandos se había quitado una bota y tenía el pantalón cortado hasta la altura de la rodilla. La sangre corría por la parte posterior de su pantorrilla, en la que había hecho una incisión. Lo había mordido una serpiente.

—¿Por qué no me llamaste? —dijo ella, entrecortadamente y horrorizada ante el hecho de que tratara de curarse a sí mismo.

—Tardaste mucho en llegar después del disparo. ¿Habrías venido si te hubiera llamado?

—Sí; si me hubieras dicho qué te ocurría.

—¿Me hubieras creído?

Él lo sabía. Sabía qué había estado pensando ella. ¿Cómo podía quedarse allí, tranquilamente...? Debía hacerlo; de lo contrario el veneno se hubiera propagado por el cuerpo más rápidamente.

Courtney dejó caer sus ropas y avanzó hacia él; tomó la manta de Chandos y la colocó junto a él. El corazón le latía con violencia.

—Acuéstate boca abajo.

—No me indiques qué debo hacer, mujer.

Ella se asombró del tono duro de su voz, luego comprendió que se debía al dolor que él sentía. Una amplia franja de su pantorrilla se había tornado de un color rojo muy intenso. La mordedura estaba en la mitad de la pantorrilla y él había atado fuertemente su cinto pocos centímetros por encima. Si la serpiente lo hubiera atacado un centímetro más abajo, hubiera mordido la bota de Chandos. Mala suerte.

—¿Succionaste la mayor parte del veneno?

Los ojos de Chandos, más brillantes que de costumbre, la atravesaron.

—Acércate y observa, mujer. Si crees que puedo llegar hasta allí, estás loca.

Courtney volvió a palidecer. —¿Quieres decir que ni siquiera...? Debiste llamarme. Lo que estás haciendo es sólo un último recurso.

—¿Tienes conocimientos respecto de esto? —dijo él secamente.

—Sí —replicó ella indignada—. He visto cómo mi padre trataba las mordeduras de serpiente. Es médico y... ¿aún no has aflojado ese cinto? Deberías hacerlo aproximadamente cada diez minutos. Por favor, Chandos, acuéstate. Déjame quitar el veneno antes de que sea demasiado tarde.

La miró detenidamente durante largos instantes; ella pensó que se iba a negar. Pero se encogió de hombros y se tendió sobre la manta.

—La incisión está bien hecha —dijo él; su voz era cada vez más débil—. Pude hacer eso, pero no alcanzaba a llegar hasta ella con mi boca.

—¿No sientes nada fuera del dolor? ¿Debilidad o náuseas? ¿Puedes ver bien?

—¿Quién era el médico?

Ella se alegró de que aún conservara su ácido humor.

—Sería útil que respondieras a mis preguntas, Chandos. Necesito saber si el veneno ha ingresado directamente en tu torrente sanguíneo o no.

—No experimento ninguno de los síntomas antedichos, señorita —dijo, y suspiró.

—Bueno, ya es algo, considerando el tiempo que ha transcurrido.

Pero Courtney no estaba segura de que él no estuviera mintiendo. Si estuviera débil, no lo admitiría.

Ella se ubicó junto a la pantorrilla de él, dispuesta a cumplir con lo que debía hacer, sin remilgos. Pero la aterraba pensar en la cantidad de tiempo transcurrido.

Chandos permaneció inmóvil mientras ella trabajaba; sólo en un momento le dijo que quitara la mano de su maldita pierna. Courtney succionaba y escupía sin pausa, pero se ruborizó y evitó volver a colocar su mano en la parte superior de la pierna de Chandos. Ya tendría tiempo para enfadarse después. Evidentemente, él no podía controlar su deseo ni siquiera cuando sufría.

Courtney trabajó durante una hora, hasta que las fuerzas la abandonaron. Tenía sus labios entumecidos y le dolían intensamente las mejillas. La herida ya no sangraba, pero estaba muy roja y sumamente inflamada. Deseó tener algún bálsamo para aplicarlo sobre ella. Además, deseó tener conocimientos sobre plantas medicinales, pues quizás junto al río o en el bosque habría alguna que ayudase a extraer el veneno o aliviase la inflamación. Pero no sabía qué buscar.

Acarreó agua del río y aplicó una compresa mojada fría sobre la herida. Cada diez minutos aflojaba el cinto que impedía la circulación de la sangre. Después de un minuto, volvía a colocarlo.

Trabajó sin pausa. Cuando preguntó a Chandos cómo se sentía, él no pudo responder. Había perdido el conocimiento. El pánico se apoderó de Courtney.

24

—Si me corta el cabello, lo mataré, viejo —dijo Chandos, delirando a causa de la fiebre. Courtney lo había oído decir lo mismo y muchas otras cosas más, que brindaban una descripción penosa de la vida de Chandos.

En algún momento de la noche ella se había quedado dormida, aunque por poco tiempo. Había apoyado su cabeza sobre la parte posterior de las piernas de Chandos, y de pronto despertó al oír que Chandos gritaba, diciendo que no podría descansar hasta que ellos estuvieran muertos. Trató de despertarlo, pero fue imposible.

—Maldición, Calida, déjame en paz —gruñó Chandos—. Vete a la cama de Mario. Estoy fatigado.

Después de eso, no trató de despertarlo nuevamente. Le cambió la compresa de agua fría por otra y escuchó sus delirios acerca de tiroteos, golpes y enfrentamientos con la persona a la que llamaba viejo. También hablaba con mujeres; respetuosamente con Meara y cariñosamente admonitorio con Ala Blanca. Al hablar con ellas su voz cambiaba de tal forma que concluyó que las amaba mucho.

Ala Blanca no fue el único nombre indígena que mencionó. Hubo otros, incluido el que llamaba amigo. Defendía al comanche tan enérgicamente frente al viejo, que Courtney recordó de pronto que Chandos nunca le había respondido cuando ella le preguntara si era medio indígena o no.

Antes no le había asignado importancia, pero era posible. Comprendió que ese extraño idioma que él empleaba a veces bien podía ser un lenguaje indígena.

Se sorprendió de que el hecho no le molestara. Indio o no, seguía siendo Chandos.

Cuando las primeras luces del amanecer anunciaron el nuevo día, Courtney comenzó a dudar seriamente de la recuperación de Chandos. Ella estaba exhausta. No sabía qué más podía hacer por él. La herida tenía tan mal aspecto como la noche anterior, y la inflamación apenas había cedido. Aún tenía fiebre y el dolor parecía haberse intensificado; él se quejaba y se movía tan débilmente que parecía carente de fuerzas.

—Le rompió los brazos para que no pudiera defenderse. Maldito canalla... era tan sólo una niña. Muerta; todos muertos. —Susurraba, como si ya no tuviera energías para hablar—. Rompe la cadena... Ojos de Gato.

Ella se sentó y lo miró fijamente. Era la primera vez que mencionaba su nombre.

—¿Chandos?

—No puedo olvidar... no a mi mujer.

Respiraba con tanta dificultad que Courtney se alarmó. Y cuando lo sacudió y él no despertó, ella rompió a llorar.

—Chandos, por favor.

—Maldita virgen... no sirve.

Courtney no deseaba oír cuanto él pensaba acerca de ella. No podía tolerarlo. Pero lo que ya había dicho la hirió y se refugió en su enojo.

—Despierta, maldito; quiero que me escuches. Te

odio, y te lo diré en cuanto despiertes. Eres cruel e inhumano y no sé por qué he malgastado la noche tratando de salvarte. ¡Despierta!

Courtney le golpeó la espalda y luego se echó hacia atrás, consternada. Había golpeado a un hombre inconsciente.

—Oh, Dios; Chandos, discúlpame —exclamó, frotando la espalda de Chandos—. Por favor, no mueras. No volveré a enfadarme contigo, por muy despreciable que seas. Y... y si mejoras, prometo no volver a desearte.

—Mentirosa.

Courtney estuvo a punto de ahogarse. Chandos aún tenía los ojos cerrados.

—Eres detestable —dijo ella, poniéndose de pie.

Chandos se volvió de costado y la miró.

—¿Por qué? —preguntó serenamente.

—¿Por qué? Sabes muy bien por qué. —Y luego dijo inoportunamente—: Y no soy una maldita virgen, al menos no ahora ¿verdad?

—¿Dije que lo fueras?

—Hace cinco minutos.

—¿He estado hablando en sueños?

—Profusamente —dijo ella burlonamente. Luego giró sobre sí misma y se alejó.

—No puedes tomar seriamente lo que un hombre dice cuando duerme, Ojos de Gato —dijo él—. Y, para que sepas, hace tiempo que no te considero una maldita virgen.

—Vete al diablo —dijo ella por encima del hombro y continuó su marcha.

Pero no llegó muy lejos. Al toparse con la serpiente muerta, vio junto a ella una pequeña bolsa de cuero que no estaba allí la noche anterior.

Un escalofrío recorrió su espalda y miró rápida y furtivamente a su alrededor, pero había tantos arbustos y árboles, que cualquiera podría estar allí oculto.

Miró la bolsa; temía tocarla. Era de piel de ante y su tamaño era el doble del puño de Courtney. Debía contener algo, porque era abultada.

Si alguien se hubiera acercado al campamento en algún momento de la noche, cuando ella estaba atendiendo a Chandos, lo hubiera visto o hubiera presentido su presencia. ¿Por qué esa persona no había dicho que estaba allí? ¿Podría ser una presencia accidental? Aun así, hubiera visto el fuego y se hubiera acercado … a menos que no deseara ser visto.

Courtney se atemorizó al comprobar que alguien había estado efectivamente allí y probablemente la había observado sin que ella lo supiera. Pero ¿quién? ¿Y por qué habría dejado esa bolsa de cuero?

La tomó con cuidado y la mantuvo alejada de su cuerpo mientras la llevaba al campamento. Chandos estaba donde ella lo había dejado, tendido sobre un lado de su cuerpo, y ella pensó que no estaba realmente mejor, sino simplemente despierto. ¡Dios, las cosas que le había dicho cuando estaba débil y sufría! ¿En qué se estaba convirtiendo?

—No creo que eso muerda, Ojos de Gato.

—¿Qué? —preguntó ella, acercándose lentamente a él.

—La bolsa. La sostienes tan lejos de ti —dijo—. No creo que sea necesario.

—Toma. —Courtney la dejó caer junto a él—. Prefiero no abrirla personalmente. La encontré junto a tu serpiente muerta.

—No menciones a esa maldita víbora —dijo él con furia—. Desearía poder matarla nuevamente.

—Me imagino —dijo ella comprensivamente. Luego bajó la mirada—. Lamento... haber perdido los estribos, Chandos. Algunas de las cosas que dije son imperdonables.

—Olvídalo —contestó él, mirando fijamente la bolsa. La abrió. —Bendito sea —exclamó sacando una planta a la que se le veían las raíces.

—¿Qué es?

—Bistorta. Hubiera deseado poder usarla anoche. Pero es mejor ahora que nunca.

—¿Bistorta? —repitió ella dubitativamente.

—Tritúrala, mezcla el zumo que obtengas con un poco de sal y colócala sobre la mordedura. Es una de las mejores medicinas para la mordedura de serpientes. —Se la entregó—. ¿Lo harás?

Courtney tomó la planta.

—Sabes quién la dejó aquí, ¿verdad?

—Sí.

—¿Y bien?

Él la miró fijamente durante varios segundos. Ella creyó que no iba a responder. Finalmente dijo:

—Un amigo mío.

—¿Pero por qué no se acercó y me entregó la planta? Pudo haberme dicho qué hacer con ella.

Chandos suspiró.

—No podría haberlo dicho. No habla español. Y si se hubiera acercado, probablemente hubieras huido.

—¿Es un indio? —No era realmente una pregunta, porque ella intuyó que el visitante era un indígena—. ¿Lobo Rampante, por casualidad?

Chandos frunció el ceño.

—Aparentemente, hablé bastante, ¿no?

—Mantuviste conversaciones con diversas personas. ¿Siempre hablas en sueños?

—¿Cómo diablos quieres que lo sepa?

La respuesta abrupta hizo que Courtney se alejara. Preparó la bistorta y luego regresó.

—¿Puedes volverte de espaldas, por favor?

—No. Dame eso.

—Lo haré yo. —Eludiéndolo, se colocó detrás de él diciendo: —Ya te hiciste bastante daño al curarte a ti mismo anoche, innecesariamente.

—No pedí tu maldita ayuda.

—Supongo que hubieras preferido morir antes que recibirla —replicó ella.

Él no respondió. No añadió nada más.

Courtney estaba ofendida. Después de todo cuanto había hecho, pudo haberse mostrado un poco más agradecido. Pero aparentemente, nada le importaba. Y no le agradaba verse obligado a aceptar su ayuda.

— ¿Tu amigo aún está cerca, Chandos?

—¿Deseas conocerlo?

—No.

Él suspiró, fatigado, añadiendo:

—Ya no debe estar por aquí, si eso es lo que te preocupa. Pero probablemente regrese para saber si me he recuperado. Pero no lo verás, Ojos de Gato. Sabe que te atemorizas fácilmente.

—No es verdad —respondió ella duramente—. ¿Cómo lo sabe?

—Se lo dije.

—¿Cuándo?

—¿Qué diablos importa eso?

—Nada. —Ella concluyó de curar la pierna de Chandos y lo miró de frente—. Sólo desearía saber por qué nos sigue. Fue a él a quien vi en aquella ocasión, ¿verdad? ¿Durante cuántas noches nos ha estado espiando? —Al pensar en las posibilidades, se alarmó.

—«Esa» noche no estaba allí, Ojos de Gato —dijo Chandos suavemente, adivinando sus pensamientos—. Y no nos sigue. Nosotros... vamos en la misma dirección.

—Pero viajarías con él si yo no estuviera aquí, ¿no es así? Sí, naturalmente. No me extraña que no hayas deseado mi compañía.

Él frunció el ceño. —Te expliqué cuál era la razón por la que no deseaba acompañarte.

—Sí —respondió ella fríamente—. Pero debes perdonarme si ya no creo ni la mitad de cuanto dijiste la otra noche.

En lugar de tranquilizarla, tal como ella esperaba, Chandos guardó silencio. Ella no sabía si gritarle o llorar. No hizo ninguna de las dos cosas. Irguió sus hombros y se alejó.

—Iré al río a bañarme. Si no regreso dentro de pocos minutos, sabrás que me he encontrado con tu amigo y he caído desmayada.

25

Chandos contempló a Courtney mientras ella recalentaba el caldo que había estado tratando de hacerle beber durante todo el día. El sol del atardecer confería reflejos dorados a su espesa cabellera castaña. Pensó que jamás se cansaría de mirarla. Comprendió que había sido demasiado duro con ella.

Le había jugado una mala pasada y ella lo castigaría haciéndolo sufrir. Pero no pudo actuar de otra manera. Ella no era para él. Si ella lo conociera bien, lo comprendería. Si se enterase de todo, le temería.

La mirada de ella estaba encendida de amor y de ira; la ira de una mujer despreciada. Si tan sólo esa ira no alimentara su vanidad masculina... Pero era inevitable; la reacción de ella lo complacía. Se hubiera sentido muy herido si ella hubiera aceptado su fingida indiferencia. Pero descubrió que, cuando la ignoraba, ella se enfurecía, y saberlo le produjo placer.

Él no había deseado robar su inocencia. Había intentado empeñosamente evitarlo. Pero, cuando perdió esa batalla contra sí mismo y la poseyó esa única noche increíble, pensó que había satisfecho su deseo. Luego supo que no era así. El hecho de contemplarla cuando se bañaba en el río había desbaratado sus intentos de reprimirse.

Casi estaba agradecido a la serpiente que había puesto fin a su locura, de lo contrario hubiera hecho el amor a Courtney nuevamente. Y no hubiera sido conveniente. Estando las cosas como estaban, le resultaría muy difícil despedirse de ella.

Toda relación posterior sólo lograría empeorar la situación.

Ella no lo comprendía aún. Esa era su primera pasión y estaba sumamente contrariada por cómo iban encadenándose los hechos. Pensaba que él la había usado. Chandos suspiró. Era mejor que pensara así. Sería aun mejor que hasta lo odiara.

La verdad era que, si por un instante creyera que lograría hacerla feliz, no se alejaría de ella. Pero, ¿qué clase de vida podía ofrecerle? Cuatro años atrás, había decidido abandonar el mundo de los blancos y retomar el estilo de vida comanche. Quince malvados habían cambiado su vida para siempre y, cuando todo concluyese, ¿qué le quedaría? Había viajado sin una meta fija durante tanto tiempo que se creía incapaz de volver a establecerse definitivamente en ningún sitio, ni siquiera con otros comanches. ¿Podría una mujer adaptarse a una vida así? ¿Podría hacerlo esta mujer? Sabía que no podía pedírselo.

Despertó de su ensoñación cuando Courtney se arrodilló junto a él, entregándole el jarro de caldo caliente.

—¿Cómo te sientes?

—Tan mal como la última vez que lo preguntaste. Como la mierda.

Ella frunció el ceño.

—Por Dios, Chandos, ¿por qué eres tan grosero?

—¿Grosero? Si deseas escuchar groserías, las diré...

—No, gracias —lo interrumpió ella—. Anoche escuché bastante.

—¿Me perdí muchos rubores, Ojos de Gato? —bromeó él—. Es una pena. Los disfruto mucho, ¿sabes? Si sólo es necesario un poco de grosería...

—¡Chandos!

—Así está mejor. No es difícil lograr que te ruborices, ¿verdad?

—Si puedes ser tan detestable, no has de estar moribundo —dijo ella remilgadamente. Luego, añadió sorpresivamente—: Y bien, dime; ¿eres medio indio?

Después de una brevísima pausa, él dijo:

—¿Sabes una cosa? Tus conocimientos de medicina fueron muy efectivos hasta que consideraste que esta sopa insulsa puede devolverme las energías perdidas.

Courtney suspiró ostensiblemente.

—Sólo deseo que respondas sí o no. Pero si no deseas responder, no lo hagas. No me molesta que lo seas.

—Qué tolerante eres.

—Qué sarcástico eres.

El rostro de Chandos adoptó su habitual expresión imperturbable y dijo en voz baja:

—¿Crees que no sé que los indios te atemorizan mucho?

Ella levantó su mentón.

—No puedo evitarlo; la única experiencia que he tenido con indios fue muy mala. Pero tú no eres como ellos.

Chandos estuvo a punto de echarse a reír; logró contenerse.

—Te advertí que no trataras de sonsacarme información, mujer. Si deseas que sea un indio, puedo actuar como tal.

—¿Entonces no eres realmente...?

—No, pero no necesito ser un indio para ser salvaje, ¿verdad? ¿Deseas que te lo demuestre?

Courtney se puso de pie inmediatamente y corrió hacia el otro lado del fuego. Con esa barrera de por medio, miró indignada a Chandos, ambas manos sobre sus caderas. —Asustarme te produce placer perverso.

—¿Te asusté? —preguntó él, inocentemente.

—Por supuesto que no —replicó ella—. Pero lo intentaste.

—Por supuesto que no —Chandos imitó sus palabras.

Estaba disfrutando de su enojo, no podía evitarlo. Se tornaba tan hermosa cuando le centelleaban los ojos y adoptaba una actitud de dignidad ofendida, echando hacia atrás sus cabellos e irguiendo sus hombros.

—Desearía saber qué piensas que podrías hacer conmigo, Chandos, considerando que apenas puedes levantar tu cabeza para beber el caldo.

Era un desafío.

—Ten cuidado, señorita. Te sorprendería comprobar qué puede hacer un hombre en mi estado.

Courtney se encogió de hombros.

—Era mera curiosidad —le aseguró.

—Entonces, ven acá, y la satisfaré —dijo suavemente. Ella lo miró, furiosa.

—Puede que no te importe tu estado, pero a mí me importa. Deberías ahorrar energías en lugar de reñir. Ahora, por favor, bebe ese caldo, Chandos. Luego descansa, mientras te preparo algo sustancioso para la cena.

Él asintió. ¿Para qué irritarla aun más?

26

Estaba por llover. Incluso podría desencadenarse una tormenta; por lo menos así lo hacían pensar las nubes oscuras que se acumularon en el cielo.

Fue lo primero que vio Courtney al despertar. La segunda cosa que vio fue a Chandos, aún dormido. Aprovechó la oportunidad para ir al río a llenar las cantimploras y luego preparar el café.

El sendero que llevaba hacia el río estaba más oscuro que de costumbre, a causa del cielo nublado. El día gris la deprimió y no sintió deseos de cabalgar durante todo el día bajo la lluvia, aunque Chandos estuviera en condiciones de hacerlo. Pero tampoco la atraía la perspectiva de permanecer sentada a la intemperie mientras llovía. No se atrevió a quejarse. Éste era tan sólo uno de los inconvenientes de viajar sin un vehículo.

Cuando Courtney se agachó para llenar de agua las cantimploras, dirigió una mirada crítica al cielo amenazador. Lluvia. Se dijo a sí misma que no se trataba del fin del mundo. Chandos estaba reponiéndose. Debería estar agradecida por eso. Tenía tanto que agradecer, que no debería estar deprimida por un poco de lluvia.

—¿Es usted Courtney Harte?

Ella permaneció inmóvil ante la sorpresa; siguió

inclinada sobre el río, con la cantimplora en el agua. Todo su cuerpo se tornó rígido y contuvo la respiración.

—¿Está sorda, querida?

De pronto se dio cuenta y se asombró.

—Él dijo que usted no hablaba inglés —exclamó.

—¿Quién? ¿De quién diablos me habla?

Ella se volvió y miró el rostro del hombre. El alivio fue enorme.

—Por Dios, creí que era un comanche. Hay uno por aquí —balbuceó.

—¿Cómo lo sabe? ¿Lo ha visto?

—Bueno... no.

—Pues yo tampoco. Creo que ya no debe estar por aquí. Y bien ¿es usted la señorita Harte?

¿Qué sucedía? No parecía peligroso. Su rostro parecía habituado a la risa; tenía arrugas alrededor de la boca y los ojos; era un rostro agradable, de mejillas llenas y sus ojos eran grises. Era de estatura mediana y algo rollizo; de unos treinta y cinco años.

—¿Quién es usted? —preguntó ella.

—Jim Evans. Cazador subvencionado.

—Pero no parece, bueno... quiero decir...

—Sí, lo sé —sonrió—. Me resulta incómodo. No respondo a la imagen preconcebida. Bien, ¿va a decirme quién es?

Si no hubiera dicho que era un cazador, tal vez le hubiera respondido la verdad. Pero pensó que quizás buscaba a Chandos.

—No soy Courtney Harte.

Él sonrió nuevamente.

—¿No me miente? No existen muchas probabilidades de que haya por aquí dos mujeres que respondan a la descripción que me han dado. Apostaría la vida a que he hallado a Courtney Harte.

—Entonces ¿por qué pregunta? —replicó Courtney.

—Debo hacerlo. No puedo cometer errores. No me pagan por eso. Y lo que pagan por usted es mucho.

—¿Por mí? Entonces no busca a... ¿Qué significa que pagan mucho por mí? Sepa usted que no me persigue la ley, señor Evans.

—No dije que así fuera.

—Dijo que era un cazador subvencionado.

—Recibo recompensas —dijo él—. No sólo por personas perseguidas por la justicia. Busco a cualquier persona cuando el precio es razonable. En su caso, lo es. Su hombre está muy ansioso por recuperarla, querida.

—¿Mi hombre? —La incredulidad comenzó a transformarse en enfado cuando comprendió de quién se trataba—. ¿Cómo se atrevió? Reed Taylor lo contrató, ¿verdad?

—Pagó el precio.

—Pero no es mi hombre. No es nadie para mí.

Jim Evans se encogió de hombros.

—Ese no es asunto de mi incumbencia. Él desea que usted regrese a Kansas y así se hará, pues no me pagará hasta que la lleve.

—Lamento decepcionarlo, señor, pero no voy a regresar a Kansas por ningún motivo, y menos porque Reed Taylor lo desee. Temo que ha perdido usted su tiempo. Qué increíble...

—Y yo temo que usted no comprende, querida. —Su voz seguía siendo agradable, pero su expresión se había tornado adusta.

—Jamás pierdo el tiempo. Usted regresará a Kansas. Puede presentar sus quejas al señor Taylor; no a mí.

—Pero me niego...

Él sacó el revólver y lo apuntó hacia ella. El corazón de Courtney se aceleró. Y antes de que pudiera recordar que llevaba su propio revólver en la cintura de su falda, él lo había hallado y se lo había quitado.

—No se sorprenda tanto, querida —dijo él, sonriendo—. Soy muy eficiente en mi trabajo.

—Ya veo. Pero ¿realmente me dispararía? Dudo que Reed le pagara si me llevara muerta.

—Es verdad —aceptó él—, pero no especificó en qué condiciones debía regresar usted.

Courtney comprendió el significado de sus palabras. ¿Podría huir si salía corriendo? Él se hallaba muy cerca de ella.

—No trate de correr ni de gritar. Si el hombre que la acompaña viene hacia aquí, tendré que matarlo.

Hizo un gesto en dirección al río. —Vamos.

—Pero, mis cosas. No supone que voy a partir sin...

—Muy astuta, pero olvídelo. Después de lo que dijo el mexicano acerca de ese mestizo que viaja con usted, prefiero no conocerlo. Y si nos vamos de inmediato, no sabrá qué le ocurrió.

Courtney fue presa del pánico. El hombre decía la verdad. Cuando Chandos la buscara estaría lloviendo y sus pisadas ya no serían visibles.

Se demoró un instante, esperando que Chandos se hubiera levantado y se preguntara por qué no regresaba.

—El mexicano del que habla ¿es Romero, por casualidad?

—Sí. Lo encontré junto a los otros dos hace un rato. Me contaron una historia impresionante acerca de su amigo. Aparentemente es un ejército de un solo hombre.

Naturalmente, no se puede creer todo lo que un hombre dice cuando trata de disimular sus propias carencias, o de encubrir lo que ellos hicieron. Tal vez desearon maltratarla y no pudieron. El Niño Bonito quería matarlos y regresar a Kansas, pero el mexicano nos ofreció indicarnos dónde los habían visto a ustedes por última vez; siguiendo las huellas llegamos hasta aquí.

—¿Quién es Niño Bonito?

—No supondrá que soy tan tonto como para entrar en territorio indio sin acompañante, ¿no? Los demás aguardan río arriba, con los caballos. Imaginaron que su amigo no sospecharía si yo venía solo y además, tendría la oportunidad de sorprenderlo.

—Y supongo que vio que yo venía hacia aquí sola, ¿verdad?

—Sí; tuve suerte, ¿no? —dijo, sonriendo—. Porque puedo asegurarle que no tenía deseos de conocer al mestizo.

La arrastró y ella se dio cuenta de que ésa era su última oportunidad para gritar. Pero no podía hacerlo. Si Chandos hubiera estado en condiciones normales, no hubiera dudado.

Bien pronto se arrepintió de haber obedecido dócilmente, en lugar de gritar para que Chandos acudiese en su auxilio.

27

El apelativo de Niño Bonito que tenía Reavis era muy adecuado. Tenía cabellos espesos y platinados y ojos de intenso color violeta. Era, en realidad, sorprendentemente atractivo, incluso hermoso. Tenía veintidós años; era delgado, medía un metro ochenta. Respondía a la más exigente fantasía femenina.

Courtney quedó tan impresionada al verlo que ni siquiera vio a los dos hombres que lo acompañaban. Y Niño Bonito también la encontró muy atractiva.

—Taylor dijo que eras hermosa, querida, pero no te hizo justicia.

Probablemente, hacía tiempo que no disfrutaba de una compañía femenina, pensó Courtney, pues ella llevaba su ajada falda de montar y la blusa de seda blanca completamente arrugadas. Sus cabellos caían en desorden hasta su cintura, y no se había bañado desde la noche en que Chandos fuera atacado por la serpiente.

—Cabalgarás conmigo —anunció Niño Bonito, adelantándose hacia ella.

—Niño Bonito —llamó el cazador.

—Cabalgará conmigo, Evans —repitió Niño Bonito, secamente.

Niño Bonito era, evidentemente, mucho más que un rostro agraciado.

Jim Evans hizo caso de la advertencia inequívoca y soltó el brazo de Courtney.

Ella comenzó a preguntarse quién estaría al mando de ellos. Pero en ese momento Evans dio la orden de montar y lo hicieron. Evans era el jefe. Pero Niño Bonito había logrado lo que deseaba sin discutir.

Niño Bonito era temido. Considerando la forma en que Evans le había obedecido, Courtney tuvo la impresión de que nadie desafiaba a Niño Bonito. Quizás no era un simple tirador, sino alguien que disfrutaba matando.

La colocaron sobre el caballo de Niño Bonito y luego montó él, sentándose detrás de ella. Entonces vio al mexicano. Él la miró con la torva seriedad que ella ya conocía. Era una mirada que la enfurecía.

—No aprende de sus errores, ¿verdad, Romero? —preguntó ella sarcásticamente.

Él tuvo la audacia de sonreír.

—Aún es fogosa, bella. Pero, sí, aprendo. —Miró a Jim, que estaba montando en ese momento—. No escuchamos disparos, señor. ¿Qué hizo con Chandos?

—Nada —respondió Jim—. No tuve necesidad de acercarme a él. Ella estaba junto al río.

—¿Quieres decir que él ni siquiera sabe que la tenemos? —dijo un individuo de rostro alargado, con bigote rojizo más largo aún—. Qué bien. Estará aguardando su regreso y ella no regresará —rió—. Los mestizos no son inteligentes. Me pregunto cuánto tiempo tardará en darse cuenta de su ausencia.

—Estás equivocado —dijo Romero serenamente—. Mis amigos y yo cometimos el error de subestimarlo. Por mi parte, no estaré tranquilo hasta verlo muerto. Si no lo matan usedes, lo haré yo.

Courtney estuvo a punto de gritar, pero sabía que no era la manera de detener al mexicano. Chandos había sido más hábil que Romero y él deseaba vengarse. Ningún lamento o ruego lo disuadiría. Incluso podrían estimularlo.

Pensando rápidamente, ella dijo:

—Gracias, Romero. Temí que Chandos pensara que yo había caído al río y, de ser así no se tomaría la molestia de buscarme.

—¿Habla seriamente? —preguntó Cara Larga. Luego dijo a Courtney—: ¿Quiere que el mestizo muera?

—No sea ridículo —respondió Courtney, con un dejo de altanería—. Chandos no va a morir. Es demasiado listo para que lo atrapen desprevenido. Pero, ¿cómo puede saber qué me ha ocurrido si no ve a alguno de ustedes?

—Romero no te agrada, ¿verdad, querida? —Niño Bonito rió. Luego dijo a los demás—: Olvídenlo. Si el mestizo nos persigue, yo me haré cargo de él.

Aparentemente, nadie dudaba de su capacidad, incluyendo Romero, pues se pusieron en marcha. Courtney suspiró, aliviada. Chandos estaba a salvo.

Pero ella no. Poco después de cruzar el río, las manos de Niño Bonito comenzaron a actuar. Una de ellas se acercó a sus senos y Courtney contuvo el aliento, indignada. Apartó la mano de él, pero él le tomó ambas manos y las retorció detrás de la espalda de Courtney, haciéndola llorar de dolor.

—No juegues conmigo, querida —le advirtió Niño Bonito, susurrando y enfadado—. Ambos sabemos que te has entregado al mestizo. Eres una presa fácil.

La mano que sostenía las riendas se deslizó por el abdomen de Courtney y por encima de sus senos. El caballo se ladeó, sacudiendo su cabeza. Courtney cerró sus ojos ante el dolor de sus hombros y brazos, aún apretados contra su espalda.

—Considérate afortunada de haberme agradado, querida —continuó él—. Mantendré a los otros alejados de ti, siempre y cuando demuestres que lo valoras. Taylor desea que regreses a él, pero antes de llegar, pienso cobrarme las molestias. De qué manera, depende de ti.

Le soltó el brazo. Courtney permaneció en silencio. ¿Qué podía decir? Estaba indefensa, pero no resignada. Aunque él era increíblemente apuesto, su crueldad lo tornaba repulsivo. Cuando se alivió el dolor del hombro de Courtney, le dijo qué pensaba del maltrato que le había dado, sin pensar en las consecuencias.

Ella incrustó su codo en el estómago de él y trató de saltar del caballo. Él le dio un golpe en la cabeza, pero ella continuó peleando hasta que, finalmente, él la rodeó con sus brazos y ya no pudo moverse.

—Muy bien —gruñó él con furia—. Ya has dicho cuanto tenías que decir. Por ahora, no te tocaré. Pero comienza a rezar para que me haya serenado cuando acampemos esta noche.

Como rubricando su advertencia, un relámpago iluminó el cielo y se oyó el retumbar de los truenos. Luego comenzó a llover copiosamente. La disputa llegó a su fin cuando Niño Bonito sacó su impermeable, con el que cubrió también a Courtney, y luego alentó a su caballo para ponerse a la par de los demás.

28

—¿Qué le ocurrió a Dare Trask?

Courtney decidió no responder la pregunta de Romero. De todos modos, desconocía la respuesta.

Estaba sentada cerca del fuego, probando unos pocos bocados de su plato de frijoles. El temor anudaba su estómago.

Al atardecer había cesado la lluvia y acamparon en la espesura del bosque, sobre las sierras. La joven suponía que Niño Bonito la castigaría; en realidad, prácticamente la había arrojado del caballo. Se dedicó a atender al caballo y luego jugó a los dados con Cara Larga, que en realidad se llamaba Frank. De tanto en tanto, ambos la miraban, como para intranquilizarla.

—¿Qué ocurre, bella?

—Ese asesino con cara de ángel va a violarme, ¿y me pregunta qué me ocurre? —respondió a Romero.

Los ojos de Courtney brillaban de furia y el fuego hacía resplandecer sus cabellos con reflejos dorados. ignoraba cuán hermosa se veía y cuánto la deseaba Romero en ese momento.

—Temo que no puedo compadecerla. Desearía hacerlo yo. Mis amigos la compartirían, pero Niño Bonito no lo hará.

—¿No puede detenerlo?

—¿Bromea usted? —Se echó hacia atrás, asombrado.

—Nadie desafía a ese hombre ni se interpone en su camino. Está loco. No le importa a quién mata ni por qué.

—Chandos no vacilaría en desafiarlo.

—Pero él no está aquí.

—Vendrá, Romero —le advirtió ella—. No lo dude.

Él entrecerró los ojos.

—La última vez que nos vimos, usted juró que él no le importaba.

—Desde entonces, las cosas han cambiado. —Ella miró hacia el fuego antes de agregar—: Ahora soy su mujer.

—Creo que me sentiría más seguro si no viajara con usted ni con estos hombres. Es peligroso —dijo Romero.

—Probablemente tenga usted razón. —Courtney trató de adoptar un tono indiferente—. Pero, a menos que se marche ahora, ya no importará mucho.

Por un momento, Courtney se preguntó si podría lograr que todos la abandonaran. Era dudoso. Niño Bonito no se intimidaría fácilmente. Confiaba demasiado en su habilidad. Pero, no obstante, cuantos menos de ellos estuvieran allí, más probabilidades tendría ella de huir.

—Chandos debe haber hallado nuestras huellas antes de que comenzara a llover —sugirió a Romero—. Sabrá cómo encontrarme.

—Esta mañana no estaba tan segura, cuando me envió a la muerte.

Se encogió de hombros.

—No pensará que deseo que alguien muera. Pero no sé qué puedo hacer ahora...

Después de un prolongado y tenso silencio, Romero repitió su primera pregunta:

—¿Qué pasó con Dare?

—Chandos no me lo dijo.

—Usted estaba allí.

—No. Me hizo adelantarme. Dijo que debía hablar con Dare sobre temas que yo debía ignorar.

—¿La envió sola, sabiendo que por allí había indios? —preguntó Romero con incredulidad.

—No corría peligro. Me lo aseguró. —Ella decidió exagerar un tanto la verdad, ya que Romero no podía saber que sólo había un indio en las cercanías—. Ayer me enteré de que son amigos suyos y que generalmente viajan juntos. Han estado allí desde que partimos de Kansas, pero se mantuvieron a distancia porque Chandos sabe que me atemorizaría verlos.

—Sí. Si no hubiésemos visto a tres de ellos, hubiésemos regresado por Trask esa noche.

—¿Vieron a tres? —Courtney contuvo el aliento. Después de todo, aparentemente había dicho la verdad—. No pensé... quiero decir... ahora que lo pienso, no sé cómo Trask hubiera podido salir vivo de allí. Chandos se llevó el caballo de Trask. Dijo que no lo había matado, pero... también dijo que Trask era culpable de cosas atroces y que se merecía cualquier castigo. Creí que su intención era obligarlo a caminar de regreso a Kansas, pero es posible que lo haya dejado allí para que...

Courtney tragó con dificultad. Sí, era posible y eso demostraba hasta qué punto Chandos podía ser implacable.

¿Qué pudo haber hecho Trask para merecer ser entregado a los comanches? ¿Habría matado a las personas que Chandos mencionó en sueños?

—¿Esos comanches aún están allí? —preguntó Romero con inquietud, mirando hacia los árboles que los rodeaban.

—Sí. En realidad, cuando Evans me sorprendió esta mañana, creí que era uno de ellos.

—¿Entonces es posible que vengan con Chandos para rescatarla?

Era una esperanza en la que no había pensado.

—No, no; no viajarían con Chandos —dijo ella—. ¿Para qué? Él no necesita ayuda para enfrentarse a cuatro hombres. ¿Acaso no lo ha demostrado ya?

Romero asintió brevemente.

—Creo que me voy a despedir de usted, bella. Su compañía es peligrosa.

—No se marcha, ¿verdad? —dijo ella, mientras él se alejaba.

Los demás escucharon su pregunta. Niño Bonito se puso de pie, enfrentándose a Romero.

—¿Qué sucede?

—Les ayudé a hallar a la mujer. Fue un error. Debieron dejarla con su hombre.

—¿Taylor? —preguntó Jim, intrigado.

—No, señor; ella es la mujer de Chandos y él vendrá por ella. No deseo estar aquí cuando llegue.

—¿Prefieres cabalgar ahora, de noche... a solas? —preguntó Jim incrédulamente—. Estás loco.

Niño Bonito intervino:

—¿Qué te dijo para atemorizarte así? —preguntó.

—Dijo que era la mujer de Chandos.

—¿Esperas que creamos que a un mestizo le importaría cuanto pueda sucederle a una mujer blanca? —intervino Frank.

Courtney se sorprendió al ver el gesto desdeñoso de Romero cuando los miró, y les informó. —Vi lo que ese mestizo hizo con mis amigos y eso sucedió antes de que ella fuera su mujer, cuando sólo era su escolta. Pero ahora es diferente. ¿Saben lo que un comanche hace a quien le roba su mujer?

—Él sólo es medio comanche —señaló Jim.

—Eso lo convierte en un ser doblemente mortal, pues puede matar como un blanco o como un comanche. Estamos en medio del territorio comanche y temo que cuando venga por su mujer, no venga solo.

Jim miró a Courtney con expresión severa.

—Entonces permanecerás aquí, Romero —dictaminó Jim con firmeza—. Necesitaremos todos los...

—Déjalo ir —interrumpió Niño Bonito, burlonamente—. No necesito cobardes que me apoyen. Soy el mejor tirador, Evans. Por eso quisiste que te acompañara, ¿recuerdas?

Cuando Romero oyó que lo llamaban cobarde, se puso rígido. Courtney percibió que luchaba contra su orgullo; luego gritó:

—¡No! —y se cubrió los oídos al oír el disparo.

Romero sacó su arma, pero Niño Bonito demostró que era el mejor tirador. Courtney contempló, horrorizada, la sangre que cubrió el pecho de Romero. Cayó lentamente hacia adelante, y quedó inmóvil.

Niño Bonito sonreía. Era la clase de sonrisa que a Courtney le producía náuseas.

—Has causado una verdadera conmoción, querida.

Courtney, doblada en dos, vomitó. Cuando se repuso, Niño Bonito se acercó a ella.

Rió cruelmente:

—No pensé que fueras tan delicada, querida; te hubiera aconsejado que no miraras.

—Le provocaste... deliberadamente— dijo ella.

—Puede ser.

—No cabe duda alguna —gritó ella—. Deseabas matarlo. ¿Por qué?

—En tu caso, no sería tan engreída —dijo él con frialdad—. Tú lo provocaste. No me agradan los cobardes; eso es todo.

Courtney gruñó. Era culpa suya. No; no lo era. Quizá dijo algunas mentiras, pero no obligó a Romero a mostrarse desafiante. Todo era obra de Niño Bonito.

—Pensé que los comanches eran salvajes, pero el salvaje eres tú —lo increpó Courtney.

Creyó que él la golpearía, pero sólo la obligó a ponerse de pie.

—Creo que el problema radica en que no te he prestado bastante atención, querida. —Apretó con fuerza el brazo de Courtney y el dolor la obligó a retorcerse, pero él continuó sosteniéndola con energía, mientras se dirigía a los demás—. Frank, deshazte del mexicano... tómate todo el tiempo necesario. Jim, si estás tan preocupado por los indios, ¿por qué no vas a recorrer los alrededores?

Courtney palideció.

—No —exclamó—. Evans, no se atreva a dejarme aquí con este monstruo. ¡Evans!

Jim Evans ni siquiera la miró; tomó su rifle y se alejó del campamento. Frank también la ignoró y arrastró el cuerpo de Romero para quitarlo de allí. Niño Bonito concentró toda su atención en Courtney. Apretó su brazo con más fuerza aun. La ira que brillaba en sus ojos de color violeta aterrorizó a Courtney.

—No... no quise decir... —dijo ella con temor.

—Por supuesto que no, querida.

Naturalmente no le creyó; intuitivamente, Courtney comprendió que ese hombre era despiadado. En una ocasión, hacía ya mucho tiempo, Courtney había rogado tener el coraje de no rogar. Había sucedido durante el ataque de los indios, cuando su vida corrió peligro. Esta ocasión era igualmente horrible y se dijo a sí misma que no rogaría ni se humillaría.

La ira la ayudó a tener coraje.

—Está bien. Eso dije: eres un malvado... —Su mejilla enrojeció a causa de la bofetada que él le dio. Luego la arrojó al suelo; el peso del cuerpo de él le impedía moverse. Azorada, sintió que la boca de él, apoyada con fuerza sobre la suya, le dificultaba la respiración.

Conoció la diferencia entre el deseo y la lujuria brutal. Niño Bonito le estaba haciendo daño deliberadamente y ella supo que el dolor apenas comenzaba. Habría más, mucho más.

Los dientes de él rasgaron las mejillas de Courtney y se clavaron en su cuello. Courtney gritó, tomándolo con fuerza por los cabellos y echando su cabeza hacia atrás. A él no le molestó. Le sonrió.

—Si sigues adelante —dijo entrecortadamente—, Chandos te matará.

—¿Aún no lo has comprendido, querida? Tu mestizo no me causa temor.

—Si no le temes eres un estúpido.

Él apretó cruelmente la garganta de Courtney; ella trató desesperadamente de respirar. La dejó forcejear durante un minuto y luego la soltó. Inmediatamente, rasgó su blusa; un hilo rojo de sangre se deslizó por el pecho de ella. Le había clavado una uña.

—Sería mejor que guardaras silencio —dijo él fríamente—. Te he tolerado demasiados insultos.

—Evidentemente, nadie te había dicho antes la verdad.

Courtney no podía creer que lo había dicho. Le valió otra bofetada; esta vez, las lágrimas asomaron a sus ojos, pero no podía reprimirse.

—Hay algo que no has tenido en cuenta, Niño Bonito —dijo ella, jadeando—. Es la última vez que matas a un hombre en una confrontación; los comanches no luchan de esa manera. Si desean matarte, cuatro o cinco de ellos te atacarán a un tiempo. ¿De qué te servirá entonces el revólver?

—¿Eso fue lo que dijiste al mexicano para hacerlo huir? —dijo él despectivamente.

—No —dijo ella, meneando la cabeza—. Le dije que probablemente Chandos vendría solo; porque no iba a necesitar ayuda para deshacerse de malvivientes como...

Courtney dio un grito cuando él clavó sus dedos en los senos de ella. Con la otra mano le cubrió la boca pero ella lo mordió y él quitó la mano.

—¡Chandos! —gritó Courtney, sabiendo que era inútil, pero tratando de aferrarse a una débil esperanza.

—¡Perra! —gruñó Niño Bonito—. Debería...

Se interrumpió al escuchar un alarido horripilante. Niño Bonito calló y ambos se aterrorizaron. Era un grito de muerte, un grito de dolor, el grito de un hombre. Le siguió otro grito, más horrible que el primero. Luego oyeron que alguien corría entre la maleza y vieron a Frank, que irrumpía en el campamento.

—Maldición —dijo Frank, jadeando—. Atraparon a Evans.

Niño Bonito se puso inmediatamente de pie y tomó su revólver.

—Pudo ser un oso. O un gato salvaje.

—Claro, pero lo crees tanto como yo —dijo Frank—. Es un viejo truco. Lo torturarán durante toda la noche, para que lo oigamos gritar. Se supone que así nos volverán locos y, por la mañana, seremos presas fáciles.

Niño Bonito apuntó a Courtney con su arma.

—Ponte de pie. Nos iremos de aquí.

Lentamente, ella se incorporó.

—Creí que deseabas enfrentarlos —dijo, inocentemente.

Le valió otra bofetada; Courtney se tambaleó hacia atrás y se desplomó. Permaneció allí, con una mano sobre su rostro y sosteniendo su blusa con la otra mano. Miró a Niño Bonito con profundo odio. A pesar de sí mismo, él se sorprendió.

—Ten cuidado ¿quieres? —dijo Frank—. Ella es lo único que poseemos para negociar.

—Nos marchamos —decidió Niño Bonito—. No hará falta negociar si no nos hallamos aquí.

—No podremos. ¿No crees que alguno de ellos nos está observando en este mismo momento? Si tratáramos de huir, nos lo impedirían. Tendremos que luchar para salvar nuestra vida.

Niño Bonito sabía que Frank estaba en lo cierto. Giró sobre sí mismo, buscando un blanco. Courtney se alegró al percibir el temor de Niño Bonito, a pesar de que ella también estaba atemorizada. Todos tenían sus buenos motivos para estarlo, pero por diferentes razones.

Frank se equivocó respecto de Evans. Durante diez minutos no escucharon sus gritos y supusieron que estaba muerto. Los dos hombres también imaginaron que los indios sólo buscaban a Courtney, pero Courtney sabía que podían ser indios que pasaban por allí casualmente, y no los amigos de Chandos. Y si no eran amigos de Chandos, ella corría tanto peligro de morir en sus manos como Niño Bonito y Frank.

—Necesitaré un revólver —dijo Courtney cuando se puso de pie.

—Estás loca —dijo Niño Bonito despreciativamente.

—Por Dios, ¿continuarás siendo un tonto hasta el final? —dijo ella—. No tengo mucha experiencia con las armas, pero puedo disparar a lo que tenga frente a mí.

—Sí, como yo.

Frank rió disimuladamente y Courtney, exasperada, rechinó sus dientes.

—¿Ninguno de ustedes ha pensado que cualquiera puede estar allí? —preguntó bruscamente—. Puede ser incluso un animal salvaje; no ha habido más gritos. O quizás Evans sufrió un accidente.

—Un hombre no grita de esa manera cuando sufre un accidente —dijo Frank.

—Está bien —admitió Courtney, vacilando un instante antes de continuar—. Pero debo decirles algo: no es probable que Chandos haya llegado tan pronto. Fue mordido por una serpiente y aún se estaba recuperando cuando Evans me apresó. Por eso no deseaba que Romero se enfrentara a Chandos. Chandos no está todavía en condiciones de pelear. Y, aunque había algunos indios en la zona, es poco probable que vengan a rescatarme. ¿Se imaginan a un comanche rescatando a una mujer blanca?

—Imagino que una mujer blanca diría cualquier cosa para apoderarse de un revólver. Sabes que lo harías, querida —respondió Niño Bonito—. Puedes decir cuanto quieras, pero la respuesta es no.

—Eres...

Él perdió la paciencia.

—Cállate de una maldita vez, para que pueda oír qué sucede allá afuera.

Courtney guardó silencio. En ese momento, Frank musitó:

—No puedo creerlo. Ese canalla está loco. Viene hacia aquí, solo.

Niño Bonito y Courtney se volvieron. Era Chandos y estaba solo. Avanzaba lentamente entre los árboles; lo divisaron cuando se hallaba a unos tres metros de distancia. A Courtney le latió fuertemente el corazón. Había venido por ella. Aun enfermo, decidió rescatarla.

Su aspecto era terrible. Su rostro estaba demacrado, hacía dos días que no se rasuraba y sus ropas se veían arrugadas. Ni siquiera se había cambiado.

Niño Bonito sonreía. Frank sostenía firmemente su revólver.

Chandos sujetó las riendas; su revólver estaba enfundado. Cuando vio a Courtney con las ropas rasgadas, se puso rígido y su expresión se endureció.

—¿Está solo, señor?

Chandos no respondió la pregunta de Frank. Desmontó y se colocó delante de su caballo. Courtney contuvo el aliento; aún no había desenfundado el revólver y a Frank le resultaría muy fácil levantar el suyo y disparar. Pero entonces comprobó que Frank, intimidado por la audacia de Chandos, vacilaba. Niño Bonito tampoco se movió. Courtney comprendió que ambos pensaban que había flechas que les apuntaban. No podían creer que Chandos hubiera entrado solo en el campamento, a menos que sus amigos comanches lo protegieran. ¿Sería así?

—¿Tú eres Chandos? —preguntó Frank.

Chandos asintió, preguntando:

—Las huellas indican que ustedes son cuatro. ¿Dónde está el cuarto?

Niño Bonito sonrió.

—Querrías saberlo ¿verdad?

—El mexicano está muerto, Chandos —le informó Courtney.

—Dije que te callaras —grito Niño Bonito, avanzando hacia ella para golpearla.

—Yo no lo haría.

La voz de Chandos lo detuvo y Niño Bonito bajó lentamente su mano; luego se volvió hacia Chandos para mirarlo de frente. Courtney sospechó que desenfundaría su arma. Frank se lo impidió, pues Chandos había revelado algo.

—No preguntas por Evans; eso indica que tú lo mataste.

—No está muerto —lo contradijo Chandos.

—Entonces, ¿qué diablos le hiciste para que gritase de esa manera?

—No me agradaron algunas de las cosas que me dijo, de modo que...

—Chandos, no deseo escucharlo —gritó Courtney.

—Sí, no importa —dijo Frank—. Pero, ¿no está muerto?

—Dejé su rifle cerca de él.

Courtney no comprendió el significado de sus palabras, pero los hombres sí. Era la provocación que ponía fin al parlamento; las intenciones de Chandos eran claras. El aire se electrizó cuando los tres hombres se enfrentaron, aguardando cada uno el primer movimiento de los demás. Frank fue el primero en levantar su revólver y disparar.

Courtney dio un grito. Los nervios de Frank determinaron que errase el tiro. En ese momento, Chandos desenfundó su arma. También lo hizo Niño Bonito, pero Chandos se arrojó al suelo y disparó dos tiros. El primero dio en el pecho de Frank. Éste murió instantáneamente. El segundo tiro hizo saltar a Niño Bonito hacia adelante. No había disparado ni una sola vez. Apretó el gatillo y el revólver salió despedido de su mano cuando Chandos disparó por tercera vez. El impacto hizo girar a Niño Bonito sobre sí mismo y cayó de bruces, frente a Courtney.

—Pienso que... debí... creerte, querida. El canalla... me ha matado.

Aún no estaba muerto. Tardaría en morir. Pero moriría. Los disparos en el abdomen son mortales, y él lo sabía. Sus hermosos ojos de color violeta estaban llenos de horror.

Chandos se incorporó y avanzó; su rostro era de piedra. Tomó el revólver de Niño Bonito y luego permaneció de pie frente a él. Sin dejar de mirarlo, Chandos guardó su revólver y luego colocó el de Niño Bonito en su cinto. Niño Bonito comprendió.

—Dejaste a Evans su rifle —dijo Niño Bonito gimiendo—. Déjame el revólver.

—No.

—Chandos, no puedes abandonarlo así —rogó Courtney.

Chandos ni siquiera la miró. Sus ojos estaban fijos en Niño Bonito.

—Te ha hecho daño. Debe pagar.

—Debería decidirlo yo.

—Pero no es así. —La miró fugazmente y volvió a mirar a Niño Bonito—. Monta mi caballo, señorita. Nos marchamos.

Ella corrió hacia el caballo de Chandos y él percibió su intención. No iba a aguardarlo. Deseaba alejarse de él y de su implacable sentido de la justicia. Corrió hacia ella y la detuvo.

—Te hizo daño, ¿verdad? —Su voz parecía de acero.

—Sí, pero no lo que piensas. Los gritos de Evans lo detuvieron.

—Pero te hizo daño de todos modos, de manera que no cuestiones el castigo. Podría haberlo hecho morir de una manera peor. Podría haber prolongado su agonía.

La soltó y ella gritó:

—¿Por qué eres tan vengativo? No te hizo daño a ti.

—¿Lamentas que haya venido por ti, Ojos de Gato?

Courtney bajó la mirada.

—No.

—Entonces, monta y no se te ocurra marcharte sin mí. Ya estoy bastante enfadado contigo. Esta mañana no diste señales de estar en peligro. No me obligues a correr nuevamente detrás de ti, porque no podrás huir de mí, señorita.

Courtney asintió y luego se volvió para montar. Estaba tan furiosa con Chandos, que casi olvidó darle las gracias. La había salvado de Niño Bonito... pero no podía olvidar la fría expresión del rostro de Chandos.

29

Era la segunda vez que Courtney se alejaba del lugar en el que se había derramado sangre esa noche. Iba sentada delante de Chandos, envuelta en su calor protector. Una vez más, él había matado por ella. Sólo hería a los hombres que le perseguían; pero mataba a los que perseguían a Courtney.

Estaba enfadado con ella, no obstante eso reapareció su pasión. La hizo desmontar y la blusa de Courtney se abrió. Quizás ésa fue la causa. O tal vez fue la matanza. No sólo había matado, sino que había estado a punto de morir. Parecía necesitar una reafirmación de la vida, y la halló en el cuerpo tierno y complaciente de ella.

Courtney estaba subyugada y no podía negarse. Pero no estaba atemorizada esta vez. Experimentó una temblorosa emoción; la pasión de Chandos era arrolladora. Si Chandos necesitaba expresar su dominio masculino de esa manera, ella se alegraba de poder complacerlo. También necesitaba desahogar sus propias ansiedades y ésa era la mejor manera de hacerlo.

Y además, pensaba que, si él deseaba hacerle el amor, no estaría tan enfadado con ella. La tendió en el suelo y Courtney se aferró a él, atrayéndolo. La hierba y las piedras dañaron su ropa, pero apenas tuvo conciencia, cuando él besó y succionó ávidamente uno de sus pezones.

Exclamaciones de placer partieron de su garganta.

Chandos gruñó y apoyó el peso de su cuerpo entre las piernas de ella, abrazándola para tenerla junto a sí. Su abdomen presionó la entrepierna de Courtney, quien se sintió invadida por oleadas de placer.

Courtney hizo el amor salvajemente. Mordió, arañó y abrazó con violencia. Él la despojó de su falda y su enagua, apilándolas debajo de las caderas de Courtney. No por eso tuvo ella un lecho muy mullido, pero no le importó. La mirada encendida de Chandos se encontró con la suya mientras, de rodillas entre las piernas de Courtney, él se desabrochó el cinto. Aun en la oscuridad, su mirada le hacía contener el aliento. En cuanto él terminó de desvestirse, ella lo atrajo nuevamente hacia su cuerpo. La penetración fue inmediata. Un gruñido ávido acompañó sus movimientos bruscos y encontró eco en el suspiro de Courtney. Ella jadeaba cada vez que él la penetraba; su pasión era tan ferviente como la de Chandos. El éxtasis de Courtney se prolongó cuando él se hundió profundamente en ella, hasta inundarla con su torrente cálido.

Courtney yació bajo el cuerpo de Chandos: el peso comenzaba a hacerle daño, pero no deseaba moverse. El corazón le latía violentamente y su respiración aún no se había normalizado. A su mente acudieron diversos pensamientos y, de pronto, comprendió cómo acababa de reaccionar; casi tan salvajemente como Chandos.

Él se movió. La besó en el cuello suavemente y se incorporó. Luego la miró.

—Gritaste.

—¿Lo hice? —estaba asombrada ante su propia serenidad.

Él sonrió y la besó; sus labios se deslizaron suavemente sobre los de ella.

Courtney suspiró.

—Ahora eres tierno.

—Tú no deseabas ternura, gatita —dijo él; la verdad la hizo ruborizar—. Pero la deseas ahora, ¿verdad?

Ella estaba demasiado avergonzada para responder. Él se tendió a su lado y la estrechó. Los senos de Courtney se hundieron en su cuerpo. Sopló una suave brisa y ella se estremeció.

—¿Tienes frío?

—Un poco.... no, no te levantes.

Ella apoyó su brazo sobre el cuerpo de Chandos. Un gesto muy débil para retener a un hombre como él, pero efectivo. Él la rodeó protectoramente con sus brazos.

—Chandos.

—Sí, Ojos de Gato.

Hubo un silencio. Courtney trataba de poner orden en sus ideas.

—¿No podrías llamarme Courtney? —dijo al final.

—No era eso lo que pensabas decirme.

—No; no lo era. ¿Crees que habrá muerto ya? —Su tono era vacilante e infantil.

—Sí —mintió él.

Courtney acarició el vello del pecho de Chandos. Se produjo otro prolongado silencio, durante el cual Courtney pensó en la conveniencia o no de preguntar a Chandos si había sido necesario hacer morir a Niño Bonito de esa manera tan cruel. Pero esa idea no le impedía experimentar el regocijo primitivo de saber que su hombre la había vengado.

—Chandos.

—¿Sí?

—¿Realmente fuiste solo a rescatarme?

—¿Esperabas que reuniera un pelotón en este sitio? —preguntó él secamente.

—No, no, por supuesto que no. Pero tu amigo Lobo Rampante estaba cerca. No pensé que pudieras encontrarme sin ayuda.

Los músculos del torso de Chandos se tensaron y ella comprendió que había puesto en duda su hombría. Sin embargo, él la había demostrado heroicamente.

—¿De modo que pensaste que no podía protegerte? ¿Por eso no gritaste pidiéndome ayuda esta mañana, cuando te llevaron?

Courtney gruñó.

—Lo lamento, pero tu estado de salud no era óptimo esta mañana —dijo ella, defendiéndose—. Temí que te mataran.

—Te asombrarías si supieras qué puede hacer un hombre cuando tiene un motivo para luchar. ¿No te lo dije anoche?

—¿Cuál es tu motivo, Chandos? —preguntó ella, desafiante. Era una pregunta osada, y ella lo sabía.

—Me pagas para protegerte. ¿O lo has olvidado?

La decepción anudó la garganta de Courtney. Ella le pagaba. ¿Era ésa la única razón? Trató de incorporarse. Él la retuvo junto a él.

—No vuelvas a subestimarme, Ojos de Gato.

Acarició la mejilla y la sien de Courtney. Apretó el rostro de ella contra su pecho. Su voz era tierna y la decepción se disipó un tanto.

Por lo menos, él no deseaba que ella se incorporase. Pero ella esperaba mucho más. Deseaba que él la amase.

—No te enfades conmigo, Chandos. Me hallaste. Nunca dudé que lo harías.

Después de unos segundos, ella preguntó:

—¿Te has recuperado de la mordedura de la serpiente?

—¿Y me lo preguntas ahora?

Ella presionó el pecho de él con su rostro, preguntándose si él percibiría el calor de su mejilla.

—Quiero decir... ¿ya no te duele?

—Aún me duele mucho.

Pero, a pesar del dolor, había cabalgado para salvarla. Ella sonrió, sin darse cuenta de que él podía percibir su sonrisa sobre su piel. Ella acarició las tetillas de Chandos.

—¿Chandos?

—¿Qué ocurre ahora?

—¿Qué pasará si quedo encinta?

Él suspiró largamente.

—¿Lo estás?

—No sé. Es muy pronto para saberlo. —Ella vaciló—. Pero, ¿qué ocurrirá si lo estoy?

—Si no lo estás, no lo estarás. —Hizo una larga pausa antes de añadir—: Si lo estás, lo estás.

Una respuesta completamente insatisfactoria.

—¿Te casarías conmigo si lo estuviera?

—¿Podrías vivir como yo vivo? Siempre viajando, sin establecerme en un sitio durante más de unos días.

—De ese modo no se puede formar una familia —dijo ella, irritada.

—No —coincidió él resueltamente. Luego la hizo a un lado y se puso de pie.

Lo contempló mientras él se vistió. Luego el enojo y la desilusión hicieron presa de ella. Chandos arrojó su manta sobre el suelo y ella permaneció durante largo rato contemplándolo. Chandos podía ser muy frío e insensible cuando se lo proponía.

30

Aun cabalgando un promedio de cuarenta a cincuenta kilómetros diarios, Courtney había logrado evitar las deplorables ampollas pronosticadas por Mattie. Pero pensó que ineludiblemente le aparecerían algunas. Chandos cabalgó durante mucho tiempo y con rapidez para compensar el tiempo que habían perdido, y Courtney se preguntó si no lo estaría haciendo adrede.

Parecía hacer todo cuanto fuera posible para hacerla sentir incómoda; lo había hecho desde que se levantaron por la mañana. La obligó a levantarse y montar directamente, yendo detrás de él, lo que era sumamente incómodo.

Llegaron al campamento con las últimas luces de la tarde y hallaron los otros caballos bien atendidos. Además, había un fuego encendido, que no pudo haber durado desde el día anterior. Chandos emitió un agudo silbido, y diez minutos después, apareció un indio.

Lobo Rampante no era muy alto. En realidad los comanches no se destacaban por su estatura, sí por su habilidad para montar a caballo. Vestía una vieja camisa del ejército y llevaba un cinto para carabina apoyado sobre su cadera. Su calzado era de caña alta hasta la mitad de sus pantorrillas; el resto de las piernas estaba desnudo, excepto por un ancho taparrabos de cuero que llegaba hasta sus rodillas. Sus cabellos eran de color negro brillante y los llevaba largos y sueltos; los ojos eran muy negros y su rostro era ancho. Su piel era de color cobre. Era joven y delgado, pero sus hombros eran anchos. En los brazos, como si se tratará de un niño, llevaba un rifle.

Courtney, quien había dejado de respirar cuando el indio entró en el campamento, vio que los dos hombres se saludaban y luego se ponían en cuclillas junto al fuego para conversar. Naturalmente, hablaban en lengua comanche.

Ignoraron por completo a Courtney. Como no podía comenzar a cocinar, pues estaban junto al fuego, revisó su equipaje para comprobar que no le faltara nada. Efectivamente, nada faltaba.

Al poco tiempo Lobo Rampante se marchó, no sin antes mirarla prolongada e intensamente, como cuando llegara. Pero si bien antes su mirada había expresado cierto recelo, ahora parecía más tranquilo, y ella hubiera podido jurar que le sonreía.

Le dijo algo, pero no quiso que Chandos lo tradujera.

Cuando se marchó, Chandos volvió a agacharse junto al fuego, masticando una brizna de hierba y contemplando el lugar entre los árboles por donde su amigo había desaparecido.

Courtney imaginó que no iba a repetir lo que Lobo Rampante había dicho, de modo que fue en busca de provisiones para preparar la cena.

Regresó con los frijoles, la carne desecada y los bizcochos de siempre. Chandos la miró con atención.

—Deseo que quemes la blusa —dijo, sorprendiéndola.

Courtney no lo tomó seriamente.

—¿Deseas bizcochos?

—Quémala, Ojos de Gato.

Él contempló la profunda V que terminaba en un nudo atado cerca de la cintura. Debajo, se veía su enagua rasgada; Courtney le había dado la vuelta de adelante hacia atrás, para que no se viera el tajo que tenía.

—¿Tu amigo dijo algo acerca de mi blusa?

—No cambies de tema.

—No lo hago. Pero, si te hace feliz, me cambiaré la blusa.

—Hazlo. Luego tráela y...

—No lo haré. —¿Qué le ocurría a Chandos?— Esta blusa puede ser reparada. Reparé la anterior... —Hizo una pausa y sus ojos se entrecerraron—. Ah, comprendo. Cuando tú rompes mi blusa, no hay problema; pero esta vez lo hizo otro y por eso deseas que la queme. Es eso, ¿no?

Él la miró muy serio, y el enojo de ella se transformó en ternura. Ya fueran celos, sentido posesivo o algo similar, lo cierto es que indicaban que sentía algo por ella. Decidió hacer lo que le pedía.

Tomó una blusa de calor rosado intenso y fue a cambiarse detrás de un árbol. Pocos minutos después, regresó y dejó caer la blusa de seda blanca en el fuego. Era de una seda delicada y fina. En pocos segundos desapareció, consumida por las llamas. Las cenizas flotaron en el aire y fueron barridas por la brisa.

Chandos seguía mirando fijamente el fuego, con tristeza.

—¿Qué me dijo tu amigo? —preguntó Courtney finalmente.

—No hablaba contigo.

—Pero me miraba.

—Hablaba de ti.

—¿Y bien?

Chandos guardó silencio. Sólo se oía el crepitar del fuego.

—Alabó tu coraje —respondió por último.

Courtney lo miró, asombrada, pero Chandos ignoró su expresión. Se puso de pie y salió del campamento, dirigiéndose hacia el río. Ella suspiró, preguntándose si le habría dicho la verdad.

No era exactamente así. No deseaba decirle que Lobo Rampante había dicho textualmente:

—Tu mujer tiene más coraje ahora. Es bueno, en caso de que decidas quedarte con ella.

Chandos sabía que ella era ahora más valiente, pero eso no cambiaba la situación. Aún deseaba y merecía cosas que Chandos nunca podría darle, de modo que no podía quedarse con ella. No obstante, cuando Lobo Rampante se había referido a ella como «su mujer», le había agradado. ¡Maldita mujer con ojos de gato!

Deseó que el viaje hubiera concluido o que nunca hubiera comenzado. Sería infernal compartir dos semanas más con ella. Lo único positivo era que ella le había dado un motivo para no volver a tocarla: la posibilidad de un embarazo. Naturalmente, eso no significaba que no continuara deseándola...

Él tenía miedo. Cuando la poseía, experimentaba un temor que no había experimentado en muchos años. Era un sentimiento al que había sido inmune durante los últimos cuatro años. Había que amar a alguien para experimentar ese temor de perderlo.

Chandos pasó una noche intranquila, acosado por diversas frustraciones.

31

Cuando estaban a dos días de viaje de Paris, Texas, Courtney se torció un tobillo. Fue un accidente tonto. Pisó una gran roca, apoyándose sólo en puntillas, y el resto de su pie se torció. Si no hubiera llevado botas, pudo haber resultado peor.

Su pie se inflamó con tanta rapidez que le costó un gran esfuerzo quitarse la bota. Y, una vez que la hubo quitado, no pudo volver a calzarla. El dolor no era muy intenso, siempre que no moviera el pie. Pero no podía considerar la posibilidad de descansar y demorar el viaje. Aun cuando Chandos lo hubiera sugerido, ella no lo habría aceptado. Cuando ella se lastimó, la actitud de Chandos cambió. Su indiferencia disminuyó. Se tornó solícito, y ella tuvo la impresión de que él agradecía la oportunidad de retribuir la atención que ella le había brindado cuando lo mordió la serpiente.

El hombre era tan exasperantemente independiente, que era probable que estuviera molesto por haber recibido ayuda de ella. Esa deuda fue rápidamente cancelada, pues él se ocupó de todas sus necesidades; preparó la comida y atendió a los cuatro caballos. Le improvisó una muleta con una rama gruesa, la ayudaba a montar y a apearse del caballo, y aminoró la marcha, alargando en definitiva el viaje.

Ya en Texas, entraron en un pueblo y se dirigieron a un restaurante llamado Mama's Place. Courtney estaba ansiosa por comer un platillo que no contuviera frijoles y entró muy complacida, a pesar de su aspecto polvoriento e impresentable. El gran comedor luminoso contenía una docena de mesas cubiertas con manteles a cuadros. Sólo una de ellas estaba ocupada, ya que era media tarde. La pareja allí sentada los miró y la mujer se alarmó al ver a Chandos. Sucio y ajado por el viaje, era la imagen del tirador de pantalones negros y camisa color gris oscuro, abierta hasta la mitad del pecho, y un pañuelo negro atado alrededor del cuello.

Chandos miró fugazmente a la pareja de mediana edad y luego los ignoró. Acompañó a Courtney hasta una mesa, le anunció que volvería en unos instantes, y desapareció rumbo a la cocina. Courtney fue sometida a un minucioso examen por parte de la pareja y no pudo evitar la incomodidad que sintió al saberse desaliñada y sucia.

Un minuto después, se abrió la puerta de entrada del restaurante y entraron dos hombres que habían visto a los desconocidos cabalgando por la calle y deseaban estudiarlos más de cerca.

La nerviosidad de Courtney fue en aumento. Siempre había odiado ser el centro de atención, pero era imposible no serlo en compañía de Chandos. Él despertaba una gran curiosidad.

En ese momento, al imaginar qué pensarían de ella esas personas, pensó en la opinión que le merecería ella a su padre. ¿Acaso no se había casado con su ama de llaves para guardar las formas? Courtney viajaba sola con Chandos. Su padre pensaría lo peor... y lo peor era verdad.

Cuando Chandos regresó, notó de inmediato el rubor y la rigidez de Courtney. Tenía la mirada fija en la mesa. ¿Qué sucedía? ¿Acaso los dos individuos que entraron después de ellos la habrían molestado? Los miró tan severamente que en el acto abandonaron el restaurante. Pocos minutos después, la pareja también se marchó.

—En pocos instantes más nos traerán la comida, Ojos de Gato —informó Chandos.

La puerta de la cocina se abrió y una mujer obesa fue hacia ellos.

—Esta es Mamá. Te atenderá durante unos días —anunció Chandos, serenamente.

Courtney miró a la corpulenta mexicana, quien comenzó a hablar en español con Chandos. Era baja y de aspecto cordial; sus cabellos grises estaban recogidos, formando un rodete. Llevaba una blusa blanca y una falda de algodón de colores brillantes, sobre la que tenía un delantal; calzaba sandalias de cuero.

—¿Qué quieres decir con eso? —preguntó Courtney a Chandos—. ¿A dónde irás tú?

—Te dije que tenía varios asuntos que atender en Paris.

—Estamos en Paris —dijo ella, exasperada.

Él se sentó frente a ella e hizo un gesto a Mamá para que desapareciera.

Courtney contempló a la mujer que se alejaba contoneando sus caderas y luego miró a Chandos, aguardando una explicación.

—¿Qué estás tramando? —preguntó ella, enfadada—. Si crees que puedes...

—Cálmate, mujer. —Se inclinó y le tomó la mano—. Esto no es Paris. Es Alameda. Pensé que, debido al esta-

226

do de tu tobillo, podrías descansar unos días mientras yo me ocupo de mis negocios. No deseaba dejarte sola, por eso te he traído aquí.

—¿Por qué deberías dejarme sola? ¿Qué tienes que hacer en Paris?

—Eso, señorita, no te concierne.

Qué odioso le resultaba cuando adoptaba ese tono con ella.

—No vas a regresar, ¿verdad? Me abandonarás aquí, ¿no es así?

—Sabes bien que no —dijo él—. Te he traído hasta aquí, ¿no? No voy a abandonarte a pocos kilómetros de nuestro lugar de destino.

No se alivió la frustración de Courtney. No deseaba permanecer entre extraños, y no deseaba que Chandos la abandonara.

—Pensé que ibas a llevarme contigo a Paris y que luego seguirías viaje.

—Cambié de parecer.

—¿A causa de mi tobillo?

Él tuvo la sensación de haber respondido ya su pregunta.

—Mira, sólo me iré por cuatro días. Te hará bien descansar durante ese tiempo.

—Pero, ¿por qué aquí? ¿Por qué no en Paris?

Él suspiró.

—No conozco a nadie en Paris. Paso con frecuencia por Alameda cuando atravieso el territorio indígena. Conozco a Mamá. Sé que puedo confiar en ella para que te atienda mientras no estoy contigo. Estarás en buenas manos, Ojos de Gato. No te dejaría, si no fuera por...

—¿Por qué, Chandos?

— ¡Maldición! —explotó él—. No me hagas sentir...

Se interrumpió al ver que Mamá se acercaba con una gran fuente de comida.

Chandos se puso de pie.

—Ahora me marcharé. Mamá, prepárale un baño después de comer y haz que se acueste.

Antes de llegar a la puerta, se volvió y regresó a la mesa. Levantó a Courtney de la silla y la abrazó. Luego la besó apasionadamente dejándola sin aliento.

—Volveré, gatita —murmuró roncamente contra su boca—. No arañes a nadie durante mi ausencia.

Y luego se marchó. Mamá miró fijamente a Courtney, mientras ella miraba fijamente la puerta que acababa de cerrarse, tratando de contener sus lágrimas.

Si ahora estaba tan desolada y él sólo se marchaba por cuatro días, ¿cómo se sentiría cuando la dejara para siempre, en Waco?

32

Courtney permanecía sentada frente a la ventana del dormitorio, en la planta alta del restaurante, mirando hacia la calle. Cuando Mamá Alvarez la reprendió por no quedarse en cama, Courtney sonrió vagamente y se negó a discutir. Mamá tenía buenas intenciones. Y Courtney sabía que era tonto vigilar permanentemente; Chandos no habría llegado a Paris aún, pero ella no se movía de su sitio.

Sentada, con su pie apoyado sobre una banqueta mullida, observaba las actividades del pequeño pueblo, sólo un poco más grande que Rockley. Pensó mucho y aunque discutiera consigo misma, la verdad era innegable: amaba a Chandos. Lo amaba con más intensidad de la que creyó posible amar a nadie.

No era sólo la atracción que sentía por él. Tampoco el hecho de que él le brindara seguridad. Eso era importante, pero además estaba el deseo. ¡Dios, cómo lo deseaba! Era también porque él sabía ser tierno cuando ella necesitaba ternura y amarla cuando necesitaba ser amada. Y también influía su solitaria independencia, su actitud distante. Pero, aunque hubiera deseado hacerlo, Courtney no podía engañarse a sí misma. Sabía que no podría tener a Chandos, por mucho que lo amara. Él no deseaba una relación permanente y lo había expresado con claridad. Debía ser realista. Ella no podría casarse con Chandos.

Cuando se remontaba al pasado lejano, recordaba que siempre había puesto en duda que pudiera encontrar un verdadero amor y que ese amor fuera correspondido. El hecho de comprobar que había estado en lo cierto no la consolaba.

Al segundo día de estar allí, conoció a la hija de Mamá. Entró en la habitación de Courtney sin llamar a la puerta y se presentó a sí misma. Fue un odio mutuo a primera vista, pues Courtney reconoció el nombre que Chandos había mencionado en sus delirios, y Calida Alvarez sabía que Chandos había llevado a Courtney allí.

Calida era hermosa, vibrante; tenía brillantes cabellos negros y sus ojos pardos brillaban con malicia. Era sólo cuatro años mayor que Courtney, pero había una gran diferencia entre ambas. La joven mayor, apasionada por naturaleza, trasuntaba la confianza y seguridad de las que Courtney siempre había carecido.

Esa fue la imagen que tuvo Courtney. Calida, por su parte, vio en Courtney a su primera rival verdadera; una joven dama, fríamente formal, serena y controlada. Y con un rostro apenas tostado por el sol, que era bellísimo. Piel dorada, cabellos castaños con reflejos de oro, ojos rasgados como los de un gato, de un cálido color ambarino. Courtney era toda dorada y Calida hubiera deseado arrancarle los ojos. De hecho, la atacó verbalmente.

—Espero que tenga una buena razón para viajar con mi Chandos.

—¿Su Chandos?

—Sí; mío —afirmó Calida rotundamente.

—¿Vive aquí, entonces?

La joven mayor no había esperado un contraataque, y vaciló; pero luego se recuperó.

—Vive aquí más que en ningún otro sitio.

—Eso no lo convierte en su propiedad —murmuró Courtney—. Si me dijera que es su marido... —Sonrió vagamente y dejó la insinuación suspendida en el aire.

—Yo he rehusado casarme con él. Si deseo hacerlo, sólo tengo que chasquear mis dedos —y lo hizo sonoramente.

Courtney se impacientó. ¿Sabía Chandos cuán segura estaba Calida Alvarez de él? ¿Tenía ella motivos para esa seguridad?

—Está muy bien, señorita Alvarez, pero hasta que no luzca una alianza matrimonial en su dedo, las razones por las que viajo con Chandos no le incumben.

—Pero me incumben —gritó Calida a voz en cuello.

Courtney estaba harta, pues contestó:

—No, no es así —dijo lentamente y en voz baja, pero con furia—. Y si tiene más preguntas que formular, le sugiero que las reserve para Chandos. Ahora, márchese.

—¡Puta! —espetó Calida—. Por supuesto que hablaré con él. Y me cercioraré de que él la deje aquí cuando se marche, pero no en casa de mi madre.

Cuando la joven se marchó, Courtney cerró la puerta con fuerza y luego comprobó que temblaban sus manos. ¿Habría algo de verdad en la amenaza de Calida? ¿Podía convencer a Chandos para que la abandonara en ese sitio? Las dudas carcomieron a Courtney. Calida conocía a Chandos desde hacía mucho tiempo. Lo conocía íntimamente. Courtney también, pero Chandos volvía a Calida con frecuencia. Además, luchaba contra sus sentimientos hacia Courtney.

Calida entró resueltamente en la taberna de Mario, donde trabajaba por las noches. Vivía con su madre, pero era independiente y hacía cuanto le antojaba; trabajaba donde mejor le parecía y hacía oídos sordos a los ruegos de su madre.

Trabajaba en la taberna porque allí había movimiento y acción. Ocasionalmente, se producían tiroteos y reyertas, muchas de ellas por causa de Calida. A ella le resultaba emocionante y era feliz provocando riñas, ya fuera oponiendo a dos hombres entre sí, o quitándole el hombre a otra mujer para desencadenar un drama. Calida nunca se había visto frustrada, siempre obtenía cuanto se proponía, de una manera u otra.

En ese momento, estaba furiosa. La «gringa» no le había respondido satisfactoriamente sus preguntas. Ni tampoco pareció alterarse cuando se enteró de que Chandos tenía otra mujer.

Quizá no había nada entre Chandos y la gringa. ¿Era posible? Quizás el beso que había visto su madre no tenía mayor importancia. Pero Calida intuía que había algo entre Chandos y Courtney. Él nunca viajaba con una mujer. Calida sabía que Chandos era un solitario. Era una de las cosas que le agradaban de él. Eso, y el aura peligrosa que lo envolvía.

Sabía que Chandos era un tirador, pero pensaba que también era un forajido. Nunca se lo había preguntado, pero estaba segura de que lo era. Los forajidos atraían intensamente a Calida. Su condición de perseguidos por la ley, su carácter impredecible, su vida peligrosa la fascinaban. Muchos de ellos pasaban por Alameda, huyendo de la justicia, para ocultarse en territorio indígena. Conocía a muchos y se había acostado con ellos, pero Chandos era algo especial.

Él nunca le había dicho que la amaba. Nunca trató de embaucarla con palabras bonitas. Ella no podía defraudarlo. Si él la deseaba, ella debía acceder a su deseo. Si trataba de oponer resistencia o de provocar sus celos, él se alejaba.

Su indiferencia la intrigaba. Ella siempre estaba disponible para él cuando llegaba al pueblo, aunque en ese momento estuviera acostándose con otro hombre. Y Chandos siempre la buscaba. Y además se alojaba en la casa de su madre, lo que era muy conveniente.

A Chandos le desagradaban los hoteles, y la primera vez que fue a Alameda, convenció a Mamá para que le alquilara una habitación. A Mamá le agradaba Chandos. No así los otros hombres que su hija solía frecuentar. Y en la casa había dormitorios vacíos, pues los hermanos de Calida ya eran hombres y se habían alejado de la casa. Mamá sabía qué hacían por las noches Calida y Chandos. Calida llevaba otros hombres a su habitación, incluyendo a Mario, pero su madre ya había renunciado a reformarla. Su hija procedía a su antojo y siempre lo haría así.

Y ahora, el hombre que ella consideraba exclusivamente suyo había acompañado a otra mujer al pueblo y había pedido a su mamá que la atendiera. ¡Qué atrevimiento!

—¿Por qué te brillan los ojos, chica?

—Esa... esa... —Se interrumpió, mirando pensativamente a Mario. Sonrió—. Nada importante. Sírveme un whisky antes de que comience a atender a los clientes; sin agua.

Lo observó mientras él le servía la bebida. Mario, primo lejano suyo, había llegado a Alameda con la familia de Calida, nueve años atrás. La familia se había visto obligada a abandonar pueblo tras pueblo, en los que no toleraban que los mexicanos tuvieran comercios. Alameda, ubicada más al norte era tolerante con ellos porque nunca había habido mexicanos allí. Todos adoraban la comida de Mamá y nadie se opuso cuando Mario abrió una taberna frente al restaurante de Mamá. La taberna fue un éxito porque las bebidas de Mario eran buenas y más baratas que las de sus competidores.

Cuando Calida estaba de buen talante, Mario le hacía el amor. Se hubiera casado con ella sin vacilar un instante, tal como lo hubieran hecho otros hombres, pero Calida no deseaba un marido. Y menos aun a Mario. Era apuesto, tenía aterciopelados ojos pardos y un bigote muy fino que le daba el aspecto de un noble español. Además, era muy fuerte. Pero, íntimamente, era un cobarde. Mario nunca pelearía por ella.

Calida le dirigió otra sonrisa y Mario le entregó la copa de whisky. Calida tenía una idea que ofrecía muchas posibilidades.

—Mamá tiene una huésped, una hermosa gringa —dijo Calida, al pasar—. Pero mamá no sabe que es una puta.

—¿Y tú cómo lo sabes?

—Me dijo que piensa permanecer en casa hasta que su pie mejore. Luego se irá a casa de Bertha.

Sus palabras despertaron la curiosidad de Mario. Solía ir a menudo al prostíbulo de Bertha, aunque pocas jóvenes de allí lo aceptaban. Una prostituta nueva sería muy codiciada en la casa de Bertha, especialmente si era hermosa. Pero Mario pensó que él sería el último en acostarse con ella.

— ¿Vas a decírselo a tu madre? —preguntó él.

Calida se encogió de hombros.

—No veo por qué. Fue muy cordial, muy conversadora y, en realidad... le tengo compasión. No puedo imaginar lo que debe ser desear un hombre y no tener uno disponible. Pero ella está en esa situación.

—¿Te lo dijo ella?

Calida asintió y se inclinó sobre el mostrador para susurrar:

—Incluso me preguntó si conocía a alguien que pudiera estar interesado. ¿Lo estás tú? —Él frunció el ceño y ella rió—. Vamos, Mario. Sé que finalmente la tendrás. No me importa, querido, porque sé que no significará nada para ti. Pero, ¿piensas aguardar a que esté harta? ¿No te agradaría poseerla ahora que está desesperada por un hombre?

Lo convenció. Conocía esa mirada. A Mario le entusiasmó la idea de ser el primer hombre del pueblo que poseyera a la nueva mujer.

—¿Y tu mamá? —preguntó él.

—Aguarda hasta mañana por la noche. Mamá fue invitada a la fiesta de cumpleaños de Anne Harwell y piensa salir tan pronto se marche el último cliente del restaurante. Naturalmente, no regresará muy tarde. Pero, si no haces ruido, estoy segura de que la gringa querrá que permanezcas con ella toda la noche y puedes marcharte por la mañana, cuando mamá esté en misa.

—¿Le dirás que me espere?

Cálida sonrió.

—Debes sorprenderla. No deseo que piense que

me debe un favor. Sólo asegúrate de que no grite antes de decirle por qué estás allí.

Calida pensó que, si todo resultaba bien, Chandos regresaría a tiempo para sorprenderlos. Se produciría un escándalo, y Calida deseó poder estar allí para presenciarlo. Pensar en ello la alegraba.

33

Un haz de luz amarilla iluminaba la concurrida calle de tierra que estaba detrás de la pequeña casa. Era sábado.

A Chandos le habían dicho que en esa calle vivían sobre todo muchachas que trabajaban en locales nocturnos. Una de ellas era la mujer de Wade Smith. Se llamaba Loretta.

Chandos había perdido mucho tiempo tratando de hallarla, porque allí, en Paris, Smith usaba un apodo. Además, llevaba una vida muy tranquila porque lo buscaba la justicia. Nadie lo conocía por el nombre de Wade Smith y sólo algunas personas lo conocían como Will Green.

Quizás este Will Green no fuera él, y Chandos lo sabía. Pero quizás sí lo fuera.

Chandos no deseaba correr riesgos. Permaneció de pie entre las sombras de la calle y contempló la casa durante largo rato antes de acercarse. Llevaba la mano sobre su revólver, pegado a su cuerpo. El corazón le latía apresuradamente. Era el momento que tanto había esperado. Estaba a punto de enfrentarse con el asesino de su hermana.

Cautelosamente, se acercó a la puerta y trató de abrirla. No estaba cerrada con llave. Aguardó, con su oído pegado a la puerta y no oyó sonido alguno. Sólo escuchaba el latido de su corazón; nada más.

Volvió a apoyar su mano sobre la falleba y, rápidamente, abrió la puerta. El muro entero se estremeció. Varios platos cayeron de los estantes y una taza rodó por el centro del suelo de tierra. Sobre la cama, una cabeza rubia se volvió y miró la pistola de Chandos.

Sus senos, apenas insinuados debajo de la sábana, eran pequeños, aún no formados totalmente. Era una niña de trece o catorce años. ¿Se habría equivocado de casa?

—¿Loretta?

—¿Sí?

La niña se encogió, temerosa.

Chandos suspiró pesadamente. No se había equivocado. Debió recordar que a Smith le agradaban las jovencitas.

Estaba muy golpeada. Tenía una mejilla inflamada y enrojecida. Del otro lado, un ojo morado. Una fea magulladura oscura se extendía desde la clavícula hasta el hombro izquierdo y tenía una hilera de pequeños hematomas en la parte superior de sus brazos, como si la hubieran tomado brutalmente. No deseaba pensar cómo estaría el resto de su cuerpo, oculto bajo la sábana.

—¿Dónde está?

—¿Qui... quién?

Su voz era patéticamente joven y estaba atemorizada. Chandos pensó cómo lo vería a él. No se había rasurado desde que se despidió de Courtney y le apuntaba con un revólver. Lo enfundó.

—No voy a hacerte daño. Busco a Smith.

Ella se puso rígida. Su ojo sano brilló de ira.

238

—Llega tarde, señor. Lo denuncié. La última vez que me golpeó fue realmente la última.

—¿Está en la cárcel?

Ella asintió.

—Así es. Sabía que había un vigilante en el pueblo; de lo contrario no lo hubiera denunciado. No confío en la cárcel de aquí. Le dije a mi amigo Pepper que enviara al vigilante a verme. Le conté quién era Wade. Wade me había hablado de esa joven que mató en San Antonio. En una ocasión me amenazó; dijo que me mataría como a ella. Le creí.

—¿Se lo llevó el vigilante? —preguntó Chandos, tratando de no parecer impaciente.

—Sí. Volvió con el alguacil y atrapó a Wade cuando estaba sin pantalones. El canalla aún deseaba poseerme, en este estado. Creo que lo disfruta más cuando estoy así.

—¿Cuándo ocurrió eso?

—Hace tres días, señor.

Chandos gruñó. ¡Tres malditos días! Si no hubiera sido por la mordedura de serpiente y los hombres que apresaron a Courtney, hubiera llegado a tiempo para atrapar a Smith.

—Si desea verlo, señor —prosiguió Loretta—, deberá darse prisa. El vigilante conocía a Wade y dijo que en San Antonio había tantas pruebas en contra de él, que podían ahorcarlo después de un juicio sumario.

Chandos no lo dudaba. Había estado en San Antonio después de la matanza y se enteró de todo lo ocurrido. Allí fue donde perdió por primera vez el rastro de Wade Smith.

Chandos dijo:

—Te estoy agradecido, niña.

—No soy una niña —dijo ella—. Y no luzco como tal cuando me maquillo el rostro. Hace ya un año que trabajo en los salones de baile.

—Debería haber una ley que lo prohibiera.

—No me diga —replicó ella—. Un tirador que da sermones. Es el colmo. —Él no respondió y se volvió para marcharse. Ella lo llamó—: Eh, señor. No me dijo por qué busca a Wade.

Chandos la miró. La niña podría haberla pasado mucho peor con Wade. No sabía cuán afortunada era.

—Lo busco por asesinato, niña. La joven de San Antonio no fue la única que mató.

Vio que a la niña se le erizaba la piel.

—¿Cree que podrá escapar? ¿Lo cree?

—No.

—Creo que, en cuanto sanen mis costillas, me marcharé de aquí. —Lo dijo más para sí misma que para Chandos.

Chandos cerró la puerta. Pensó buscar al vigilante. Tal vez lo hallara, pero el hombre no le entregaría a Smith. Debería pelear por eso, y no deseaba matar a un hombre que sólo cumplía con su deber. Nunca lo había hecho, y no estaba dispuesto a comenzar ahora.

Y además, estaba Ojos de Gato. Si no regresaba a Alameda antes de que se cumplieran los cuatro días, ella pensaría que le había mentido. Incluso, quizás intentara viajar a Waco sola.

No tenía alternativa; pero no le agradaba en absoluto. ¿Cuándo demonios se había convertido ella en una prioridad?

Frustrado, Chandos se dirigió hacia la caballeriza.

No renunciaría a atrapar a Smith. No era la primera vez que se le escapaba. Primero, llevaría a Courtney hasta Waco y luego seguiría viaje a San Antonio. No estaba dispuesto a entregar a Smith al verdugo. El canalla le pertenecía.

34

Courtney pasó la tarde del sábado escribiendo una carta a Mattie. Hacía tres que semanas había partido de Rockley, sin embargo, tenía la impresión de que habían transcurrido meses.

Deseaba que su amiga supiera que no lamentaba su decisión de viajar a Waco. Mamá Alvarez había asegurado a Courtney que muchas personas pasaban por Alameda camino de Kansas y que seguramente podrían hallar a alguien que llevara la carta de Courtney.

De modo que escribió una larga carta, describiendo vívidamente sus aventuras, pero se abstuvo de decir que se había enamorado de su acompañante. Concluyó la carta expresando nuevamente sus esperanzas de hallar a su padre. Según Mamá Alvarez, Waco se encontraba a una semana de viaje. Muy pronto, Courtney comprobaría si su intuición había sido certera o si sólo corría detrás de una quimera. No se atrevía a pensar en esto último, pues si no hallaba a su padre, quedaría desamparada en Waco, sola y sin dinero, porque debía a Chandos todo cuanto le quedaba. Si resultaba ser así, no tenía la menor idea de qué haría.

El día transcurrió plácidamente. Courtney ya no aguardaba junto a la ventana el regreso de Chandos. Había querido bajar al restaurante para comer, pero Mamá se había negado rotundamente, recordándole que Chandos le había dado instrucciones de permanecer en cama, descansando. Su tobillo estaba mejor. Incluso podía apoyar un poco ese pie y suprimir el uso de la muleta. Pero no insistió. Mamá Alvarez era bienintencionada. A diferencia de su hija, era muy gentil.

Courtney le había formulado preguntas y se había enterado de que Calida trabajaba por las noches en una taberna sirviendo bebidas; pero sólo eso, según Mamá Alvarez.

Courtney percibió que la madre de Calida no aprobaba el comportamiento de su hija. Mamá dijo enfáticamente que Calida no necesitaba trabajar y que sólo lo hacía porque le agradaba.

—Tozuda. Mi niña es tozuda. Pero ya es una mujer. ¿Qué puedo hacer?

Courtney comprendía que trabajara para sentirse útil o para ganar dinero... pero, ¿por qué en una taberna y sin necesidad de hacerlo?

Courtney se alegró de que hubiera transcurrido un día más sin que la molestara esa joven desagradable, y dejó de pensar en ella.

Esa noche se acostó temprano. Mamá había concurrido a una fiesta y Calida estaba trabajando, de modo que la casa estaba tranquila. Pero en la calle había mucha animación porque era sábado y en eso, Alameda no se diferenciaba de los otros pueblos de frontera. Los hombres salían de parranda durante toda la noche, pues podían dormir durante toda la mañana del domingo. La mayoría de ellos no tenían esposas que los arrastrasen a la iglesia.

Ella sonrió, recordando que, en Rockley, a menudo había visto a algunos hombres dormitar en la iglesia, algunos tenían sus ojos enrojecidos y vidriosos, y otros erguían su cabeza cuando el cura alzaba la voz durante el sermón. Probablemente ocurría lo mismo en Alameda.

Finalmente se durmió. A los pocos minutos comenzó a soñar. No era un sueño agradable. Estaba herida; un gran peso aplastaba su pecho. Lloraba y no podía respirar. Y entonces Chandos la consolaba y ahuyentaba sus temores, como sólo él podía hacerlo.

Luego la besaba y ella despertó lentamente, comprobando que realmente la estaba besando. Y sintió efectivamente el peso de su cuerpo sobre el de ella. No se detuvo a pensar por qué no la había despertado: sólo se alegró de que la deseara. Lo hacía tan esporádicamente...

Ella le rodeó el cuello con sus brazos y lo atrajo hacia sí. El bigote rozó su rostro. Courtney se puso rígida.

—Usted no es Chandos —exclamó, luchando para deshacerse de él.

El horror la había hecho gritar y él cubrió la boca de Courtney con su mano. Sus caderas golpeaban contra las de ella y ella percibió el roce de su pene contra el abdomen. Estaba desnudo. Al darse cuenta, Courtney gritó y él volvió a ahogar su grito con una mano.

—Shh... Dios —Ella mordió la mano del hombre. Él la quitó de la boca de Courtney—. ¿Qué te sucede, mujer? —murmuró él, exasperado.

Courtney trató de hablar, pero él había vuelto a presionar sus labios con la mano.

—No, no soy Chandos —dijo, irritado—. ¿Para qué lo quieres? Es muy violento. Además, no está aquí. Me tienes a mí, ¿sí?

Ella sacudió la cabeza tan violentamente, que estuvo a punto de zafarse de la mano opresora.

—¿No te agradan los mexicanos? —preguntó con brusquedad. El tono iracundo de su voz la inmovilizó.

—Calida me dijo que deseabas un hombre —prosiguió—. Dijo que no eras exigente. Vine para hacerte un favor, no para obligarte. ¿Deseas verme primero? ¿Por eso estás enfadada?

Azorada, Courtney asintió lentamente.

—¿No gritarás cuando retire mi mano? —preguntó él y ella meneó la cabeza. Retiró la mano. Ella no gritó.

Él se apartó de la cama, contemplándola detenidamente. Ella no gritó y él comenzó a tranquilizarse.

Courtney sabía que de nada le valdría gritar. La casa estaba vacía y había tanto ruido en la calle que nadie le prestaría atención. En cambio, puso la mano debajo de la almohada para tomar su revólver. Había adquirido ese hábito durante el viaje y agradecía haberlo hecho, no porque pensara disparar. No pensó que sería necesario.

Cuando él encendió una cerilla y comenzó a buscar una lámpara, Courtney se cubrió con la sábana y lo apuntó con el arma. Él vio el revólver y quedó inmóvil. Ni siquiera respiraba.

—No deje caer esa cerilla, señor —le advirtió Courtney—. Si se apaga, disparo.

Courtney experimentó una sensación de calidez en la sangre. Era la sensación embriagadora del poder que confería un arma. Ella jamás dispararía, pero él no lo sabía. Su mano se mantuvo firme. Ya no tenía temor; pero él sí.

—Encienda la lámpara, pero no haga movimientos bruscos... lentamente; así está bien —ordenó—. Ahora, apague la cerilla. Bien —dijo ella cuando él cumplió con sus instrucciones—. Y ahora, dígame quién demonios es usted.

—Mario.

—¿Mario? —Frunció el ceño pensativamente—. ¿Dónde escuché ese...?

Lo recordó. Chandos lo había mencionado aquella noche en sus pesadillas. ¿Qué había dicho? Algo acerca de Calida yendo al lecho de Mario.

—¿Es amigo de Calida? —preguntó ella desdeñosamente.

—Somos primos.

—¿También primos? Qué agradable.

Su tono lo puso más nervioso.

—Mi ropa, señorita. ¿Puedo ponérmela? Creo que he cometido un error.

—No; no lo cometió, Mario; lo cometió su prima. Sí, sí, vístase. —Estaba comenzando a ruborizarse—. Apresúrese.

Él lo hizo y ella lo contempló: era un hombre corpulento, aunque no muy alto, sino fornido. Tenía un torso muy grande. Por eso se había sentido aplastada. La hubiera podido romper en dos con las manos. Sin duda, hubiera podido llevar a cabo lo que se proponía hacer si hubiera deseado emplear la fuerza. Gracias a Dios, no era un mal hombre.

—Me marcharé —dijo él—. Siempre que me lo permita, naturalmente.

Era una insinuación para que ella dejara de apuntarle con el revólver. Pero Courtney no lo hizo.

—En un instante, Mario. ¿Qué le dijo Calida, exactamente?

—Mentiras, supongo.

—Sin duda, pero ¿qué mentiras?

Él decidió ser sincero y terminar con el asunto.

—Dijo que usted era una prostituta, señorita; que había venido a Alameda para trabajar en la casa de Bertha.

Las mejillas de Courtney se encendieron.

—¿La casa de Bertha es un prostíbulo?

—Sí. Y muy bueno.

—¿Entonces, ¿por qué estoy aquí, si mi intención es vivir allí?

—Calida dijo que su pie estaba lastimado.

—Es verdad.

—Dijo que usted permanecería con su mamá sólo hasta que se recuperase.

—Seguramente dijo algo más, Mario; ¿qué fue?

—Sí, hay algo más, pero temo que no le agradará.

—De todos modos, deseo saberlo —lo apremió Courtney, fríamente.

—Dijo que usted deseaba un hombre, señorita; que usted... no podía aguardar... hasta mudarse a casa de Bertha. Dijo que usted le había pedido que le buscara un hombre, que estaba desesperada.

—Esa mentirosa... —dijo Courtney, furibunda—. ¿Realmente dijo «desesperada»?

Él asintió mirándola fijamente.

La furia estaba pintada en el rostro de Courtney; aún apuntaba con su revólver hacia el pecho de Mario.

Ella lo sorprendió.

—Puede irse. No; no se calce las botas. Llévelas en la mano. —Cuando él llegó a la puerta, añadió—: Si vuelve a entrar en mi habitación, le volaré los sesos.

A él no le cupo ninguna duda.

35

Calida aguardó durante toda la noche que Mario regresara a la taberna. Cuando la taberna cerró sus puertas, lo aguardó en su habitación. Alrededor de las cuatro de la mañana, se quedó dormida.

Courtney también aguardó que Calida regresara a su casa. Caminó por su habitación, cada vez más enfadada. A las diez de la noche, escuchó a Mamá que regresaba de la fiesta, pero, a partir de ese momento, el silencio invadió la casa. Finalmente, Courtney desistió. No estaba dispuesta a ir a la taberna para encarar a Calida y no podía estar despierta toda la noche. Se durmió.

A pesar de que ambas durmieron mal, Calida y Courtney se despertaron temprano el domingo por la mañana. Para Calida, era casi un milagro, pues solía dormir hasta tarde. Pero estaba ansiosa por conocer los resultados del drama que ella había desencadenado. Mario no había regresado, de modo que pensó que había logrado seducir a la gringa y que había pasado la noche con ella. Siendo así, comenzó a pensar cómo le daría la noticia a Chandos. Sonriendo, salió de la taberna.

Mario la observaba cuando ella se marchó por la calle. Amaba a esa puta, pero también la odiaba. Lo había hecho víctima de su última jugarreta. Sabía qué estaría pensando ella. Él se había abstenido de regresar a su casa.

Imaginó que ella lo estaría aguardando allí para enterarse de lo sucedido; por eso fue a la casa de Bertha y se embriagó. No había dormido en toda la noche.

Apenas podía mantener abiertos los ojos. Desde el amanecer, había permanecido junto a la ventana en casa de Bertha, aguardando que apareciera Calida. La casa de Bertha estaba en el extremo del pueblo de modo que, desde allí, podía ver claramente la calle en toda su extensión.

Hacía quince minutos, había visto que se abría la ventana del dormitorio de la gringa, en la casa de su prima; así supo que ella ya estaba despierta. Y, cinco minutos antes había visto a Mamá que salía en dirección a la iglesia.

Mario hubiera deseado estar allí para presenciar la escena que iba a desarrollarse, pero tendría que conformarse con saber que los planes de Calida no habían tenido éxito esta vez. Que supiera cómo era la sensación de ser apuntado con el arma de una mujer encolerizada. Finalmente, dejó de vigilar por la ventana y se durmió junto a la prostituta que roncaba en la cama, detrás de él.

Courtney estaba junto al hornillo de la cocina, sirviendo una taza del café que Mamá había preparado antes de salir. Su ira bullía como el café. Cada vez que pensaba en lo que pudo ocurrirle la noche anterior, se enfurecía más. Cuando Calida entró a la cocina, se encontró con Courtney. Se sorprendió al verla, y la sorpresa se reflejó en su mirada. Courtney estaba sola.

Calida se acercó lentamente, contoneando sus caderas. Sonrió al ver el aspecto demacrado de Courtney.

—¿Cómo te fue anoche, puta? —preguntó riendo—. ¿Mario aún está aquí?

—Mario no se quedó —dijo Courtney, lenta y serenamente—. Temió que le disparara.

La sonrisa de Calida se desvaneció.

—Mentirosa. ¿Dónde está? Sé que no fue a su casa.

—Quizás esté en la cama de otra mujer, ya que no obtuvo lo que vino a buscar aquí.

—Eso es lo que dices tú, pero dudo que Chandos lo crea —dijo Calida malignamente.

Courtney comprendió. Había planeado todo eso por Chandos. Debió adivinarlo.

Sorprendió a Calida con una bofetada violenta, que hizo saltar la taza que sostenía en su mano. Calida gruñó y ambas comenzaron a atacarse con arañazos. A los pocos segundos, rodaron por el suelo. Calida era experta en riñas: jugaba sucio. Courtney, por su parte, nunca había imaginado cómo podía ser una reyerta de esa clase. Pero necesitaba descargar su furia; jamás había estado tan enojada. Usada e injuriada sólo por despecho, peleó salvajemente.

Courtney logró aplicar a Calida otras dos bofetadas; la segunda hizo sangrar su nariz. Calida corrió entonces hacia el armario de la cocina. Courtney se desplomó y, cuando logró ponerse de pie, Calida giró con expresión triunfal y un cuchillo en la mano.

Courtney quedó inmóvil. Su cuero cabelludo se erizó.

—¿Por qué vacilas? —dijo Calida—. Deseabas ver mi sangre; ven y tómala.

Courtney miró el cuchillo que ella blandía en el aire. Pensó en retroceder, pero Calida se echaría sobre ella. Daría rienda suelta a su crueldad y sólo habría sufrido una pequeña herida en la nariz. No era suficiente; Courtney deseaba ganar la batalla para poner a salvo su honor.

Calida pensó que Courtney se rendía. Supuso que la había derrotado. No imaginó que Courtney se lanzaría sobre ella, tomándola por la muñeca para quitarle el cuchillo.

Calida se desconcertó. No se atrevía a matar a una gringa, aunque Courtney hubiera sido la primera en atacar. La ahorcarían por ser mexicana. Pero la gringa podía matarla. La mirada de Courtney le indicó que usaría el cuchillo si lograba tomarlo.

Calida se atemorizó seriamente. La joven estaba loca. Courtney apretó su muñeca con más fuerza y se acercó a Calida.

—Suéltalo.

Se separaron, anonadadas. Chandos estaba en el umbral y su expresión era feroz.

—He dicho que soltaras ese maldito cuchillo.

El cuchillo cayó al suelo y ambas jóvenes se apartaron. Calida comenzó a alisar su ropa y a secar la sangre de su rostro. Courtney se agachó para recoger la taza de café que había dejado caer al suelo. No podía mirar a Chandos. Estaba mortificada porque la había sorprendido en una reyerta.

—Estoy aguardando —dijo Chandos.

Courtney miró a Calida con furia, pero Calida levantó la cabeza y la miró a su vez con ferocidad. Siempre había logrado mentir con éxito.

—Esta gringa que has traído me atacó —dijo Calida con vehemencia.

—¿Es así, Courtney?

Courtney lo miró, azorada.

—¿Courtney? —repitió con incredulidad—. ¿Ahora me llamas Courtney? ¿Por qué? ¿Por qué ahora?

Él suspiró y dejó caer sus alforjas al suelo; luego fue lentamente hacia ella.

—¿Por qué estás tan alterada?

—Está celosa, querido —ronroneó Calida.

Courtney jadeó.

—Es mentira. Si vas a mentir, perra, tendré que decirle la verdad.

—Entonces dile cómo me echaste de tu habitación cuando nos conocimos —dijo Calida apresuradamente. Luego prosiguió—. Me trató muy mal, Chandos. Cuando le pregunté por qué estaba aquí, me gritó que no era asunto de mi incumbencia.

—Creo recordar que fuiste tú quien gritó —la contradijo Courtney ásperamente.

—¿Yo? —exclamó Calida, asombrada—. Fui a darte la bienvenida y...

—Cállate, Calida —gruño Chandos, perdiendo la paciencia. Tomó a Courtney por ambos brazos, y la acercó a él—. Señorita, será mejor que te expliques con rapidez. Cabalgué toda la noche para regresar. Estoy mortalmente cansado y no tengo deseos de desentrañar la verdad entre una maraña de mentiras. Ahora, dime qué ha ocurrido.

Como un animal que se siente acorralado, Courtney atacó:

—¿Deseas saber qué ocurrió? Muy bien. Anoche desperté y había un hombre en mi cama, tan desnudo como yo... Tu... tu amante me lo había enviado.

Él apretó los brazos de Courtney con fuerza. Pero su voz fue muy tierna.

—¿Te hizo daño?

Atravesó su furia. Ella sabía que él estaba peligrosamente enfurecido y que ésa sería su primera pregunta.

—No.

—¿Hasta dónde...?

—¡Chandos!

No toleraba la idea de hablar del tema frente a Calida, pero Chandos estaba perdiendo el control.

—Debiste estar muy dormida para que pudiera desvestirse sin despertarte —dijo—. ¿Hasta dónde...?

—Por Dios —dijo ella bruscamente—. Me quité la ropa antes de acostarme. Había cerrado la ventana a causa del ruido, de modo que hacía calor en la habitación. Estaba dormida cuando él se introdujo en mi habitación. Supongo que estaba vestido y que luego se quitó la ropa, antes de tenderse junto a mí.

—¿Hasta dónde...?

—Sólo me besó, Chandos —interrumpió ella—. Cuando sentí su bigote supe que no eras... —se detuvo y su voz se convirtió en un susurro antes de decir—: Tú.

—¿Y entonces? —preguntó él después de un breve silencio.

—Naturalmente le... dije claramente qué pensaba. No lo esperaba. Se incorporó para encender la lámpara y cuando se alejó de mí, tomé mi revólver. Estaba tan atemorizado que confesó la verdad.

Ambos se volvieron y miraron a Calida.

—Una bonita historia, gringa —dijo Calida—, pero Mario no volvió a casa anoche. Si no pasó la noche contigo, ¿adónde fue?

Chandos apartó a Courtney de su lado y se volvió hacia Calida, mirándola duramente. Calida nunca lo había visto así. Por primera vez, percibió que él podría no creer en sus palabras Apretó sus puños.

—¿Mario? —preguntó enfurecido—. ¿Le enviaste a Mario?

Calida retrocedió.

—¿Enviarlo? No —negó de inmediato—. Le dije que ella estaba aquí. Sólo sugerí que viniera a conocerla; para levantar su ánimo, pues estaba sola. Si la gringa lo metió en su cama, es asunto suyo.

—¡Perra mentirosa! —la insultó Courtney, indignada.

Chandos tampoco lo creía. Extendió su mano y tomó a Calida por el cuello.

—Debería estrangularte, perra simuladora —dijo con un gruñido—. La mujer que has atacado está bajo mi protección. Pensé que éste era el único sitio seguro para ella. Pero tuviste que hacerle una sucia jugarreta y ahora debo matar a un hombre contra el que nada tengo, sólo porque participó de tu malvado plan.

Calida palideció.

—¿Matarlo? —exclamó—. ¿Por que? No hizo nada. Ella dijo que no le hizo nada.

Chandos la empujó lejos de él.

—Entró a su habitación y la asustó. Le puso las manos encima. Es suficiente.

Fue hacia la puerta y Courtney corrió tras él, tomando su brazo para detenerlo. Estaba atemorizada, enfadada y emocionada al mismo tiempo.

—Chandos, a veces tomas tu trabajo demasiado seriamente; no es que no lo aprecie. Pero, por Dios, si hubiera deseado verlo muerto lo hubiera matado yo misma.

—No está en tu naturaleza, Ojos de Gato —murmuró él, con un dejo de humor.

—No estés tan seguro —replicó ella—. Pero no mates a Mario, Chandos. No fue culpa suya. Ella le mintió, diciéndole que yo estaba aquí para trabajar en la casa de Bertha—. Courtney supuso que él sabía quién era Bertha. —Le dijo que yo era una... prostituta y que necesitaba un hombre, que estaba... estaba... desesperada —exclamó Courtney, enfureciendo nuevamente. Chandos reprimió un gesto. —Y no te atrevas a reír—, exclamó ella.

—No se me ocurriría.

Ella lo miró con desconfianza. Pero, por lo menos, ya no tenía esa mirada asesina.

—Eso fue lo que ella le dijo. De modo que él vino para hacerme un favor.

—¡Oh, Dios! ¿Así que lo ves de esa manera?

—No seas sarcástico, Chandos. Pudo haber sido mucho peor. Pudo haberme obligado, aun sabiendo que yo no lo deseaba. Pero no lo hizo.

—Está bien. —Chandos suspiró—. No lo mataré. Pero, de todas maneras, debo arreglar un asunto. Aguarda en tu habitación —ordenó Chandos. Ella vaciló y se puso tensa; él acarició suavemente su mejilla. —Nada que te disguste, Ojos de Gato. Ahora, ve. Arréglate o duerme un rato. Aparentemente, te hace falta. No tardaré.

Su voz la calmó y su caricia le aseguró que no tenía por qué preocuparse. Obedeció y salió de la cocina, dejando a Chandos con Calida.

36

Cuando Courtney llegó a su habitación, comenzó a sentir los dolores que le había provocado la pelea con Calida. Su tobillo le dolía más que nunca. Caminó con dificultad hasta el espejo ovalado que estaba sobre el tocador y gruñó al verse reflejada en él. ¡Dios! Chandos la había visto en ese estado. ¡Qué atrocidad!

Tenía los cabellos revueltos, manchas de café en la falda, lágrimas sobre su blusa. Una rasgadura de la blusa a la altura del hombro dejaba ver tres rasguños inflamados, rodeados por sangre seca. Tenía unas gotas de sangre en el cuello y un arañazo junto a un ojo.

Sabía que después aparecerían también algunos hematomas. ¡Maldita Calida! Pero, por lo menos, Chandos había creído lo dicho por ella y había comprobado qué clase de mujer era Calida. Courtney dudaba que volviera a acostarse con ella, lo cual agradeció, experimentando cierta satisfacción.

Decidió tomar un baño y bajó a la planta baja. Chandos y Calida ya no estaban allí. Limpió el café derramado en el suelo y calentó agua para bañarse.

Mamá regresó a tiempo para ayudarla. Courtney no habló sobre lo sucedido; sólo dijo que Chandos había regresado.

Estaba vistiéndose cuando entró Chandos, sin molestarse en llamar. A Courtney no le importó, ya que estaba habituada a que él invadiera su intimidad.

Su aspecto la alarmó. Era similar al de ella momentos antes y se frotaba un costado del cuerpo.

Al ver el agua en la tina, se alegró, musitando:

—Justamente lo que necesito.

—No pensarás guardar silencio —dijo ella con firmeza.

—No hay nada que decir —la eludió; luego suspiró—. No lo maté. Pero tampoco podía quedarme de brazos cruzados. Calida salió de la cocina en cuanto te marchaste. De lo contrario, la hubiera estrangulado.

—Pero, Chandos, Mario no hizo nada.

—Te tocó.

Ella estaba azorada. Era una respuesta absolutamente posesiva. Estuvo a punto de decirlo, pero se contuvo.

—¿Quién ganó?

—Podría decirse que empatamos —dijo él, sentándose en la cama con un quejido—. Pero creo que el hijo de puta me ha roto una costilla.

Ella se acercó de inmediato y trató de abrir su camisa.

—Déjame ver.

Él tomó las manos de Courtney antes de que pudiera tocarlo, y ella lo miró, interrogante. La mirada de Chandos era muy significativa, pero ella no lograba descifrarla por completo. No sabía en qué forma reaccionaba él cada vez que ella lo tocaba.

Courtney dio un paso atrás.

—Deseabas darte un baño —dijo, avergonzada—. Te dejaré a solas.

—Puedes permanecer aquí. Confío en que te volverás de espaldas.

—No sería correcto...

—Quédate.

—Está bien.

Courtney se volvió y fue hacia la ventana; tomó una silla y se sentó, con la espalda rígida y los dientes apretados, aguardando en silencio.

—¿Cómo está tu tobillo? —preguntó él.

—Mejor.

Él frunció el ceño.

—No pongas mala cara, Ojos de Gato.

—Es que no deseo que hables con Calida, si no es en mi presencia.

Ella oyó cómo la ropa de Chandos caía al suelo, prenda por prenda, y trató de concentrarse desesperadamente en el paisaje exterior.

Cuando las botas de Chandos cayeron al suelo, ella dio un respingo.

Estaba muy bien que él deseara que ella permaneciera cerca para protegerla, pero en ese momento, Courtney no se lo agradeció. ¿Acaso él no sabía que ella estaba imaginando todos sus movimientos? ¿Con cuánta frecuencia lo había visto con el torso desnudo? Ella conocía muy bien el cuerpo de Chandos y en ese instante lo recordaba nítidamente, como si lo estuviese viendo. Su pulso se aceleró.

Se oyó el ruido del agua y el aliento entrecortado de él. El agua debía estar fría, y ella imaginó que la piel de Chandos se habría erizado y se imaginó a sí misma frotándola.

Courtney se puso de pie. ¿Cómo se atrevía a someterla a esto? Tuvo la sensación de que se derretía interiormente. Él se bañaba alegremente, sin pensar en las consecuencias. ¡Qué insensible!

—Ojos de Gato, acuéstate y descansa.

Su voz era ronca y sonaba como una caricia.

—¿Arreglaste tus asuntos en Paris? —preguntó ella, débilmente.

—Debo ir a San Antonio.

—¿Antes o después de dejarme en Waco?

—Después —respondió—. Y debo apresurarme, de modo que viajaremos de prisa. ¿Podrás?

—¿Acaso puedo escoger?

Courtney se encogió al escuchar el resentimiento de su propia voz. Pero no podía evitarlo. Estaba segura de que él simulaba tener asuntos pendientes en San Antonio para deshacerse de ella lo antes posible.

—¿Qué ocurre, Ojos de Gato?

—Nada —respondió ella, fríamente—. ¿Nos marcharemos hoy?

—No. Necesito descansar. Y no creo que tú hayas dormido bien esta noche.

—No.

Se produjo un silencio y luego él agregó:

—¿Tienes algo con qué vendar esta costilla?

—¿Por ejemplo?

—Una enagua.

—No las mías —replicó ella—. Sólo traigo dos. Iré a pedir...

—No importa —interrumpió él—. Tal vez no esté rota; sólo golpeada.

Por Dios, ¿no podía alejarse de la habitación ni un instante?

—¿Me han amenazado, Chandos? ¿Existe alguna razón determinada por la que deba permanecer aquí contigo?

—Supuse que estabas habituada a estar a mi lado, Ojos de Gato. ¿Por qué estás tan asustada, de pronto?

—Porque no es decente que esté aquí mientras te bañas —explotó ella.

—Si es eso lo que te molesta, me rindo.

Courtney miró a su alrededor. La tina estaba vacía y Chandos estaba sentado sobre el borde de la cama. Tenía una toalla alrededor de sus caderas. Volvió a mirar hacia la ventana.

—Por Dios, ponte la ropa.

—Temo que dejé mi ropa en la cocina.

—Yo traje tus alforjas —dijo ella secamente—. Están allí, junto al tocador.

—Entonces alcánzamelas, por favor. Creo que no puedo moverme.

De pronto, tuvo la impresión de que estaba jugando con ella, pero desechó la idea. Frunciendo el ceño, tomó las alforjas y las dejó sobre la cama, desviando la vista.

—Si estás tan fatigado —dijo ella— usa mi cama. Podré dormir en otra habitación.

—No —dijo él, y su tono era contundente—. Esta cama es lo suficientemente amplia para ambos.

Ella inspiró profundamente.

—No tiene gracia.

—Lo sé.

Ella lo miró, inquiriendo:

—¿Por qué haces esto? Si piensas que podré dormir estando a tu lado, estás loco.

—Aún no te han hecho el amor en una cama, ¿verdad, Ojos de Gato?

Él sonrió y ella contuvo el aliento. Le temblaron las rodillas; se tomó del poste de la cama.

Él se puso de pie. La toalla cayó al suelo y ella supo que hablaba en serio. Tenía el cuerpo suave y húmedo y ella deseaba tanto arrojarse en sus brazos...

Pero no lo hizo. Deseaba hacer el amor, pero no podía tolerar la indiferencia de él después; ya no.

—Ven aquí, gatita. —Levantó el mentón de Courtney—. Has estado rezongando toda la mañana. Ahora ronronea para mí.

—No lo hagas —murmuró ella, antes de que los labios de él se apoyaran sobre los suyos.

Él se echó hacia atrás sin soltarla. Le acarició los labios con los pulgares y ella se acercó a él.

Él sonrió.

—Lo lamento, gatita, No quise que sucediera. Lo sabes.

—Entonces no hagas esto —rogó ella.

—No puedo evitarlo. Si hubieras aprendido a no demostrar tan abiertamente tus sentimientos, no me hallaría en esta situación. Pero cuando sé que me deseas, me vuelvo loco.

—Eso es injusto.

—¿Crees que me agrada perder el control de esta manera?

—Chandos, por favor...

—Te necesito... pero no es sólo eso. —La acercó hacia sí y besó su mejilla—. Él te tocó. Debo borrar eso de tu memoria... Debo hacerlo.

¿Cómo podía ella resistirse, después de eso? Quizás él nunca lo admitiera, pero esas palabras demostraban cuánto le importaba ella.

37

El cielo nocturno semejaba un terciopelo negro, tachonado de brillantes. A lo lejos, se oía el mugido del ganado y, más lejos aun, el aullido de un lince. Era una noche fresca y la brisa mecía las copas de los árboles que coronaban la colina.

Los caballos treparon la cuesta y se detuvieron bajo un árbol. Decenas de luces se extendían en la planicie. Courtney suspiró.

—¿Qué pueblo es ése?

—No es un pueblo. Es el rancho de Fletcher Straton, él hace todo a lo grande.

Courtney conocía ese nombre. Lo había leído en el artículo del periódico en el que aparecía la fotografía de su padre. Fletcher Straton era un granjero cuyos hombres habían apresado al ladrón de ganado que luego fue entregado a la justicia en Waco.

—¿Por qué nos detenemos? —preguntó Courtney cuando Chandos, apeándose de su caballo, se acercó al de ella—. No vamos a acampar aquí ¿verdad? Waco está muy cerca.

—Faltan más de seis kilómetros para llegar al pueblo. La tomó de la cintura para ayudarla a desmontar. No lo había hecho desde que partieron de Alameda. No había estado tan cerca de ella desde Alameda.

Cuando los pies de Courtney tocaron el suelo, ella quitó sus manos de los hombros de Chandos, pero él continuó tomando su cintura.

—¿No podríamos continuar hasta Waco? —preguntó ella.

—No estoy acampando, Ojos de Gato —dijo él tiernamente—. Me estoy despidiendo.

Aturdida, Courtney permaneció inmóvil.

—¿No... no me vas a llevar a Waco?

—Nunca pensé hacerlo. Hay allí personas a las que no deseo ver. Y tampoco podría dejarte sola en Waco. Debo asegurarme de que estés con alguien en quien confío. En el Bar M hay una dama amiga mía. Es la mejor solución.

—¿Me vas a dejar con otra de tus amantes? —exclamó incrédula.

—¡Maldición, no! Margaret Rowley es el ama de llaves de Straton. Es una señora inglesa, una persona muy maternal.

—Una ancianita, supongo —dijo ella con brusquedad.

Él ignoró su tono y dijo alegremente:

—Sea como sea, no la llames de ese modo. Se ofendió cuando yo lo hice, en una ocasión.

Courtney estaba muy angustiada. Realmente él pensaba dejarla. Iba a salir de su vida, sin más. Ella había llegado a creer que significaba algo para él.

—No me mires así, ojos de gato.

Chandos se volvió. Aturdida, ella lo contempló mientras él rompía algunas ramas y encendía fuego. Las llamas iluminaron sus rasgos afilados.

—Debo llegar a San Antonio antes de que sea demasiado tarde —declaró él enérgicamente—. No tengo tiempo de aguardar a que te establezcas en el pueblo.

—No hace falta que lo hagas. Mi padre es médico. Si está allí, no me será difícil hallarlo.

—Si está allí. —Las chispas saltaron por el aire—. Si no lo está, aquí al menos tendrás a alguien que te ayude a pensar en tus planes futuros. Margaret Rowley es una buena mujer y conoce a todos en Waco. Sabrá si tu padre está allí, de modo que te enterarás esta noche —dijo para tranquilizarla.

—¿Lo sabré? ¿No vas a aguardar hasta saberlo?

—No.

Ella lo miró con desconfianza.

—Ni siquiera vas a llevarme hasta allá, ¿verdad?

—No puedo. En el Bar M hay personas a las que no deseo ver. Pero aguardaré aquí hasta verte entrar.

Finalmente, Chandos la miró. La angustia lo invadió. En los ojos de Courtney había mucho dolor, incredulidad y confusión. Y estaba tratando de contener las lágrimas.

—¿Crees que deseo dejarte aquí? Juré no regresar jamás a este sitio.

Courtney se volvió para enjugar las lágrimas que brotaban de sus ojos, a su pesar.

—¿Por qué, Chandos? —dijo con voz ahogada—. Si este sitio no te agrada, ¿por qué me dejas aquí?

Él se acercó a ella y puso sus manos sobre los hombros de Courtney. La proximidad de Chandos la hizo llorar aun más.

—No me agradan las personas, Ojos de Gato, a excepción de la anciana señora. —Su voz era más serena—. Por alguna razón incomprensible a Margaret Rowley le agrada trabajar en el Bar M. Si conociera a otra persona en las inmediaciones, te llevaría a ella. No te traería aquí.

Pero ella es la única en la que puedo confiar sin preocuparme por ti.

—¿Preocuparte por mí? —Era demasiado mortificante—. Has hecho tu trabajo. Nunca volverás a verme. ¿Por qué tendrías que preocuparte?

Él la obligó a volverse para mirarlo a la cara.

—No me hagas esto, mujer.

—¿A ti? ¿Y yo? ¿Y mis sentimientos?

Él la sacudió, preguntando:

—¿Qué deseas de mí?

—Yo... yo...

No. No lo diría. No le rogaría. No le pediría que no la abandonara, aunque esa despedida la estuviera destrozando. Tampoco le declararía que lo amaba. Si él podía dejarla tan fácilmente, a él no le importaría.

Lo alejó. —No deseo nada de ti. Deja de tratarme como a una niña. Te necesité para que me trajeras hasta aquí; no para que me establecieras en ninguna parte. Puedo hacerlo por mi cuenta. Por Dios, no estoy indefensa. Y no me agrada ser entregada a extraños y...

—¿Has concluido? —preguntó él.

—No. Aún debemos aclarar cuánto te debo —añadió secamente—. Iré a buscarlo.

Trató de pasar junto a él, pero Chandos la tomó de un brazo. —No quiero tu maldito dinero.

—No seas ridículo. Por eso aceptaste...

—El dinero no tuvo nada que ver en esto. Te dije antes que no debías presuponer cosas respecto de mí, Ojos de Gato. No me conoces. No sabes nada de mí... ¿verdad?

Ya no la atemorizaba con esas actitudes.

—Sé que no eres tan malo como desearías que yo creyese.

—¿No? —Aferró el brazo de Courtney con más fuerza. —Quizás deba decirte por qué iré a San Antonio.

—Preferiría no saberlo —lo detuvo ella, incómoda.

—Voy a matar a un hombre —informó él fría, amargamente—. No será un acto legal. Lo he juzgado, lo he considerado culpable y pienso ejecutarlo. Sólo hay un inconveniente: la justicia lo tiene en su poder y piensan ahorcarlo.

—¿Y qué tiene eso de malo?

—Que debe morir en mis manos.

—Pero si la justicia lo tiene... ¿no pensarás arrebatárselo a la ley? —dijo ella con voz entrecortada.

El asintió.

—Aún no he pensado cómo liberarlo. Lo importante es que llegue antes de que lo ejecuten.

—Estoy segura de que debes tener tus motivos, Chandos, pero...

—No, maldición. —Él no deseaba su comprensión. Deseaba que lo rechazara para no tratar luego de volver por ella—. ¿Qué hace falta para abrirte los ojos? No soy como me imaginas.

—¿Por qué haces esto, Chandos? —exclamó ella—. ¿No te basta con abandonarme, con decirme que no te veré nunca más? ¿Deseas que también te odie? ¿Es eso?

—Me odias —dijo él tristemente—. Sólo que aún no lo sabes.

Un escalofrío premonitorio la invadió cuando vio que él sacaba un cuchillo de su cinto.

—¿Vas a matarme? —preguntó incrédulamente.

—No pude hacerlo hace cuatro años, Ojos de Gato. ¿Qué te hace pensar que podría hacerlo ahora?

—Entonces, ¿qué... qué quieres decir? ¿Hace cuatro años? —Ella miró fijamente la hoja del cuchillo que se hundía en el índice de la mano derecha de él—. ¿Qué haces? —murmuró.

—Si aún me deseas, el vínculo no se romperá jamás. Y debe ser roto.

—¿Qué vínculo? —La ansiedad quebró la voz de Courtney.

—El que formamos hace cuatro años.

—No comprendo... —La hoja del cuchillo se introdujo entonces en el índice izquierdo—. Chandos.

Él dejó caer el cuchillo. Courtney lo miró asombrada. Él se llevó las manos al rostro. Apoyó sus dos dedos sobre el centro de la frente y los deslizó hacia afuera, hacia las sienes, dejando huellas de sangre sobre sus cejas. Unió ambos dedos en el tabique de la nariz y los bajó por sus mejillas, hasta unirse en el mentón, dejando más huellas de sangre.

Durante un instante, Courtney sólo vio las rayas de sangre que dividían el rostro de Chandos en cuatro partes. Pero luego, reconoció los ojos azules, contrastando con la piel bronceada.

—Tú. Eras tú. ¡Oh, Dios mío!

No pudo soportar el viejo temor que la invadió, y corrió enloquecidamente. Él la alcanzó en la mitad de la colina. Ambos cayeron al suelo. Los brazos de Chandos la rodearon para protegerla del golpe y juntos rodaron hasta llegar al pie de la colina.

Cuando se detuvieron, Courtney trató de ponerse de pie, pero él se lo impidió.

El temor la retrotrajo a la granja de Elroy Brower.

—¿Por qué lo hiciste? ¿Por qué? —exclamó, aterrorizada—. ¡Oh, Dios! Quítate la sangre del rostro. Ese no eres tú.

—Soy yo —la contradijo él implacablemente—. Esto es lo que soy; lo que siempre he sido.

—No. —Ella sacudió violentamente su cabeza, negándolo una y otra vez—. ¡No, no!

—Mírame.

—No. Apresaste a mi padre. Tú apresaste a mi padre.

—No hice eso. Quédate quieta. —Tomó las manos que lo golpeaban y las oprimió contra los cabellos de ella, extendidos sobre el suelo—. Sólo apresamos al granjero. Dejamos a los demás, creyéndolos muertos.

—El granjero —dijo ella con voz ronca, recordando—. Sé lo que los indios hicieron con él. Mattie oyó hablar de eso en una ocasión y me lo dijo. ¿Cómo pudiste participar en eso? ¿Cómo permitiste que lo mutilaran en esa forma?

—¿Permitirles? —Él meneó su cabeza—. Oh, no; no puedes engañarte a ti misma hasta ese punto. Yo atrapé al granjero. Murió en mis manos.

—¡No! —gritó ella.

Pudo haberle dicho por qué, pero no lo hizo. Dejó que ella forcejeara hasta zafarse de él y luego la dejó alejarse hasta que desapareció en dirección al Bar M. La vio marcharse y luego se puso de pie.

Había hecho lo que se había propuesto. Había matado cualquier sentimiento que ella pudiera haber tenido hacia él. Ya nunca sabría si la vida que podía ofrecerle era aceptable para ella. La había liberado. Si pudiera liberarse de ella con la misma facilidad...

Chandos limpió la sangre de su rostro y se encaminó hacia la cima de la colina. Cuando llegó, los caballos se movieron. Tal vez lo habían hecho antes, cuando se acercó el vaquero, pero Chandos había estado muy pendiente de Courtney para advertirlo. Estaba tan distraído que sólo percibió la presencia del hombre en cuclillas frente al fuego, cuando estuvo a menos de un metro de distancia. Nunca supuso que volvería a ver a ese individuo.

—Tranquilo, Kane —dijo el hombre cuando la actitud de Chandos se tornó peligrosa—. No matarías a un hombre porque se ha demorado, ¿no? No pude ignorar tu fuego.

—Debiste hacerlo, Dientes de Serrucho —dijo Chandos con un tono de advertencia en la voz—. Esta vez debiste hacerlo.

—Pero no lo hice. Y olvidas quién te enseñó a usar ese revólver.

—No, pero he practicado mucho desde entonces.

El hombre mayor sonrió, mostrando una pareja hilera de dientes que le habían valido ese apodo. Solía decir que sus dientes eran antes tan desparejos que le impedían comer bien y decidió serrucharlos.

Era un hombre delgado, pero corpulento, de casi cincuenta años y tenía algunas canas entre sus cabellos castaños. Sabía de ganado, caballos y revólveres, en ese orden. Era el capataz del Bar M y el amigo más íntimo de Fletcher Straton.

—Demonios, no has cambiado, ¿verdad? —gritó Dientes de Serrucho, al ver que Chandos seguía tenso—. Cuando vi tu pinto no pude creerlo. Nunca olvido un caballo.

—Te sugiero que olvides que lo has visto y también que me has visto a mí —dijo Chandos, inclinándose para recoger el cuchillo que había dejado caer antes.

—También reconocí tu voz. —El hombre sonrió—.

No pude evitar escucharla, pues tú y esa mujer hablabais a los gritos. Extraña manera de atemorizarla. ¿No podrías satisfacer la curiosidad de este viejo?

—No.

—Lo supuse.

—Podría matarte y encontrarme a muchos kilómetros de aquí cuando hallaran tu cadáver. ¿Es la única manera de asegurarme que no dirás al viejo que me viste?

—Si estás de paso, ¿qué importa que lo sepa?

—No deseo que piense que puede usar a la mujer para atraparme.

—¿Puede?

—No.

—Respondiste con demasiada rapidez, Kane. ¿Estás seguro de haber dicho la verdad?

—Maldito seas —gruñó Chandos—. No deseo matarte.

—Está bien, está bien. —Dientes de Serrucho se incorporó lentamente con sus manos extendidas y evidentemente vacías—. Si lo tomas así, supongo que puedo olvidar que te he visto.

—Y no te acerques a esa mujer.

—Bueno, eso va a ser difícil, ¿no crees? Sobre todo después de haber visto cómo la abandonaste aquí.

—Permanecerá con Rowley, y no por mucho tiempo.

—Fletcher querrá saber quién es —dijo mirándolo intencionadamente.

—No la vinculará conmigo. Tú guarda silencio; eso es todo.

—¿Por eso la asustaste? ¿Para que no dijera nada?

—No insistas —dijo Chandos ásperamente—. Siempre te has entrometido en lo que no te concierne. La mujer no significa nada para mí. Y nada puede decir a Fletcher porque no sabe quién soy. Si cambias la situación sólo crearás una confusión innecesaria, pues no pienso volver por aquí.

—¿Adónde vas?

—Eres un maldito sabueso —fue la respuesta de Chandos.

—Fue una pregunta amistosa. —Dientes de Serrucho sonrió.

—No lo creo. —Chandos pasó junto a él y montó su caballo. Tomó las riendas del caballo de Trask y dijo—: Estos otros dos caballos son de ella. Puedes llevarlos a la casa o dejarlos para que otra persona venga a buscarlos. Probablemente, ella dirá que sufrió una caída y uno de los peones vendrá por ellos; a menos que la alcances antes de que llegue al rancho. Pero si lo haces, abstente de hacerle preguntas, ¿me oyes? Esta noche no está para interrogatorios.

Cuando Chandos se alejó, Dientes de Serrucho apagó el fuego.

—Con que no significaba nada para él, ¿eh? —Sonrió—. ¿Y piensa que alguien pueda creerle?

38

Las luces brillaban a lo lejos en la oscuridad de la noche. Aún se oían los mugidos de algunas vacas. Exteriormente, nada había cambiado; el cambio se había producido en el interior de Courtney. Cuánto dolor le producía comprobar que amaba a un salvaje... a un indio salvaje.

En esos momentos, la palabra «indio» era sinónimo de vil y terrorífico. Un carnicero salvaje. Pero no, su Chandos no era así. Y sin embargo, era verdad.

Cuando aún debía recorrer la mitad del camino para llegar al rancho, las lágrimas nublaron su visión y cayó de bruces, sollozando convulsivamente. No hubo ningún indicio de que él la siguiera. Ya no tendría sus fuertes brazos para consolarla, ni su voz para calmarla o para hacerle comprender la situación. Dios mío, ¿por qué?

Trató de recordar el día en que se produjo el ataque a la granja de Brower. No le resultó fácil. Había intentado con todo su empeño olvidar todo aquello. Pero logró revivir el terror que experimentó cuando se abrió la tapa del pozo. Creyó que iba a morir y se propuso no rogar por su vida. Y luego había visto al indio; no, a Chandos. Había visto a Chandos. Pero ese día él era realmente un indio; tenía el cabello largo y trenzado, el rostro pintado, un cuchillo en la mano. Y su intención había sido matarla. Había retorcido los cabellos de Courtney con su mano y ella había sido presa del terror; luego había visto sus ojos, que no eran los de un indígena. Sólo había pensado que esos ojos no combinaban con su rostro amenazante, que esos ojos no infundían terror.

Ahora sabía por qué, cuando lo vio por primera vez en Rockley, pudo confiarle su vida.

Chandos había mencionado un vínculo. ¿Qué había querido decir? ¿Un vínculo? ¿Y por qué había estado ese día con aquellos indios, atacando y matando?

Courtney dejó de llorar a medida que iba recordando más detalles de aquel día. Berny Bixler había mencionado a Sarah la palabra venganza. Los indios deseaban vengarse porque habían sufrido un ataque a su campamento. Dijo que John, el hijo de Lars Handley, quien se había marchado apresuradamente de Rockley, afirmaba que él y un grupo de vaqueros habían eliminado a todos los hombres, mujeres y niños de una banda de kiowas. Pero los indios muertos debieron ser comanches y no kiowas. Debieron ser amigos de Chandos. Recordó que Bixler dijo que los indios no se detendrían hasta no atrapar a todos los hombres involucrados en la matanza. Ella había imaginado que todos estaban muertos, a menos que... Trask. ¿Sería él uno de aquellos? Chandos le había dicho que era culpable de violación y asesinato. ¿Y el hombre de San Antonio? ¿También sería uno de ellos?

¿A quién pudo perder Chandos en la masacre para matar a Elroy Brower de la manera en que lo había hecho?

—¿Son suyos, señorita?

Sorprendida, Courtney se arrojó al suelo. El hombre se acercó y ella vio a la vieja *Nelly* y al pinto que nunca llegó a bautizar porque sabía que no podría guardarlo para sí. Chandos no se había llevado la yegua aunque pensó que lo haría.

—¿Dónde los... encontró? —preguntó con vacilación.

—Él se ha ido, si es eso lo que desea saber.

—¿Usted lo vio marcharse?

—Sí, señorita, lo he visto.

¿Por qué sintió temor al enterarse? ¿Sólo porque Chandos le dijera que no deseaba ver a nadie allí? Ya no debía continuar preocupándose por los problemas de él.

—Supongo que no lo conoce —dijo ella.

—Lo conozco.

Courtney montó sobre su pinto, más deprimida que antes. Había sucedido justamente lo que Chandos deseaba evitar. Si algo malo ocurriera, ella sería la culpable.

—¿Trabaja usted en el Bar M?

—Sí, señorita. Me llamo Dientes de Serrucho; es mi apodo.

—Yo soy Ojos de... —comenzó a decir ella, y luego se corrigió— Courtney Harte. No es mi deseo estar aquí. Hubiera preferido ir a Waco y tomar una habitación en... Hay hoteles allí ¿verdad?

—Sí, señorita, pero está a seis kilómetros y medio de aquí.

—Lo sé, lo sé —dijo ella con impaciencia— ¿Sería usted tan amable de acompañarme? Le estaría muy agradecida.

El hombre guardó silencio. No solía ser descortés con las damas e incluso era capaz de cambiar su ruta para serles útil. Pero ésta... planteaba muchos interrogantes. Era muy probable que Fletcher lo matara si averiguaba quién había llevado hasta allí a la joven y se enteraba de que él la había dejado escapar.

—Mire, señorita —dijo razonablemente—, acabo de bajar de la montaña y aún no he descansado, y probablemente usted tampoco lo ha hecho. Dadas las circunstancias, no es el momento oportuno para emprender viaje. Y debe tener algún motivo para haber venido al Bar M, ¿no?

—Sí —respondió Courtney, decepcionada—. Supuestamente, debo acudir a Margaret Rowley, una mujer a la que ni siquiera conozco, sólo porque él lo dijo. Por Dios, no soy una niña. No necesito una niñera.

El hombre encendió una cerilla y, durante un segundo, ambos pudieron mirarse. Dientes de Serrucho estuvo a punto de quemarse los dedos. Sonrió.

—Venga; la llevaré donde está Maggie.

—¿Maggie?

—Margaret. Tiene su propia casa en la parte posterior de la casa principal. Y no se preocupe. No hace falta conocer a Maggie para apreciarla. Estoy seguro de que usted le agradará.

—Es usted muy amable, pero... bueno, está bien. —Courtney emprendió la marcha, sabiendo que no tenía alternativa. Después de unos instantes, dijo—: ¿Sería mucho pedirle que no dijera quién me trajo hasta aquí, ni que usted lo ha visto?

—¿Por qué?

—¿Por qué? —Courtney reaccionó—. ¿Cómo puedo saber por qué? Chandos no suele dar explicaciones. Dijo que no deseaba ver a nadie aquí; es todo cuanto sé.

—¿Así se hace llamar ahora, Chandos?

Ella lo miró, inquiriendo:

—Creí que había dicho que lo conocía.

—Cuando estuvo aquí por última vez, respondía a un

nombre indígena muy largo e imposible de pronunciar o recordar.

—Es muy propio de él.

—¿Hace mucho que lo conoce? —preguntó él.

—No... bueno, si considera... no, eso no... No soy muy clara, ¿verdad? En realidad, hace alrededor de un mes que lo conozco. Me trajo desde Kansas.

—Kansas —dijo él con un silbido—. Eso está muy lejos de aquí.

—Así es.

—Tan lejos como para que pudieran llegar a conocerse muy bien —dijo él con tono intrascendente.

—Se supone que sí, ¿no es cierto? —dijo Courtney en voz baja—. Pero esta noche descubrí que no lo conocía en absoluto.

—¿Sabe usted adónde se dirige él, señorita Harte?

—Sí... —Se detuvo, contemplando al hombre que cabalgaba junto a ella. Quizás Chandos era buscado por la justicia en ese sitio—. Lo lamento, pero he olvidado el nombre de la ciudad que mencionó.

La risa del hombre la sorprendió.

—Aparentemente, él es muy importante para usted.

—No significa nada para mí —le aseguró ella altaneramente y él volvió a reír.

276

39

Antes de que llegaran a la entrada de la casa, Courtney oyó el rasguido de una guitarra. Luego vio la enorme
casa iluminada en su interior y en la galería del frente.
Allí había un grupo de hombres, sentados en sillas, ba-
randas e incluso en los anchos peldaños que conducían
a la gran puerta de entrada. Se oían risas y chanzas, junto con la música. Era una amable escena de camaradería
y ofrecía una buena impresión del Bar M. Obviamente,
era un sitio agradable donde vivir.

Pero Courtney experimentó cierta incomodidad al
ver que sólo había hombres en la galería; muchos hombres. Y, cuando la vieron, la música se interrumpió en
una nota discordante.

Cuando Dientes de Serrucho condujo los caballos
hasta la galería, se hizo un gran silencio. No se escuchó
ni un susurro.

En medio del silencio, su risa molestó a Courtney.

—¿Nunca han visto a una dama? Malditos... perdone usted, señorita... No se trata de una aparición. Dru,
levántate y ve a decir a Maggie que tiene una visita. —Un
hombre joven, de cabellos ensortijados, se puso de pie
y obedeció sin dejar de mirar a Courtney—. Ésta es la señorita Harte —dijo Dientes de Serrucho, dirigiéndose
a los demás—. No sé durante cuánto tiempo permane-

cerá aquí. No sé si volverán a verla, de modo que quítense los sombreros para saludarla, ahora que tienen la oportunidad. —Algunos hombres lo hicieron y los restantes continuaron mirándola fijamente—. Nunca he visto tantos tontos juntos. Venga usted, señorita —añadió su custodio.

Courtney sonrió levemente y luego marchó detrás de él hacia un costado de la casa. Oyó un gran ruido de botas sobre la galería y supo que, si se volvía, vería a todos esos vaqueros inclinados sobre la baranda para observarla.

—Lo disfrutó usted ¿verdad? —dijo a Dientes de Serrucho, que marchaba delante de ella.

—Me divierte incomodar a los muchachos. —Rió, encantado—. Pero no creo que sus lenguas se muevan con tanta rapidez como sus cerebros. Usted es una mujer muy hermosa, señorita. Durante un mes se harán bromas entre sí porque ninguno fue capaz de decirle a usted nada. —Llegaron a la parte trasera de la casa—. Hemos llegado. En cualquier momento aparecerá Maggie.

Dientes de Serrucho se detuvo frente a una casa que parecía pertenecer a la campiña de Nueva Inglaterra y no a las llanuras de Texas.

Courtney quedó fascinada por la pequeña casa. Tenía una cerca de estacas puntiagudas, un sendero bordeado de flores, celosías en las ventanas y macetas con flores en los alféizares. Pintoresca y hermosa, estaba fuera de lugar detrás del enorme rancho texano. En el frente tenía césped y, hacia la izquierda, se veía un añoso árbol. Incluso había un enrejado sobre la puerta de entrada, cubierto por una vid.

—¿Señorita Harte?

Courtney dejó de contemplar la casa y el hombre la ayudó a desmontar. Comprobó que no era un hombre muy alto y que tenía cuerpo robusto, pero sus ojos grises tenían una mirada bondadosa.

Una puerta se cerró en la parte posterior del rancho.

—Debe ser Maggie.

Y era. Caminando apresuradamente por el terreno que separaba las dos casas apareció una mujer menuda, envuelta en un chal. La luz de la casa grande permitió a Courtney ver que la mujer tenía cabellos canosos, un cuerpo algo rollizo y, cuando se acercó a ellos, un par de ojos verdes muy vivaces.

—¿Quién es mi visitante, Dientes de Serrucho?

—Ella te lo dirá —respondió él. Luego añadió—: La ha traído un amigo tuyo.

—¿Sí? ¿Quién?

Courtney miró al hombre y se tranquilizó al percibir que no iba a decirlo. Courtney respondió:

—Chandos. Al menos así se hace llamar.

Maggie repitió el nombre para sí misma, pensativamente, meneando la cabeza.

—No, no. No recuerdo ese nombre. Pero son tantos los jóvenes que van y vienen, y me agrada pensar que he impresionado bien a algunos. Es agradable ser considerada una amiga.

—Pero Maggie —se burló Dientes de Serrucho—, cualquiera diría que nadie te quiere en el rancho.

Courtney vio con placer que otra persona se ruborizaba, que ella no era la única a quien le sucedía. Maggie le agradó de inmediato. Pero la dignidad, se dijo, es la dignidad.

—Si no recuerda a Chandos, no puedo imponerle mi presencia...

—Tonterías. Y hablo en serio, niña. Cuando usted me hable de él y refresque mi memoria, lo recordaré. Nunca olvido a ninguna persona, ¿verdad, Dientes de Serrucho?

—Así es. —Él rió—. Traeré su bolso, señorita —dijo a Courtney.

Courtney fue con él hacia el lugar donde estaban los caballos y le susurró:

—¿Puedo hablarle de él? No me dijo... ¡oh, Dios! no sé qué deseaba eludir aquí. Pero usted lo sabe, ¿no es así?

—Sí, lo sé. Y puede hablarle a Maggie de él. Ella siempre lo apoyó.

Esa afirmación despertó la curiosidad de Courtney y trató de seguir hablando, pero él agregó:

—La acompañaré hasta donde están sus caballos, señorita. Y espero, bueno, espero que permanezca aquí durante algún tiempo.

Ella comprendió el significado de sus palabras.

—Chandos no regresará por mi causa.

—¿Está segura, señorita?

Se llevó los caballos. Courtney quedó allí de pie, con su bolso en la mano, hasta que Maggie fue a buscarla para conducirla por el sendero bordeado de flores hasta la casa.

—No se la ve feliz, muchacha —observó Maggie amablemente—. El hombre que la trajo hasta aquí, ¿es importante para usted?

Courtney no pudo responder la verdad.

—Fue mi acompañante. Le pagué para que me llevara a Waco, pero rehusó el dinero. Tampoco quiso llevarme hasta allá. En cambio, me trajo aquí, porque dijo que usted era una amiga; que era la única persona en la que podía confiar en este sitio, y no deseaba que yo permaneciera sola. Por Dios, parece una broma. Se preocupaba por mí y ahora se ha desentendido de mí. —Ese terrible nudo en la garganta volvía a aparecer—. Simplemente me... me abandonó aquí. Me sentí tan...

Se echó a llorar y, cuando Maggie le ofreció su hombro, Courtney se apoyó en él. Era muy embarazoso. Pero el sufrimiento era muy grande y no lo podía reprimir.

Courtney sabía que no tenía derecho a pedir nada a Chandos y sabía también que él no era como ella había creído. Había en él una actitud vengativa que ella no podía comprender. Pero, a pesar de eso, y a pesar de que sería mejor para ella no volver a verlo, sufría su abandono, su traición.

Maggie hizo sentar a Courtney en un sofá, un fino sofá Chippendale que luego Courtney admiraría, y le entregó un pañuelo con bordes de encaje. Dejó a Courtney a solas durante unos instantes, mientras encendía algunas lámparas. Luego regresó para abrazar a Courtney hasta que la joven se tranquilizó.

—Bueno, bueno —dijo Maggie, reemplazando el pañuelo húmedo por otro—. Siempre he dicho que hace bien llorar a gusto. Pero es algo que no se puede decir a un hombre, y aquí sólo hay hombres. Es agradable poder ser maternal con una mujer, para variar.

—Lamento haberme comportado de esta manera —se disculpó Courtney.

—No, niña, no lo lamentes. Cuando una persona necesita llorar, debe hacerlo. ¿Te sientes mejor?

—En realidad, no.

Maggie le dio una palmadita en la mano, sonriendo tiernamente, mientras preguntaba:

—¿Tanto lo amas?

—No —se apresuró a responder Courtney, con firmeza. Luego añadió sin entusiamo—: Oh, no lo sé. Lo amaba, pero no puedo seguir amándolo después de lo que descubrí esta noche: el salvajismo de que es capaz.

—Por Dios, ¿qué te ha hecho, querida? —murmuró Maggie.

—A mi, nada. Pero mutiló a un hombre y lo mató para vengarse.

—¿Te habló de eso? —preguntó Maggie, sorprendida.

—Ya lo sabía. Chandos sólo me confirmó que lo había hecho. Y ahora se dirige a matar a otro hombre, tal vez de la misma horrible manera. Quizás esos hombres merecían su venganza. No lo sé. Pero, matar con tanta... tanta crueldad.

—Los hombres hacen cosas terribles, hija. Sólo Dios sabe por qué, pero las hacen. Al menos, la mayor parte de ellos tiene un motivo para hacerlo. ¿Lo tiene él?

—No estoy segura —dijo Courtney en voz baja, relatando lo que sabía de aquella matanza de indios que se había producido hacía ya mucho tiempo—. Sé que tenía amigos comanches —dijo—. Puede que haya vivido con ellos. Pero ¿es ésa una razón para una violencia tan atroz?

—Quizá tenía una esposa entre ellos —sugirió Maggie—. Muchos hombres blancos tienen esposas indias. Y si la violaron antes de matarla, se explicaría la mutilación.

Courtney suspiró. No había deseado pensar en la existencia de una esposa, pero era probable que Maggie tuviera razón. Eso explicaría por qué Chandos conocía tan bien a los indios. Naturalmente, Maggie sólo hacía conjeturas.

—En realidad no importa si puedo perdonar lo que hizo, o comprenderlo —murmuró Courtney—. No volveré a ver a Chandos nunca más.

—Y eso te hace muy desdichada... No, no digas que no, muchacha. Debo admitir que tengo una gran curiosidad por saber quién es este joven. ¿Puedes describírmelo? Estoy ansiosa por recordarlo.

Courtney se miró fijamente las manos, entrelazadas sobre su regazo.

—Chandos es un tirador. Y muy bueno. Por eso me sentí segura viajando con él. Es alto, moreno y muy apuesto. Tiene cabellos negros y ojos azules. —Maggie no hizo comentario alguno y Courtney prosiguió—. Es callado. No le agrada hablar mucho. Es muy difícil obtener de él cualquier información.

Maggie suspiró.

—Acabas de describir a una docena de hombres que he visto llegar a este rancho y después marcharse, querida mía.

—No sé qué otra cosa puedo decirle... Ah, Dientes de Serrucho dijo que Chandos usaba un nombre indígena cuando estuvo aquí.

—Bueno, eso es más explícito. Ha habido dos jóvenes con nombres indígenas. Uno de ellos era mestizo... y sí, tenía ojos azules.

—Chandos podría ser medio indio, aunque él asegura que no lo es.

—Bien, si no lo es, entonces... —Maggie hizo una pausa y frunció el ceño—. ¿Por qué no vino contigo?

—No quiso. Dijo que aquí había personas a las que no deseaba ver. Temo que haya hecho algo aquí. Quizá lo busca la justicia o algo semejante.

—¿Dijo algo más, muchacha? —preguntó Maggie con cierta urgencia en su voz.

Courtney sonrió tímidamente.

—Me advirtió que no dijera que usted era una anciana. Dijo que, cuando él lo hizo, usted se ofendió.

—¡Dios mío! —exclamó Maggie.

—¿Sabe quién es? —preguntó Courtney esperanzada.

—Sí, sí. Fue ese día en que nos hicimos amigos. No era fácil... relacionarse con él.

—¿Lo busca la justicia? —preguntó Courtney muy suavemente. Debía saberlo.

—No, a menos que te refieras a la justicia de Fletcher. No se marchó en buenos términos con él, y Fletcher dijo algunas cosas terribles. Ambos las dijeron. Pero eso ocurrió hace cuatro años, y Fletcher lamenta...

—¿Cuatro años? —interrumpió Courtney—. Pero en esa época estaba con los comanches.

—Sí; había regresado con ellos... —Maggie se interrumpió y se llevó una mano al pecho—. Dios mío, ese ataque; debe haber sido... Su madre vivía con los comanches. Y también su hermanastra, a la que adoraba. Ambas deben estar muertas... ¡Oh, pobre muchacho!

Courtney palideció. ¿Su madre? ¿Una hermana? ¿Por qué no le habló de ellas? En una ocasión mencionó a su hermana y dijo que ella lo llamaba Chandos. Dijo que usaría ese nombre hasta que concluyera lo que debía hacer... para que su hermana dejase de llorar y durmiese en paz.

Courtney miró sin ver por la ventana. No había comprendido antes. Esos hombres habían matado a su madre y a su hermana. Debió haber sufrido muchísimo. Ella misma nunca pudo creer que su padre estuviera muerto, pero había sufrido enormemente al estar separada de él. Pero Chandos quizá vio los cadáveres...

—Señora, ¿puedo... podemos hablar de otra cosa, por favor? —rogó Courtney, temiendo echarse a llorar nuevamente.

—Por supuesto —dijo Maggie comprensivamente—. ¿Por qué no me dices por qué estas aquí?

—Sí. —Courtney se aferró a ese tema—. Estoy aquí para hallar a mi padre. Chandos dijo que usted sabría si está viviendo en Waco. Dijo que usted conocía a todo el mundo. ¡Oh, Dios! ni siquiera me he presentado. Soy Courtney Harte.

—¿Harte? En Waco hay un doctor Harte, pero...

—Es él —exclamó Courtney, poniéndose de pie por la emoción—. Yo estaba en lo cierto. ¡Está vivo! ¡Está aquí! Lo sabía.

Maggie meneó la cabeza, perpleja.

—No comprendo, muchacha. Ella Harte dijo a Sue Anne Gibbons, en ocasión del último almuerzo campestre parroquial, que la única hija del doctor Harte había muerto durante un ataque de los indios.

Courtney miró a la mujer con asombro.

—¿Creyó que yo había muerto?

—En un incendio que destruyó una granja —completó Maggie—. Dijo que supuso que te habías refugiado en la casa con tu madrastra. Se lo dijo a Sue Anne.

—Pero estábamos en el granero, dentro de un pozo.

Maggie meneó la cabeza, completamente confundida. Antes de que pudiera decir nada Courtney preguntó:

—¿Quién es Ella?

—La esposa del doctor Harte. Se han casado hace dos meses.

Courtney volvió a tomar asiento; su entusiasmo ya no era tan grande. ¡No! ¡Otra esposa! No era justo. ¿Jamás podría tenerlo para ella, ni siquiera durante un lapso breve? Había llegado con dos meses de retraso.

Desalentada, exclamó a la manera de Chandos.

—¡Maldición!

40

La cocina estaba muy bien iluminada y casi vacía; sólo estaba Dientes de Serrucho sentado frente a la mesa, bebiendo un gran vaso de leche y una porción de pastel de cerezas. Cuando la puerta de atrás se abrió, y entró Maggie, él ni se movió. Conocía sus pisadas. Maggie tenía una expresión de ansiedad en el rostro. El hombre se echó hacia atrás en su silla y la miró fijamente.

—¿Vas a decírselo?

Maggie lo miró.

—Lo sabías. ¿No pensaste decírselo?

—No. Deseaba aguardar hasta saber qué harías tú. Además —él sonrió— el muchacho me hizo jurar que me olvidaría de haberlo visto. Fue muy persuasivo al respecto. Tú sabes cómo es.

Maggie se cruzó de brazos, contemplando la puerta que separaba la cocina del resto de la casa...

—¿Aún está levantado?

—Creo que sí. Es temprano. ¿Cómo está la joven dama?

—La convencí para que se acostara. ¿Sabías que es la hija del doctor Harte?

—¿De verdad? Bueno, en parte me tranquiliza. Al menos sé que permanecerá por aquí durante un tiempo; aquí o en el pueblo.

—No estoy muy segura de eso —suspiró Maggie—. La muchacha quedó muy consternada al enterarse de que su padre había vuelto a casarse. Es una joven muy desdichada.

—Eso cambiará pronto, cuando Kane regrese.

—¿Crees que regresará? —preguntó Maggie, ansiosa—. Nunca le dio importancia a nada, Maggie; pero esta noche comprobé que esa muchacha es sumamente importante para él. Tú también debes haberlo percibido; de lo contrario no pensarías si debes o no decírselo a Fletcher.

—Ése no es mi motivo —dijo Maggie tristemente, en voz baja—. Si eso fuera todo, no lo perturbaría, haciéndole correr el riesgo de desilusionarse. Pero la señorita Harte me dijo que hace cuatro años, un grupo de comanches fue masacrado en Kansas por hombres blancos y, desde entonces, el muchacho ha estado buscando a los asesinos para vengarse.

—¡Maldición! Entonces Meara ha muerto.

—Así parece —respondió Maggie—. Víctima de asesinato. Y Fletcher tiene derecho a saberlo.

Se oyeron voces que aumentaban de volumen a medida que se acercaban a la casa. Courtney despertó. Entonces, se abrió violentamente la puerta y Courtney se sentó, cubriendo su camisa de dormir con las mantas. En el umbral apareció un hombre enorme. Detrás de él estaba Maggie, quien lo hizo a un lado y entró en la habitación. Miró atentamente a Courtney y luego se volvió hacia el hombre.

—¿Ves lo que has hecho? —lo increpó Maggie en voz alta, muy exasperada—. Has atemorizado a la pobre muchacha. Podrías haber aguardado hasta mañana.

El hombre entró en la habitación, y amable, pero firmemente, hizo a Maggie a un lado. Pero su mirada estaba fija en Courtney, y su expresión era muy decidida.

Era alto y musculoso, con grandes hombros y brazos gruesos. Sus ojos pardos eran expresivos y sus cabellos castaños tenían un mechón de canas en el centro de la frente. Su espeso bigote también tenía algunos cabellos grises. Courtney pensó que sería un hombre apuesto si su aspecto no fuera tan severo.

Courtney se irguió en el sofá. La casa tenía solamente un dormitorio, y ella se había negado a usar la cama de Maggie.

—¿Quién es usted, señor? —preguntó ella.

Su tono directo lo desconcertó. Incluso miró a Maggie como preguntando si ésa era la pobre muchacha atemorizada. Parecía pertenecer a la clase de hombre acostumbrado a que todos le obedecieran al instante. ¿Sería el dueño del Bar M?

—Soy Fletcher Straton, señorita Harte —dijo él con voz áspera—. Me han dicho que conoce muy bien a mi hijo Kane.

—No, no lo conozco —replicó Courtney—. Y si ésa es la razón por la que ha entrado tan intempestivamente...

—Usted lo conoce por el nombre de Chandos.

Ella entrecerró los ojos.

—No le creo. Lo mencionó a usted por su nombre. Si fuera su padre, me lo hubiera dicho, y no lo hizo.

—Kane no me ha llamado padre desde que Meara se lo llevó —respondió Fletcher—. Meara es su madre; una irlandesa terca de cabellos negros que no perdona a nadie. Él tiene sus mismos ojos. Por eso lo reconocí cuando apareció por acá, diez años después de que yo los diera a ambos por muertos.

Estupefacta, Courtney miró a Maggie.

—Es verdad, niña —dijo Maggie, suavemente—. Y no hubiera traicionado tu confianza si no fuera porque él tiene derecho a saberlo. —Se miró las manos.— Fletcher, no me has dado oportunidad de decirte todo cuanto tenía que decir y viniste de inmediato a ver a la señorita Harte. No es fácil decirte esto. Temo que Meara está muerta; ella y los comanches con quienes vivía. De acuerdo con el relato de la señorita Harte, parece que, cuando Kane se marchó de aquí, regresó al campamento y los halló muertos y, desde entonces, ha estado buscando a los blancos que los mataron.

El hombre perdió la compostura. El dolor transfiguró sus rasgos y de pronto, pareció mucho mayor. Pero después de un instante, recuperó el control de sí mismo y su expresión se endureció.

—¿Kane le dijo que su madre había muerto? —preguntó a Courtney.

Ella hubiera deseado darle alguna esperanza. No sabía muy bien por qué, pero lo hubiera deseado. Se cuestionó por qué. La primera impresión que ese hombre le había causado era la de un ser duro y severo. Ni siquiera le agradaba a su propio hijo, pero...

—Chandos jamás mencionó a su madre —dijo ella sinceramente—. Supe que hubo una masacre. Vi a Chandos cabalgando junto a los comanches sobrevivientes que atacaron la granja en la que yo me alojaba. Ese día, Chandos me perdonó la vida; casi todos los demás murieron. Fue horrible lo que hizo con el granjero que había participado en el asesinato de los indios. Pero si su madre había sido vio... asesinada, puedo comprender por qué lo hizo.— Hizo una pausa y luego, cautelosamente, agregó—: Pero si usted me pide pruebas, no puedo dárselas. Deberá preguntarle a Chandos.

—¿Dónde está?

—No se lo puedo decir.

—¿No puede, o no desea decirlo? —preguntó él.

Ante su agresividad, Courtney dejó de compadecerlo.

—No deseo hacerlo. No lo conozco, señor Straton. Sólo sé que Chandos no deseaba verlo a usted. Por lo tanto, ¿por qué habría de decirle dónde puede hallarlo?

—Es usted leal, ¿verdad? —gruñó él, poco habituado a verse frustrado—. Pero deseo recordarle que está usted durmiendo bajo mi techo.

—En ese caso, me marcharé —replicó Courtney. Se puso de pie, envolviéndose en una manta.

—Siéntese, maldición.

—No lo haré.

En medio del tenso silencio, Maggie rió discretamente.

—Creo que deberás cambiar de táctica, Fletcher. La joven ha estado en compañía de tu hijo durante un mes. Se ha tornado tan desafiante como él; al menos en lo que a ti respecta.

Fletcher miró severamente a Maggie. Courtney también.

—Imaginé que un viejo como tú, Fletcher Straton, habría aprendido algo de sus errores —arriesgó Maggie con firmeza—. ¿No te ha ocurrido antes lo mismo? ¿Acaso no te he oído decir cientos de veces que si tuvieras la oportunidad, harías las cosas de otra manera? Y bien, quizás ésta sea esa oportunidad, pero, por lo que veo, cometerás las mismas equivocaciones. Ya has cometido una muy grande: en lugar de preguntar a la joven, de explicarle que deseas saber algo de Kane, la hostigas. ¿Por qué habría ella de hablar contigo? Sólo está aquí para pasar la noche bajo mi techo, dicho sea de paso. No depende de ti, Fletcher. ¿Por qué habría de molestarse en hablar contigo? Yo no lo haría.

Después de su arenga, Maggie salió de la casa. El silencio que se produjo a continuación, fue sumamente incómodo. Courtney volvió a sentarse en el sofá y se arrepintió de haberse enfadado. Después de todo, éste era el padre de Chandos. Y cada uno de ellos poseía información acerca de Chandos que el otro deseaba conocer.

—Lo lamento —comenzó a decir ella; luego sonrió porque Fletcher dijo las mismas palabras simultáneamente—. Quizá podamos volver a empezar, señor Straton. ¿Puede decirme por qué Chandos no quiso ni acercarse a este sitio?

—Chandos —gruñó él, contrariado—. Maldición, y perdone usted, pero ese muchacho es capaz de usar cualquier nombre, menos el que yo le di. Cuando estuvo aquí, no respondía cuando lo llamaba Kane. Se lo podía llamar de cualquier otra manera, incluso, diciéndole «oye, tú», pero cuando lo llamaban Kane, no se daba por aludido.

—No me pida que lo llame Kane —dijo Courtney con firmeza—. Para mí, es Chandos, simplemente Chandos.

—Está bien, está bien —protestó suavemente Fletcher—. Pero no espere que yo lo llame Chandos.

—De acuerdo —sonrió Courtney.

—Respecto de su pregunta, no me sorprende que Kane no deseara que yo supiera que estaba cerca de aquí.

Hace cuatro años, cuando se marchó, envié a cuatro de mis hombres para que lo obligaran a regresar. Naturalmente, no lo alcanzaron. Durante tres semanas, jugó con ellos al escondite; supongo que luego se hartó y desapareció. Sabe que trataría nuevamente de retenerlo. Probablemente por eso no deseó que nadie supiera que andaba por aquí.

—¿Trataría usted de retenerlo?

—Maldición, por supuesto que lo haría —dijo Fletcher obstinadamente—. Pero —agregó con vacilación, contemplándose las manos— no de la misma manera. Esta vez le pediría que permaneciese aquí. Haría todo lo posible por demostrarle que sería diferente, no como antes.

—¿Cómo era... antes?

—Cometí un error tras otro —admitió Fletcher tristemente—. Ahora lo comprendo. Lo traté como a un niño cuando, a los dieciocho años, ya era un hombre para los comanches. Tenía dieciocho años cuando regresó. Luego cometí la estupidez de intentar hacerle olvidar todo cuanto había aprendido con los comanches; eran cosas muy naturales para él, pues había estado entre ellos durante mucho tiempo. Le permití que me sacara de quicio reiteradamente. No podía tolerar que rechazara cuanto yo le ofrecía.

—Usted dijo que durante diez años lo creyó muerto. ¿Vivió él con los comanches durante ese tiempo?

—Sí, con su madre. Ella me abandonó. No la culpo por eso. Pero no debió llevarse al niño. Ella sabía que yo lo amaba mucho.

—No se puede esperar que una madre abandone a su hijo.

—No, pero cuando dos personas no se llevan bien, hay otras maneras de separarse. Le hubiera dado cuanto me pidiera. La hubiera instalado en el lugar que escogiese. Sólo le hubiera pedido ver a Kane con frecuencia. Pero ella desapareció. Nunca comprendí cómo lo logró, hasta que regresó Kane. Entonces supe dónde se habían ocultado durante todos esos años. Al comienzo, no se ocultaron, sino que fueron capturados por los kiowas y vendidos a los comanches. Un joven comanche los compró a ambos. Se casó con Meara y adoptó a Kane. —Meneó la cabeza—. Cuando Kane entró cabalgando en mi propiedad, con su pinto y su aspecto audaz, idéntico a un indio, vestido de cuero y esas malditas trenzas que se negó a cortarse, se salvó milagrosamente de que uno de mis hombres le disparara.

Courtney no podía imaginarse al joven Chandos, entrado en el Bar M con ese aspecto y enfrentando a un grupo de blancos desconocidos. Pero, a diferencia de ella, ya a esa edad debió ser valiente y desafiante. ¿Cómo pudo sentirse su padre, al ver que su hijo regresaba convertido en un salvaje? Comprendió que se hubieran producido problemas.

De pronto, recordó el sueño de Chandos.

—¿Él lo llamaba «viejo», señor Straton?

Él gruñó.

—Sólo me llamaba de esa manera. ¿Se lo dijo él?

—No. Cuando estábamos en la carretera, lo mordió una serpiente —explicó ella. A medida que recordaba los detalles, volvía la irritación—. El muy terco ni siquiera me llamó para que lo ayudara. Habíamos tenido una discusión... Bueno, lo cierto es que esa noche tuvo pesadillas y habló mucho en sueños. Una de las cosas que dijo...

—Se detuvo pues no quería repetir las palabras exactas de Chandos—. Bueno, no estaba de acuerdo con que usted le cortara el cabello. ¿Trató usted de hacerlo?

Fletcher se movió, incómodo, al continuar:

—Fue, mi mayor equivocación; la que lo decidió a marcharse. Habíamos tenido otra discusión, una entre miles, y me enfurecí de tal modo que ordené a mis hombres que lo acorralaran y le cortaran las trenzas. Hubo una gresca descomunal. Kane hirió a tres muchachos con su cuchillo antes de que Dientes de Serrucho pudiera quitárselo. Después le enseñó a usar un revólver. Pero, mientras estuvo aquí, Kane se negó a hacerlo; sólo empleaba ese cuchillo. Sus negativas me exasperaban; rehusaba comportarse como un hombre blanco. Sólo usaba su ropa de cuero y, en ocasiones, un chaleco. Cuando hacía frío, también una chaqueta. Pero eso era todo. Le compré docenas de camisas, pero no las usó. Creo que lo hacía para irritarme.

—Pero, ¿por qué? ¿Acaso no deseaba permanecer aquí?

—Precisamente. —Fletcher suspiró profundamente, abrumado por el remordimiento—. Cuando Kane llegó, pensé que se quedaría. Creí que había deseado volver. Por eso nunca pude comprender la hostilidad que me demostró desde un comienzo. Era retraído, comía a solas, excepto cuando trabajaba en las colinas. Y todos los días traía carne a la mesa, aunque tuviera que levantarse al alba para ir de caza. Ni siquiera aceptaba mi comida. Era muy introvertido; no deseaba hacer amistad con los hombres del rancho y mucho menos conmigo. No se podía conversar con él, a menos que uno se resignara a monologar. No recuerdo haberlo visto dirigirle la palabra a nadie por propia iniciativa. Y sin embargo, sé muy bien que estaba lleno de interrogantes, pues los intuía en sus ojos. Pero tenía una paciencia ilimitada. Aguardaba hasta recibir información, sin formular preguntas. Deseaba aprender todo cuánto estábamos dispuestos a enseñarle. Y lo aprendió. Cuando transcurrió un año, sabía hacer todas las tareas del rancho. Esa fue otra razón por la que pensé que había regresado por su propia voluntad.

—¿Y no era así?

—No. Pero no me lo dijo. Lo supe a través de Maggie, dos años después de su llegada. Para entonces, confiaba en ella. De hecho, fue la única persona que logró saber algo acerca de él.

—¿Por qué vino?

—Podría decirse —arriesgó Fletcher— que su madre lo obligó, pero él hubiera hecho cualquier cosa por complacerla. Él había llegado a una edad en que un comanche goza de todos los privilegios de ser un hombre, lo que incluía casarse. Supongo que ella pensó que, antes de establecerse definitivamente en ese mundo, debía conocer éste, para no lamentarlo después. Admiro a Meara por su actitud —declaró Straton, más para sí mismo que dirigiéndose a Courtney—. Pensó en el muchacho y no en ella.

—Le pidió que permaneciera aquí durante cinco años. Él se marchó a los tres. Ella deseaba que disfrutara de las comodidades que brinda el dinero, y no temo decirle que soy un hombre muy rico. Pero él se burló de mi dinero. Ella quizá pensó que él no tendría prejuicios y que aprovecharía la oportunidad antes de tomar una decisión. Pero ya la había tomado antes de llegar.

—Después de vivir diez años entre esos indios, Kane era un comanche, en todos los aspectos, menos el biológico. Nunca trató de adaptarse a esta vida. Sólo trató de hacer tiempo y de aprender cuanto pudo de nosotros los blancos. Bueno, al menos su mente no rechazó los conocimientos que adquirió. Tal vez hubiera permanecido aquí durante esos cinco años, si no hubiera surgido el tema de las malditas trenzas.

—Chandos ya no las usa —dijo Courtney serenamente.

—¿No? Bueno, ya es algo. Támbién es cierto que ya no tiene a su grupo de comanches.

—Eso no es exactamente así —lo contradijo Courtney y explicó brevemente la situación—. No ha estado solo en la búsqueda de los hombres que atacaron el campamento comanche. En realidad, durante todo nuestro viaje por el territorio indígena, siempre hubo cerca algún comanche amigo de él. Si no hubiera aceptado acompañarme hasta Waco, habría viajado con ellos.

—¿Por qué la acompañó, señorita Harte? —preguntó Fletcher con gran curiosidad—. No es algo esperado del Kane que yo conozco.

—No deseaba hacerlo. Trató de convencerme de que no viajara. En determinado momento, desistí de persuadirlo, pero él cambió de idea. Pensé que lo había hecho porque de todas maneras él debía venir a Texas. Le había ofrecido todo el dinero que tenía para que me acompañase. Pensé que el trato estaba cerrado, y esta noche, cuando traté de pagarle, se enfadó y dijo que el dinero nada tenía que ver con su decisión. —Courtney se encogió de hombros y luego agregó—: Dijo que no debía presuponer nada acerca de él ni tratar de comprender sus motivaciones. Es verdad. No puedo comprender la razón de cuanto hace. Es el hombre más tierno que conozco... y el más salvaje. Puede ser cariñoso y protector, para luego volverse contra mí y tratar de que lo odie.

—¿Cariñoso? ¿Protector? Jamás pensé que se pudieran emplear esas palabras para describir a Kane.

—Cuatro años es mucho tiempo, señor Straton. ¿Acaso es usted el mismo hombre de hace cuatro años?

—Lamentablemente, lo soy. Los perros viejos ya no cambian.

—¿Entonces, aún desea convertir a Chandos en lo que no es?

—No. Creo que he aprendido la lección. Es mi hijo, pero es un hombre con decisiones propias. Pero ¡maldición! ¿Dijo usted «tierno»?

Courtney se ruborizó, pero recuperó su autodominio. Prácticamente había confesado datos íntimos; sólo en la intimidad podía un hombre como Chandos ser tierno.

—Dije que Chandos es el hombre más tierno que he conocido, señor Straton, pero lo demostró en muy contadas ocasiones. En general es frío, duro, exasperante, terco, peligroso e implacable. Y también despiadado. Además, impredecible...

—Comprendo —la interrumpió Fletcher, riendo—. De modo que no ha cambiado tanto. Pero, si tiene tantos defectos, señorita, ¿cómo se ha enamorado de él? —preguntó en voz baja.

Courtney pensó negarlo, pero ¿para qué? Seguramente sabía por Maggie que ella había admitido amar a Chandos.

—Le aseguro que no tuve alternativa —le confió

Courtney, tensa—. Pero creo que usted, Maggie y aun Dientes de Serrucho, tienen una idea equivocada. Aparentemente, creen que mi presencia aquí hará regresar a Chandos. Eso no sucederá. Dije que era cariñoso, no que me amaba. Si alguna vez regresa, no será por mí.

—De todos modos, desearía que permaneciera aquí, señorita Harte, en calidad de invitada.

—En realidad, mi intención es establecerme en Waco, señor Straton.

—Quise decir aquí en el rancho.

Ella meneó su cabeza.

—¿No le dijo Maggie que mi padre vive en Waco? Por él vine a Texas. Voy en su busca.

—Sí, lo sé. Su padre es Edward Harte. Pero eso no significa que desee vivir con él. Tiene una nueva esposa. ¿Está segura de que será feliz viviendo con ellos?

Ella deseó no haber tratado ese tema.

—No puedo saberlo hasta que no vea a mi padre. Pero, de todos modos, no podría permanecer aquí.

—¿Por qué no? Ahora ya no somos desconocidos. Y tenemos algo en común, señorita Harte. Ambos amamos a mi hijo.

41

—Ahora es un pueblo agradable y bastante grande —informó Dientes de Serrucho mientras conducía el carretón por la calle principal de Waco—. Antes de la guerra era más pequeño, pero luego se instalaron aquí muchos sureños que deseaban comenzar una nueva vida. Los vaqueros se detienen aquí cuando van hacia el norte, y eso también ha contribuido al progreso del lugar.

—No es otro pueblo ganadero, ¿verdad? —preguntó Courtney con temor.

—¿Como el de Kansas? No señorita. —El hombre rió—. Los vaqueros no se han convertido en salvajes como aquellos que atraviesan el territorio indígena.

Courtney sonrió. Naturalmente, Texas debía ser muy diferente de Kansas. Recordó cómo se había alegrado al llegar a un pueblo, luego de atravesar más de trescientos veinte kilómetros de territorio salvaje. Cómo había disfrutado del baño caliente, de la comida, de la cama. Comprendió por qué los viajeros necesitaban celebrar y armar algo de alboroto. Tuvo la esperanza de que no hicieran lo mismo en ese sitio.

Docenas de hombres iban armados, en la calle principal, sólo vio unos pocos que tenían aspecto de tiradores.

Por lo menos, Waco contaba con un alguacil para

defender la ley. Rockley no. Y, aunque muchos hombres estaban armados, también había muchos que no lo estaban. En las aceras se veían también damas bien vestidas, acompañadas por caballeros. Courtney también vio algunos mexicanos, un par de indios, e incluso un chino. Waco casi parecía una ciudad.

—Allí está la casa de su padre —indicó su acompañante señalándola—. También tiene allí su consultorio.

Era muy diferente de la casa que habían tenido en Chicago, pero era una casa agradable, de dos plantas, bien cuidada, con canteros de flores alrededor, y el cerco que delimitaba el pequeño patio. Estaba situada en la esquina de una calle lateral. En la galería había sillones y una hamaca que pendía del alero. Courtney imaginó que debía ser agradable sentarse allí en las noches cálidas, pues era un buen mirador de la calle principal y, al mismo tiempo, se disfrutaba de cierta intimidad.

—¿Cómo es su esposa? —preguntó Courtney con ansiedad. Cuando se detuvieron frente a la casa, él respondió—: ¿La señorita Ella? Es una dama muy agradable, al menos así dicen todos. Es maestra de escuela. Llegó después de la guerra con su hermano. La señorita Ella lo ayudaba en su estudio jurídico hasta que la maestra del pueblo regresó al este. Se ofreció para reemplazarla y desde entonces ha estado en la escuela.

Courtney estaba sumamente nerviosa. Otra madrastra. Sólo podía pensar en lo insoportable que había sido la última. Pero en esta ocasión, seguramente su padre deseó casarse, y eso determinaba una gran diferencia. No se había casado por razones formales, de modo que probablemente amara a Ella.

—¿Y bien, señorita?

El hombre aguardaba a que ella decidiera apearse, para ayudarla.

—Lo lamento —dijo ella y tomando su mano bajó del carretón—, creo que estoy algo nerviosa. Hace mucho tiempo que no veo a mi padre. Y he cambiado mucho en estos cuatro años. ¿Me veo bien?

—Está tan bonita que me casaría con usted, a pesar de que soy un solterón empedernido.

—¿Eso quiere decir que sí? —ella le sonrió.

Él rió. Tomó el equipaje de Courtney, que estaba en la parte posterior del carretón y señaló con su cabeza en dirección a los caballos, atados al vehículo.

—Llevaré sus caballos a la caballeriza. Sé que su padre guarda allí una calesa.

—Gracias —dijo Courtney y le besó la mejilla—. Y gracias por traerme al pueblo. ¿Le veré pronto?

—Es muy probable —respondió él, sonriendo—. Seguramente, Fletcher me enviará a mí o a otro de los hombres para que la visitemos a diario.

—¿Para saber si ha regresado Chandos?

—Sí. Hará eso o enviará a alguien para vigilar la casa de su padre. Creo que es capaz de hacerlo.

Courtney meneó tristemente la cabeza.

—Será inútil. Desearía que él lo comprenda.

—Sólo piensa en la oportunidad de ver nuevamente a su hijo. Eso es todo cuanto ve. Incluso tiene la esperanza de que Kane se establezca permanentemente en algún sitio por usted. Daría cualquier cosa por tenerlo cerca de su casa, aunque no fuera en el rancho, pero lo suficientemente cerca como para verlo de tanto en tanto. Parece imposible, considerando la forma en que reñían, pero Fletcher ama a ese muchacho.

—Chandos me preguntó en una ocasión si yo viviría de la manera en que él lo hace, sin establecerse en ninguna parte durante más de un par de días. No creo que cambie su estilo de vida.

—¿Y cómo fue que hablaron de este tema, si es que puedo preguntárselo?

Ella enrojeció.

—Le pregunté si se casaría conmigo. No lo hará.

El hombre se sorprendió más de que Kane hubiera negado que de que ella se lo hubiera pedido.

—¿Quiere decir que la rechazó?

—No. Sólo me preguntó si yo podía vivir como él.

—¿Entonces lo rechazó usted?

—No. Le dije que de esa manera no se podía formar una familia. Él estuvo de acuerdo, y eso puso fin a la conversación.

—¿Podría usted vivir como él? —preguntó atónito.

Ella frunció el ceño, contestando:

—No lo sé. Solía pensar que lo más importante es la seguridad que brinda un hogar. Pero en estos últimos días he comprobado que el hogar depende de las personas que lo integran, y no de otros factores. —Ella sabía que estaba confiando sus pensamientos íntimos a un hombre que era prácticamente un desconocido, pero prosiguió—: Con Chandos siempre me sentí segura, aun en medio del territorio indígena. Pero deseo tener hijos, y los hijos no pueden ir constantemente de un sitio a otro. De modo que no lo sé. —Courtney suspiró.

—Los hombres también suelen cambiar de idea respecto de cosas importantes —sentenció Dientes de Serrucho.

Algunos hombres, quizás, pensó Courtney, pero no Chandos.

Cuando el hombre se hubo marchado, con determinación, tal como lo hubiera hecho Chandos, Courtney se dirigió hacia la casa y golpeó a la puerta. Se abrió casi de inmediato; una mujer alta y espigada la miró con sorpresa.

—¿Ella?

—¡Dios, no! —dijo la mujer, riendo—. Soy la señora Manning, el ama de llaves. Si desea ver a la señora Harte, la hallará en la escuela.

—No... en realidad he venido a ver a Edward Harte.

—Pase usted, pero deberá aguardar un momento. Está en el otro extremo del pueblo, visitando a un paciente. La señora Manning condujo a Courtney hasta la sala de espera, donde había numerosas sillas. A Courtney no le importó. No deseaba dar explicaciones a esa mujer, y necesitaba tiempo para tranquilizarse antes de ver a su padre. Afortunadamente, la habitación estaba vacía; de modo que permaneció allí a solas, aguardando el regreso del médico.

Fueron los veinte minutos más largos de su vida. Estaba inquieta. Se arreglaba constantemente los cabellos y el vestido verde. Se ponía de pie y caminaba de un lado a otro; luego tomaba asiento en otra silla.

Finalmente, oyó que se abría la puerta de entrada y la voz de su padre llamando a la señora Manning para avisarle que estaba de regreso. Pasó por la puerta abierta, camino del vestíbulo que llevaba a su consultorio.

Courtney quiso llamarlo, pero no pudo hablar.

Un instante más tarde, él regresó y apareció en el umbral. Ella se puso de pie y lo miró; todavía no podía pronunciar ni una palabra. Él la miró a su vez. Quizás fueron sus ojos. Sus ojos no habían cambiado, y en ese momento estaban muy abiertos, con expresión suplicante.

—Dios mío... ¿Courtney?

—Papá —exclamó la joven.

Él corrió hacia ella y Courtney se arrojó en sus brazos y, cuando él la abrazó, ella experimentó la mayor alegría de su vida. Su padre la estaba abrazando, como tantas veces lo había soñado.

Después de un largo rato, Edward la apartó de sí y la contempló. Con sus manos, secó las lágrimas de Courtney. También él estaba llorando, y en ese momento, Courtney supo que él realmente la amaba. Siempre la había amado. Sólo sus propias dudas le habían impedido saberlo. Había sido una chiquilla tonta; tan desdichada que no pudo ver lo que estaba frente a sus ojos.

—¿Courtney? —murmuró él—. ¿Cómo es posible? Creí que habías muerto.

—Lo sé, papá.

—No te capturaron. Vi a los indios cuando se alejaron y sólo llevaban al granjero.

—Estaba en el granero.

—Pero te busqué en el granero. Grité hasta quedar afónico.

—No miraste dentro del pozo. —No había recriminación en su voz; simplemente lo anoticiaba.

—Por supuesto. No era lo suficientemente grande para ocultar... ¡Dios mío! ¿cómo?

—El señor Brower había cavado un gran pozo oculto. Lo había hecho para su mujer. Cuando comenzó el ataque, él estaba en el granero y nos dijo que nos ocultáramos allí. Sarah y yo perdimos el conocimiento. Quizás por eso no oímos tus gritos.

Él tardó unos instantes en comprender lo ocurrido.

—¿Sarah también está viva, entonces?

Courtney asintió:

—Y ha vuelto a casarse.

Le explicó que todos habían pensado que él había sido capturado por los indios y que no habría sobrevivido. Le dijo que ella nunca perdió la esperanza de reencontrarlo y luego le relató rápidamente los sucesos de los últimos cuatro años, incluso que había visto su fotografía en un periódico viejo.

—Sarah pensó que yo estaba loca, pero, sinceramente, creo que ella no deseaba creer que eras tú. Le agrada estar casada con Harry.

—También yo me he casado nuevamente, Courtney.

—Lo sé. Pasé la noche en el Bar M con Margaret Rowley. Ella me habló de tu esposa.

Con ambas manos apoyadas sobre los hombros de su hija, él miró por la ventana.

—¡Santo Dios! Tengo dos esposas. Deberé hacer algo al respecto.

—Y Sarah tiene dos maridos —agregó Courtney, sonriendo—. Pero estoy segura de que estará de acuerdo en que una anulación es mejor que dos divorcios, ¿no lo crees?

—Espero que sea así.

—Papá —preguntó Courtney—, ¿por qué te marchaste de la granja? Estabas herido. ¿Por qué no aguardaste a que te auxiliaran?

—No podía soportarlo, querida. Pensaba que tú habías muerto en la casa incendiada. Debía alejarme de allí. Sé que cometí un error, pero en ese momento no podía pensar coherentemente. Ni siquiera me llevé un caballo;

eso te demuestra cuál era mi estado. Fui caminando hasta el río y luego perdí el conocimiento. Fui hallado por un predicador y su mujer. Cuando recobré la lucidez, estábamos internados en territorio indígena y comprobé que me llevaban a Texas.

—Fue así como llegaste a Waco.

—Sí. Traté de olvidar. Rehice mi vida. Hay buenas personas aquí. —De pronto, se detuvo y preguntó: —¿Por qué pernoctaste en Bar M en lugar de venir al pueblo?

—Chandos me dejó allí.

—¿Chandos? ¿Qué clase de nombre es ése?

«El nombre que emplearé hasta que termine de hacer lo que me he propuesto.»

—Es el nombre que le dio su hermana. Es el hijo de Fletcher Straton; es decir, el hijo que Straton ha perdido. Es difícil explicarte lo concerniente a Chandos, papá.

—Dime cómo llegaste de Kansas.

—Chandos me trajo.

—¿Sólo él? —exclamó él, y ella asintió—. ¿Viajaste sola con él?

El sentido moral que lo había llevado a casarse con su ama de llaves se hizo evidente en la expresión escandalizada de su rostro. Courtney se sorprendió al comprobar que su padre la irritaba.

—Mírame, papá. Ya no soy una niña. Soy lo suficientemente adulta como para tomar mis propias decisiones. Y si decidí viajar sola con un hombre porque era la única manera de llegar hasta aquí, ya está hecho —dijo ella con serenidad—. Lo importante es que estoy aquí.

—Pero... ¿estás bien?

—Chandos me protegió. No permitió que nada malo me ocurriera.

—No es lo que he querido decir.

—Oh, papá —suspiró Courtney.

—¿Papá? —dijo una voz ansiosa que provenía de la puerta—. Edward, creí que sólo habías tenido una hija.

Courtney agradeció íntimamente la interrupción; era muy oportuna. Temió que su padre adoptara una típica actitud paterna respecto de Chandos. Pero ya no era la criatura tímida de otros tiempos. No iba a pedir disculpas por algo de lo que no se arrepentía. Claro que no era la mejor manera de comenzar una nueva relación con su padre.

De modo que, aunque estaba preparada para no simpatizar con la dama que estaba de pie en el umbral, se acercó a ella y le extendió amablemente la mano.

—Usted debe ser Ella —dijo Courtney, sonriendo cálidamente—. Y es verdad; sólo tiene una hija; soy yo. Estoy viva y sana, como puede usted comprobar. Pero dejaré que él se lo explique. Dejé mi equipaje en la galería. ¿Podría la señora Manning indicarme cuál será mi habitación?

Estaba tratando de eludir a la sorprendida Ella y salir de la habitación cuando su padre la detuvo, con tono de advertencia:

—Continuaremos con nuestra conversación más tarde, Courtney.

—Si es inevitable... —Trató de que su tono pareciera alegre—. Pero desearía instalarme. Y estoy segura de que Ella no dispone de mucho tiempo.... ¿o ha terminado su trabajo en la escuela por hoy?

—No, no; debo regresar.

Courtney volvió a sonreír a la confundida dama antes de abandonar la habitación.

Una vez afuera, se apoyó contra el muro y cerró los

ojos. Los oyó conversar; su padre explicaba la situación y Ella dijo que se sentía muy feliz por él.

Ella era una mujer bonita y joven. Courtney no había esperado que fuese tan joven; tendría tan sólo unos veinticinco años. Sus cabellos eran rojizos, y sus ojos de color verde claro. Ella no se asemejaba a ninguna de las maestras que había conocido.

Probablemente su padre la amaba. Y seguramente, no necesitaban que Courtney alterara sus vidas.

Suspiró y fue en busca de su equipaje.

42

Con una habilidad de la que no se hubiera considerado capaz, Courtney logró postergar toda discusión relativa a Chandos durante varios días. Mantuvo distraído a su padre, preguntándole sobre su vida en Waco, sobre cómo había conocido a Ella y demás. Los pacientes ocupaban gran parte de su tiempo, de modo que sólo lo veía por la tarde y la noche y, aun así, en muchas ocasiones él debía salir para atender enfermos.

Llegó a conocer mejor a Ella, y le agradó. Era muy diferente a Sarah. Pero Ella también estaba muy ocupada con la escuela, y Courtney se encontró sola durante gran parte del día.

Al poco tiempo, comenzó a sufrir de tedio. Pensó en ocuparse de las tareas que estaban en manos de la señora Manning. Sabía que era capaz de administrar una casa. Pero una mañana se enteró de cómo había sido la vida de la señora Manning y de lo feliz que era trabajando para los Harte, de modo que no tocó el tema. Pero Courtney había trabajado durante muchos años y no podía estar desocupada. Debía hacer algo.

Durante unos días ayudó a su padre con los pacientes. A él le agradó. Ella siempre había deseado participar en su trabajo, pero no sabía cuán agotador era. Courtney era demasiado sensible y sufría con el dolor ajeno. Cuando comprobó que no podía afrontar el espectáculo de un niño lisiado, dejó de trabajar en el consultorio de su padre.

A los diez días de haber llegado, Courtney decidió marcharse. No sólo porque se sentía inútil allí. Fletcher Straton había estado en lo cierto. La sensación de ser una intrusa le resultaba muy incómoda. Edward y Ella tenían muy poco tiempo para estar a solas, y debían compartirlo con ella. Aún se estaban conociendo mutuamente y la presencia de Courtney resultaba a veces inoportuna.

Lo peor eran las noches. Courtney oía a su padre y a Ella conversando amablemente en la habitación contigua a la suya, y luego los oía hacer el amor. Por la mañana, cuando los veía, se ruborizaba. No podía soportarlo. Y no podía evitar oírlos, ni siquiera escondiendo la cabeza bajo la almohada Y sólo había tres dormitorios; la señora Manning ocupaba el tercero.

Por eso decidió marcharse, al menos ésas fueron las razones que Courtney se dio a sí misma. Pero el hecho era que extrañaba tanto a Chandos que era muy desdichada y le resultaba muy difícil ocultarlo.

Dijo a su padre que iría a visitar a Maggie durante unos días, pero su verdadera intención era la de pedir trabajo a Fletcher Straton. Seguramente habría alguna tarea para ella en un rancho tan grande.

Cuando llegó y habló con Fletcher, él se mostró encantado. La joven supuso que sería así, pues enviaba todos los días un hombre para vigilar su casa.

Debía reunir coraje para anunciar a su padre que no regresaría a su hogar. Sin duda, sería para él una decepción. Esa noche cenó con Fletcher y pasó un momento muy agradable. Él trató por todos los medios de hacerla sentir como en su casa. Maggie y Dientes de Serrucho cenaron con ellos y todos sugirieron qué podía hacer Courtney en el rancho. Las sugerencias incluían elaborar un catálogo de la biblioteca de Fletcher, decorar la casa grande y escoger los nombres de los terneros recién nacidos.

Después de la cena, se dedicaron a conversar sobre recuerdos amables. Maggie contó que Fletcher la había hallado en Galveston. Durante mucho tiempo había estado buscando un ama de llaves y supo que ella era la indicada. Pero ella no tenía intenciones de permanecer en Texas; estaba de paso e iba camino de New Hampshire para vivir con su hermana.

Fletcher le prometió que podría administrar la casa a su gusto, y ella sabía que no gozaría de ese privilegio en la casa de su hermana, de modo que aceptó. Pero Fletcher afirmó que no había aceptado hasta que le prometió darle una casa exactamente igual a la que ella había tenido en Inglaterra. Y cumplió su promesa: hizo traer de Inglaterra esa misma casa, con los muebles incluidos.

Courtney se fue a dormir mucho más contenta de lo que había estado durante muchos días. Necesitaba estar junto a esas personas que conocían íntimamente a Chandos. Bueno, quizás no tan íntimamente. Él no lo permitía. Pero todos lo querían. Y ninguno de ellos le diría que no era el hombre indicado para ella, como seguramente le diría su padre si supiera que estaba enamorada de un tirador.

Una suave brisa movió los cortinajes de la ventana abierta. Courtney se volvió en la cama, estirándose. De pronto una mano le cubrió la boca. Un peso cayó sobre la cama, aplastándola y tomándola de los brazos para que no pudiera moverse. Y en esta ocasión ella no tenía el revólver debajo de la almohada. Había creído estar segura y a salvo allí.

—¿Qué demonios estás haciendo aquí?

El tono era brusco y enfadado pero fue el sonido más dulce que Courtney oyera jamás. Trató de hablar, pero él no quitó su mano.

—Casi maté a mi caballo para llegar hasta aquí y descubro que no te encuentras donde deberías estar. Y hace unos minutos estuve a punto de matar de un susto a la pobre anciana, pensando que estarías durmiendo con ella. Pero no, estás en la maldita casa principal, que juré no volver a pisar. Debo estar loco. ¿Qué diablos haces aquí?

Courtney sacudió su cabeza, tratando de zafarse de la mano de Chandos. ¿Por qué no la quitaba de su boca? Seguramente sabía que ella no iba a gritar; que estaba feliz de verlo. Pero no, no lo sabía. Ella había huido corriendo. Él había tratado de que lo odiara y probablemente pensaba que lo había logrado. Entonces, ¿por qué estaba allí?

Él apoyó su frente sobre la de ella y suspiró. Había descargado su enojo. ¿Qué estaba haciendo allí?, se preguntó Courtney una y otra vez.

Como si hubiera leído sus pensamientos, él dijo:

—No estaba tranquilo. Debía cerciorarme de que estuvieras bien, de que todo había resultado como lo deseabas. ¿Fue así? No, por supuesto que no. De lo contrario no estarías aquí en el Bar M, sino en la casa de tu padre. Sé que está allí. Lo he visto; vi su casa y vi a su mujer. ¿Qué ocurrió, Ojos de Gato? ¿Te disgustó que tuviera una esposa? Puedes sacudir tu cabeza.

Ella no lo hizo. No deseaba mantener una conversación unilateral. Le mordió la mano con fuerza.

Él gruñó, quitando su mano.

—Lo tienes merecido, Chandos —dijo Courtney—. ¿Por qué me sujetas y me impides responder a todas esas preguntas? —Se incorporó y dijo—: Si sólo viniste para saber si estoy bien, ya puedes marcharte. —Él se levantó de la cama—. No te atrevas a hacerlo —dijo ella, tomándolo del brazo. No lo hizo. Encendió una cerilla y él encontró la lámpara junto a la cama. Durante esos instantes ella lo contempló, arrobada. Su aspecto era terrible; tenía la ropa cubierta de polvo y estaba demacrado. No se había rasurado. Su aspecto era el de un tirador implacable y peligroso, pero para ella estaba espléndido.

Él la miró y a Courtney la invadió la emoción. Ella llevaba un camisón sencillo de algodón blanco que había comprado cuando fue de compras con Ella. Contrastaba con su piel dorada por el sol, y sus ojos eran apenas un poco más oscuros que su piel. Sus cabellos castaños estaban sueltos.

—¿Cómo es posible que estés... más bonita?

Ella trató de que él no percibiera su turbación.

—Quizás porque hace mucho tiempo que no me ves.

—Quizás.

Ninguno de los dos se detuvo a pensar que diez días no era mucho tiempo. Él había sufrido tanto como ella. Esos diez días habían sido una eternidad.

—Creí que nunca volvería a verte, Chandos —dijo ella suavemente.

—Sí, yo también lo pensé. —Se sentó en el borde de la cama, obligándola a dejarle sitio. —Tenía toda la intención de ir a México cuando me marché de San Antonio —le informó él—. Pero sólo pude viajar durante un día, y después regresé.

Ella había esperado que él le declarara su amor, pero estaba enfadado porque había regresado contra su voluntad. La decepción la irritó.

—¿Por qué? —preguntó—. Y si vuelves a decir que viniste sólo para comprobar que yo estaba bien, juro que te golpearé.

Él estuvo al borde de sonreír.

—Considerando la forma en que nos separamos, no pensé que aceptarías otra razón.

—Haz la prueba.

—No podía dejar las cosas como estaban, Ojos de Gato —dijo sencillamente, mirándola a los ojos—. Pensé que podría. Creí que, si me odiabas, podría mantenerme alejado de ti. Pero no resultó así. En lo que a ti respecta, nada me puede mantener alejado.

La esperanza retornó.

—¿Y es tan malo eso? —preguntó ella dulcemente.

—¿No lo es? No es posible que desearas verme de nuevo.

Ella sabía que él esperaba que lo negara, pero, después de lo que la había hecho sufrir, no iba a facilitarle las cosas.

—Si creíste eso, me sorprende que tuvieras la osadía de regresar.

Él frunció el ceño.

—A mí también. Pero ya te dije que debo estar loco. Especialmente por haber venido a buscarte aquí... ¡aquí! —hizo un gesto que abarcaba a todo el Bar M.

—Te comportas como si este sitio fuera una cárcel —replicó ella—. Nadie va a obligarte a permanecer aquí, y tu padre menos que nadie.

Chandos se puso rígido. Su rostro se tornó adusto al decir:

—¿Lo sabes?

—Sí. Y no sé por qué no me lo dijiste. Debiste imaginar que me enteraría de la existencia del rebelde Kane Straton.

—No juzgues de acuerdo con lo que has oído decir, Ojos de Gato. Sólo has escuchado la versión del viejo.

—Entonces dime la tuya.

Él se encogió de hombros, mientras explicaba:

—Pensó que me poseía; que yo desearía tener todo esto y que aceptaría cuanto él decía. De modo que me castigó por los pecados de mi madre, porque prefirió vivir con un comanche en lugar de vivir con él. Descargó su odio y su amargura en mí y luego se sorprendió de mi desprecio. —Sacudió su cabeza pensando en la estupidez de todo eso.

—¿Estás seguro de que así fueron las cosas, Chandos? ¿No estabas en contra de él, aun antes de venir aquí? Tu madre debió estar resentida con él, porque no tuvo otra alternativa más que abandonarlo. Tú absorbiste parte de ese resentimiento. Después de todo, eras sólo un niño. Por ende, el comportamiento de tu padre fue quizás sólo una reacción frente a tu manera de actuar frente a él.

—No sabes lo que dices —la interrumpió, exasperado.

—Sé que te ama —declaró ella rotundamente— y que está arrepentido de los errores que cometió contigo. Y sé que daría cualquier cosa por volver a tener otra oportunidad contigo.

—Otra oportunidad para convertirme en lo que él desea —la desafió él mirándola con cinismo.

—No. Aprendió la lección. ¡Por Dios, Chandos!

Este es tu hogar —dijo ella, irritada—. ¿Eso no significa nada para ti? Significa algo para mí. Por eso estoy acá.

—¿Por qué? ¿Porque pensaste que era el lugar donde podías ocultarte de mí? ¿Porque no me arriesgaría a venir?

Eso le dolió.

—No —exclamó ella—. Porque aquí me dejaste y me siento más cerca de ti en este sitio.

Él no esperaba esas palabras. La afirmación de Courtney hizo desaparecer súbitamente su ira y quedó desarmado. Curiosamente, también lo alegró.

—Ojos de Gato —dijo con voz ronca.

Le tocó la mejilla y acarició los cabellos de Courtney. Se inclinó hacia ella. Sus labios rozaron los de Courtney y fue como si se abriera un dique. La pasión los inundó, borrando todo lo demás.

Instantes después estaban desnudos y abrazados; sus cuerpos agonizaban de impaciencia. Chandos le hizo el amor con una furia posesiva que jamás había empleado. Courtney demostró una intensidad salvaje que nunca había puesto de manifiesto.

Hablaron a través de sus cuerpos, diciéndose lo que no podían decir con palabras, ofreciéndose mutuamente todo el amor y el deseo que siempre había existido en ellos.

Quizás mañana todo sería sólo un recuerdo. Pero esa noche, Courtney era la mujer de Chandos.

43

Lenta y cautelosamente, Courtney abrió la puerta de su dormitorio y miró hacia adentro. Chandos aún dormía y no era extraño. Desde que se había despedido de ella, había dormido sólo treinta horas en diez días.

Cerró nuevamente la puerta y continuó contemplando a Chandos durante unos instantes. Pensaba dejarlo dormir cuanto deseara. Tampoco iba a decir a nadie que estaba allí. Maggie lo sabía, pero no iba a comunicárselo a Fletcher. Dijo que al viejo tonto le vendría bien una sorpresa. Maggie estaba segura de que Chandos no partiría de inmediato.

Courtney rogó que fuera así, pero no estaba tan segura como Maggie. Era indudable que Chandos aún la deseaba. Lo había demostrado la noche anterior durante un largo rato y de todas las maneras posibles. Pero eso no quería decir que la deseara para siempre. Ni tampoco que no se marcharía, volviendo a abandonarla.

Sin embargo él había regresado. Y le había confesado que no podía estar lejos de ella. Eso era suficiente para que Courtney estuviera muy feliz.

Había colocado las alforjas de Chandos en un rincón. Maggie se las había entregado por la mañana temprano. Luego se miró una vez más en el espejo. Aún estaba sorprendida de lo radiante que lucía esa mañana. ¿Era el amor el responsable del brillo de sus ojos? No; el amor tenía sus altibajos y ella lo sabía muy bien. Era la felicidad la que le transmitía deseos de reír, cantar, e incluso gritar. Y esa felicidad la desbordaba.

Durante un rato permaneció junto a la ventana, contemplando a Chandos, que dormía. Pero eso no era suficiente. Sabía que debía salir de la habitación y buscar algo que la mantuviera ocupada. Pero no podía evitar el temor de que, al regresar, Chandos se hubiera marchado. Era absurdo; esta vez él no desaparecería sin decirle al menos cuándo volvería a verlo. Debía tener con ella esa mínima consideración. No obstante, era lo único de lo cual estaba segura, de modo que no deseaba perderlo de vista.

Se acercó lentamente a la cama, tratando de no perturbarlo. Sólo deseaba estar junto a él. Después de unos minutos, se acostó con cuidado en la cama. Él no se movió. Dormía profundamente; era evidente que estaba exhausto. Tan fatigado estaba, que no se hubiera despertado ni siquiera si...

Courtney lo tocó; sus dedos recorrieron suavemente los fuertes músculos del pecho de Chandos. Sólo estaba cubierto por una sábana delgada, y Courtney podía percibir las formas de su cuerpo. Cuando ella lo tocó, él no se inmutó. Estaba profundamente dormido y Courtney se atrevió a deslizar sus dedos por los costados de su cuerpo y sus macizas caderas.

Luego contuvo la respiración cuando comprobó que una parte de su cuerpo se movía. Chandos rió.

—No te detengas ahora, gatita.

Courtney se ruborizó intensamente; su color resaltaba contra su vestido amarillo.

—No estabas realmente dormido, ¿verdad? —le dijo acusadoramente.

—Es la desventaja de los hábitos del camino.

La miró con ojos somnolientos. Era increíblemente atractivo, pero Courtney, incómoda, se puso de pie.

—Aquí están tus cosas, por si deseas rasurarte. A menos que desees seguir durmiendo... No fue mi intención molestarte. Puedes continuar durmiendo si lo deseas. Nadie sabe que estás aquí.

—Por el momento —dijo él, sentándose en la cama—. Pero muy pronto verán mi caballo detrás de la casa de Maggie.

—Maggie ya se encargó de eso —anunció ella sonriendo—. Lo llevó hasta la galería.

—¿Qué?

Courtney rió, aclarando:

—Cuando lo vi allí, no pude creerlo. Pero lo está sobrellevando muy bien. Maggie se dispone a decir a Fletcher que tú estás en casa. Dice que si algo sucede esta vez, tú deberás decidir.

Chandos gruñó y se pasó la mano por la mandíbula.

—Creo que voy a rasurarme.

Courtney le señaló sus alforjas, que estaban en un rincón; luego se sentó en la cama para contemplarlo.

—¿Verás a tu padre? —preguntó.

—No —respondió él rotundamente, poniéndose un par de pantalones negros. La miró severamente. —Y no trates de componer las cosas, mujer. No deseo saber nada con ese hombre.

—Es malhumorado y duro y grita mucho, pero no es malo, Chandos.

Él la miró y ella suspiró, bajando los ojos.

Después de unos instantes lo miró; estaba enjabonando su rostro junto al lavabo. Con vacilación, preguntó:

—¿Encontraste al hombre de San Antonio?

Él se tornó tenso.

—Lo encontré. Había sido juzgado y condenado a la horca.

—¿Entonces no lo mataste?

—Lo saqué de la cárcel —dijo fríamente. Se secó el rostro, recordando—. No fue difícil. Smith no tenía amigos en San Antonio, de modo que nadie se preocupó por él.

Chandos se volvió. Ella nunca había visto una mirada tan fría y dura ni oído tal odio en una voz.

—Le rompí los dos brazos, entre otras cosas, y luego lo ahorqué. Pero el canalla ya estaba muerto. Debió sospechar algo. Quizás reconoció el caballo de Trask, no sé. Quizás no confió en los motivos que le di para liberarlo. Pero, en cuanto nos detuvimos, me atacó. Tomó mi cuchillo y peleamos. El cayó sobre el cuchillo y murió a los pocos segundos. No era suficiente —exclamó, angustiado—. No era suficiente, comparado con lo que hizo a Ala Blanca.

Courtney atravesó la habitación y lo abrazó. El tardó en abrazarla a su vez, pero finalmente lo hizo.

—¿Ala Blanca era tu hermana?

—Sí.

Con una voz que parecía venir desde muy lejos, él le relató lo ocurrido aquel día, cuando regresó a su hogar y halló a su madre y hermana violadas y asesinadas. Antes de que concluyera, Courtney se echó a llorar. Finalmente, él debió consolarla a ella.

—No llores, Ojos de Gato. Nunca pude tolerar que llorases. Además, todo acabó. Ellas tampoco lloran ya. Ahora pueden dormir en paz.

La besó tiernamente y luego volvió a besarla. De esa manera ambos se consolaban y olvidaban.

44

Courtney se levantó de la cama en las primeras horas de la tarde. Chandos dormía nuevamente y, en esta ocasión, ella decidió dejarlo dormir. Aún estaba conmovida por el relato de Chandos, pero se propuso no pensar más en eso. Había sucedido cuatro años atrás y él había aprendido a vivir con ese recuerdo, aunque ella se preguntaba cómo lo lograba.

Cuando terminó de vestirse, oyó que golpeaban a la puerta y miró rápidamente hacia la cama. Chandos también lo había oído y abrió los ojos. En su mirada había una advertencia, aunque innecesaria, pues ella no iba a denunciar su presencia.

Ella fue hacia la puerta y apenas la abrió.

—¿Sí?

—Tiene un visitante, señorita —dijo una de las jóvenes mexicanas que ayudaban a Maggie—. Un señor Taylor. Está aguardando en la galería con el señor Straton y...

—¿Taylor? —interrumpió Courtney bruscamente—. ¿Ha dicho usted Taylor?

—Sí.

—Gracias. —Courtney cerró la puerta con furia—. Reed Taylor. No puedo creerlo. ¿Cómo se atreve a presentarse aquí después de lo que hizo? Ordenar secuestrarme... Ese... ese...

—Courtney, ven acá —gritó Chandos al verla salir encolerizada de la habitación. Maldijo salvajemente porque ella no le había prestado atención y no podía salir a detenerla desnudo como estaba.

Indignada, Courtney llegó a la puerta de entrada y la abrió violentamente. Allí estaba Reed, con su terno oscuro y su camisa con volantes, el sombrero en la mano, inmaculado como siempre. Reed le sonrió.

—Estás loco —exclamó ella, saliendo a la galería, sin reparar en nadie más—. ¿Sabes que podría hacerte arrestar por lo que hiciste?

—Vamos, Courtney querida, no creo que ésa sea la manera de saludarme después de haber viajado hasta aquí para hallarte.

Ella parpadeó. ¡Por Dios, había olvidado qué mente estrecha tenía! Todo cuanto ella decía siempre rebotaba en su cabeza terca.

—No me llames querida —dijo ella, furiosa—. Ni siquiera me llames Courtney. ¿No entendiste mi mensaje al ver que tus hombres no regresaron? Yo no deseaba que me hallaran, Reed. No tenías derecho a enviar a esos... esos asesinos a buscarme.

Él la tomó de un brazo, alejándola de los hombres que estaban cerca de ambos, contemplando la escena. Pero no bajó el tono de su voz y no comprendió que la estaba irritando cada vez más.

—Uno de esos hombres regresó, Courtney... moribundo. Ese tirador con el que partiste le había cortado la lengua y una mano. ¡Dios mío! ¿crees que podría dejarte allí con ese demente después de lo que hizo?

—Estoy segura de que estás exagerando —afirmó Courtney suavemente.

—Sin duda —dijo Chandos, que había oído las palabras de Reed—. Sólo le hice un tajo en la lengua cuando me dijo que había dejado a Courtney en el campamento para que la violara uno de sus compañeros. Y antes de atarlo a un árbol, le rompí los dos primeros dedos de la mano derecha. Sucede que era muy sensible al dolor; eso es todo. ¿También lo es usted, Taylor?

Reed ignoró la pregunta y preguntó a su vez:

—¿Qué hace él aquí, Courtney?

Courtney no respondió. Contemplaba a Chandos, de pie en el umbral, vestido tan sólo con los pantalones y el cinto. Sabía que estaba haciendo un gran esfuerzo para no desenfundar el revólver. Luego, por primera vez, percibió la presencia de los demás: los vaqueros, Fletcher, quien sonreía mirando a Chandos y, detrás de él vio a... su padre. ¡Dios mío! ¡su padre había presenciado toda la escena!

—Reed, ¿por qué no te marchas? —sugirió Courtney. Él no la había soltado y su rostro tenía esa expresión ceñuda que ella conocía muy bien. Era inútil, pero lo dijo de todos modos: —Has venido hasta aquí inútilmente, Reed. No voy a casarme contigo y tampoco voy a regresar a Kansas. Y si tratas de obligarme, como lo hiciste antes, acudiré a la justicia.

—Estás alterada —dijo Reed lacónicamente—. Si me das la oportunidad de...

—Ya se la dio, Taylor... la oportunidad de marcharse —gruñó Chandos, adelantándose—. Ahora deberá tratar conmigo. Quite sus malditas manos de mi mujer.

Reed lo miró, sin soltar el brazo de Courtney.

—¿Va a dispararme, tirador? —dijo, burlonamente—. ¿Va a matarme frente a todos estos testigos? —Señaló con la cabeza a todos los presentes.

—No. —Sonriendo, Chandos desenfundó su revólver y lo entregó a Courtney—. Será rápido, Ojos de Gato —murmuró, dando una trompada a Reed.

Reed voló hacia atrás, y Courtney trastabilló hacia adelante, pero Chandos la tomó de la cintura, impidiendo que cayera por los peldaños de la galería, junto con Reed. Luego la hizo a un lado con una sonrisa de disculpas y se echó sobre el hombre caído.

Courtney permaneció en lo alto de la escalera, contemplando a dos hombres que trataban de matarse con los puños. No pensó en tratar de detenerlos. Aún estaba conmocionada porque Chandos se había referido a ella llamándola «mi mujer». Lo había dicho frente a su padre y frente al padre de ella. ¡Dios mío! ¿Lo habría dicho seriamente?

Un brazo la tomó por los hombros y ella levantó los ojos. Pero su padre no la miraba; miraba la pelea.

—Supongo que estás de acuerdo con lo que dijo ese joven —dijo como al pasar.

—Sí.

Oyó un golpe particularmente fuerte y se volvió; Chandos había caído al suelo violentamente. Instintivamente Courtney dio un paso hacia adelante, pero él ya se había puesto de pie, y propinó un fuerte golpe a Reed en el abdomen. Comenzó a preocuparse. Chandos era más alto, pero Reed era muy fornido.

—¿Éste es el hombre que te trajo a Texas? —preguntó Edward en el mismo tono que había empleado anteriormente.

—Sí, sí. —Estaba pendiente de la pelea.

—Courtney, querida, mírame.

Ella dejó de contemplar a Chandos.

—¿Sí, papá?

—¿Lo amas?

—Oh, sí; más de lo que creí posible. —Luego preguntó con vacilación—: ¿Te preocupa?

—No estoy muy seguro —dijo Edward—. ¿Es siempre tan... impetuoso?

—No, pero siempre me protege.

—Bueno, al menos eso lo favorece —dijo su padre, suspirando.

—Oh, papá, no lo juzgues hasta conocerlo. Sólo porque es un tirador...

—Hay muchos hombres que lo son, querida. Lo sé.

—Y ha estado solo durante tanto tiempo que no está acostumbrado a ser sociable o amistoso, de modo que no cometas el error...

—También hay muchos hombres callados, querida —dijo él.

Ella sonrió tímidamente.

—Vas a ser tolerante, ¿verdad, papá?

—¿Podría no serlo? —Él rió. —No me agradaría que esos puños me golpearan.

—Él no haría eso —le aseguró Courtney, y luego comprendió que era una broma.

Los vaqueros que habían estado observando la pelea gritaron de entusiasmo. De inmediato supieron de qué lado debían estar: Fletcher, apoyado en la baranda de la galería, alentaba a Chandos.

Courtney buscó a Chandos en medio de todos los que se felicitaban. Estaba doblado en dos, frotando su abdomen. Su rostro también estaba bastante golpeado.

—Parece que harán falta mis servicios —dijo Edward a Courtney desde la galería.

—Sí —admitió Courtney, preocupada por Chandos.

—Me refería al otro —dijo Edward, riendo.

—¿Qué? No malgastes tu tiempo —dijo Courtney sin el menor asomo de compasión. Reed yacía en el suelo, inconsciente—. Se merecía la paliza. No te imaginas qué descarado es. No acepta negativas.

—Bueno, espero que en esta ocasión se dé por aludido, ojos de gato —opinó Chandos, trastabillando hacia ella—. De lo contrario, tendría que matar a ese canalla, sólo porque es un individuo terco y obstinado.

—Chandos, siéntate —dijo ella, acompañándolo hasta la galería.

—No empieces a decirme qué debo hacer, mujer.

Ella lo obligó a sentarse en los peldaños.

—Por Dios, mira en qué estado te encuentras. —Apartó el cabello de Chandos de su frente y escudriñó su rostro—. Papá, trae tu maletín.

—¿Papá? —Chandos se volvió e hizo una mueca—. Pudiste advertirme.

Ella no pudo evitar una sonrisa.

—Disfrutó de la pelea. —Chandos gruñó—. Tu padre también.

Él volvió a maldecir y miró a Fletcher, quien estaba impartiendo órdenes a sus hombres para que colocaran a Taylor sobre su caballo y lo enviaran de regreso.

—¿Qué es esto? ¿Una maldita reunión familiar?

Ella comprendió que él estaba malhumorado sólo porque se sentía acorralado.

—Podría serlo, si tú lo permitieras —sugirió Courtney.

—Vine únicamente por ti, mujer.

—¿Sí?

—Sabes que es así.

De pronto, ella adoptó él mismo tono de él.

—Entonces, dilo. No te he oído decirlo, Chandos.

Él frunció el ceño. El padre de Chandos estaba a pocos metros de distancia, apoyado sobre la baranda de la galería.

Nadie trató de ocultar su interés por la conversación que sostenían Courtney y Chandos. Peor aun, el padre de ella también escuchaba atentamente.

Chandos percibió la mirada de todos ellos fija sobre él, pero, sobre todo, vio los ojos encendidos y resueltos de Courtney. De pronto, sólo le importó eso.

—Eres mi mujer, Ojos de Gato. Lo has sido desde la primera vez que te vi.

No satisfecha con eso, ella insistió:

—Dilo.

Él sonrió y la obligó a sentarse sobre su regazo.

Courtney permaneció allí, rígida, expectante, hasta que finalmente, él dijo:

—Te amo. ¿Era eso lo que deseabas oír? Te amo tanto que estoy perdido sin ti.

— ¡Oh, Chandos! —conmovida, ella le echó los brazos al cuello—. Te amo...

Él la interrumpió:

—Será mejor que lo pienses detenidamente, Ojos de Gato; porque si me entregas tu amor, no permitiré que dejes de amarme. No puedo vivir preocupado por si te hago feliz o no. Haré todo lo que pueda, pero no podrás cambiar de idea más adelante: ¿Comprendes lo que te digo? Si vas a ser mi mujer, jamás podrás abandonarme.

—¿Eso es válido para ambos? —preguntó indignada.

Chandos rió y respondió:

—Por supuesto.

—Entonces, permíteme exponer mi ley. Ya dijiste que me amabas y no voy a permitir que te retractes. Y también yo haré todo cuanto pueda para hacerte feliz. Pero, si más adelante cambias de idea, te advierto que no hallarás dónde ocultarte, porque lo primero que vas a enseñarme es a rastrear. Y lo segundo, a disparar un revólver. ¿Comprendes lo que yo te estoy diciendo, Chandos?

—Sí, señora —dijo él.

—Bien. —Ella sonrió, algo ruborizada después de su arranque de osadía. Se inclinó hacia adelante; sus labios muy cerca de los de Chandos—: Porque te amo. Te amo tanto que hubiera deseado morir cuando me dejaste. No quiero volver a sentirme así, Chandos.

—Yo tampoco —declaró él apasionadamente. Luego la besó con profunda ternura. —Aún sabes ronronear, gatita.

—¡Chandos!

Él rió. Entonces ella tuvo conciencia de que había allí otras personas. A él le encantaba la forma en que le brillaban los ojos cuando se sonrojaba.

—¿Estás segura, Ojos de Gato? —preguntó en voz baja.

—Sí.

—¿Y podrás vivir como yo vivo?

—Viviré como tú lo desees, aunque deba transportar a mis bebés en la espalda.

—¡Bebés!

—Aún no —murmuró furiosa y mortificada, mirando a su padre.

Él la estrechó contra su cuerpo, riendo. Nunca lo había visto tan relajado y feliz. ¡Oh, cómo lo amaba!

—Tendremos bebés, ¿verdad? —continuó diciendo él, pensativamente—. Quizás no sería tan mala idea tener una cama.

Courtney lo miró azorada.

—¿Hablas en serio?

—Podría dedicarme a administrar un rancho. El viejo me enseñó todo lo referente a eso. También ha depositado una fortuna a mi nombre en el banco de Waco y jamás la usé. Con ese dinero podríamos adquirir un sitio agradable cerca de aquí. Al viejo le vendría bien la competencia.

Courtney fue la única que vio que los ojos de Chandos sonreían cuando escucharon el balbuceo de Fletcher. Edward sonreía cuando bajó los peldaños para unirse a ellos.

—No creo que necesite mi maletín. Una persona con ese sentido del humor no puede estar muy grave.

—Tiene razón, doctor.

—Puedes llamarme Edward, ya que pronto serás mi yerno.

—Por ahora, sólo necesito darme un baño y... ¿te hablé de casarnos, Ojos de Gato?

—No, no lo has hecho. —Ella sonrió al ver la expresión de su padre—. Oh, papá, está bromeando. Díselo, Chandos. ¿Chandos?

Chandos quitó la mano de Courtney de sus cabellos.

—¿Realmente vas a obligarme a participar en una ceremonia de hombres blancos, que no tiene en cuenta los sentimientos? Me he declarado frente a testigos. Tú también lo has hecho. Ya eres mi esposa, Ojos de Gato.

—A mi padre lo haría muy feliz, Chandos —dijo Courtney, sencillamente.

—¿Y a ti?

—También.

—Entonces supongo que estaba bromeando —dijo tiernamente. Ella lo abrazó; era tan feliz que apenas podía tolerarlo. En algunos aspectos era cruel y salvaje, pero también era su Chandos, amable cuando era necesario. Y la amaba. El hecho de que estuviera dispuesto a establecerse en un lugar fijo a causa de ella lo probaba, fuera de toda duda.

Courtney se echó hacia atrás. Deseaba que todos fueran tan felices como ella, incluyendo a Fletcher.

—¿Por qué no le dices a tu padre que sólo bromeabas cuando te referiste a él?

—Porque no fue así. —Chandos se volvió y miró a Fletcher—. ¿Podrás sobrellevar la competencia, viejo?

—Por supuesto que sí —rugió Fletcher.

—Estaba seguro —dijo Chandos, sonriendo.

Después de un instante, Fletcher hizo un gesto que fue casi una sonrisa, algo completamente inusual en él.

No obstante, rebosaba de alegría. Nunca había visto a su hijo así, tan cálido, tan abierto, tan... accesible. Era un comienzo. ¡Un maldito buen comienzo!, según él diría.